Claire Contreras

Royal Sins – Eine Nacht für immer

Weitere Titel der Autorin:

Royal Sins – Das Spiel des Prinzen

Über die Autorin:

New-York-Times-Bestsellerautorin Claire Contreras schreibt Geschichten voller Romantik und Knistern. Sie lebt mit ihrem Mann, zwei Söhnen, drei Bulldoggen und zwei Streunerkatzen im Süden Floridas – auch wenn sie nie zugeben würde, dass ihr die beiden Streuner gehören. Wenn sie nicht selber schreibt, liest sie gern Romane und verliert sich darin.

Claire Contreras

ROYAL Sins

Eine Nacht für immer

Aus dem Amerikanischen von Michaela Link

lübbe

Dieser Titel ist auch als E-Book erschienen

Die Bastei Lübbe AG verfolgt eine nachhaltige Buchproduktion. Wir verwenden Papiere aus nachhaltiger Forstwirtschaft und verzichten darauf, Bücher einzeln in Folie zu verpacken. Wir stellen unsere Bücher in Deutschland und Europa (EU) her und arbeiten mit den Druckereien kontinuierlich an einer positiven Ökobilanz.

MIX
Papier | Fördert gute Waldnutzung
FSC® C014496

Vollständige Taschenbuchausgabe
der bei beHEARTBEAT erschienenen E-Book-Ausgabe

Titel der amerikanischen Originalausgabe: »Sinful King«

Für die deutschsprachige Ausgabe:

Titel: © iStock / Getty Images Plus : Dragos Cojocari | seyfettinozel | JoyTasa | releon8211
Umschlaggestaltung: Guter Punkt, München | www.guter-punkt.de
Satz: 3w+p GmbH, Rimpar (www.3wplusp.de)
Gesetzt aus der Minion
Druck und Verarbeitung: GGP Media GmbH, Pößneck
Printed in Germany
ISBN 978-3-404-18592-4

5 4 3 2 1

Sie finden uns im Internet unter luebbe.de
Bitte beachten Sie auch: lesejury.de

Prolog

Vergangenheit

Adeline

»Sie sollten wahrscheinlich gar nicht hier sein.«

Beim Klang der schroffen Stimme hinter mir zuckte ich zusammen, drehte mich um und sah dem Mann entgegen, der auf mich zukam und neben mir auf dem Balkon stehen blieb, von wo aus man auf den Strand hinunterblickte. Nicht dass ich in der Dunkelheit etwas hätte sehen können, aber das Plätschern der Wellen war unverkennbar. Ich versuchte, sein Gesicht zu erkennen, bevor ich ihm antwortete, aber es war unter einer Maske verborgen. Anhand des Wenigen, das ich von ihm sah, hätte ich ihn wohl als auf klassische Weise gutaussehend bezeichnet, mit starkem Kinn, einer geraden Nase, vollen Lippen und dichtem, dunklem Haar, das er zurückgebürstet hatte.

»Es ist die Party der Prinzen.« Ich räusperte mich. »Alle sind hier.«

»Alle sind drinnen und genießen die Orgie. Sie hingegen stehen hier draußen und trinken Wasser.« Seine Lippen zuckten, als er die Wasserflasche in meiner Hand betrachtete.

»Warum sind Sie denn hier draußen?«

»Ich habe mich gelangweilt.«

»Die Orgie hat Sie gelangweilt?«

»Alles hat mich gelangweilt. Die Party, die Leute, die Heuchelei, die Masken.«

»Dann nehmen Sie Ihre Maske ab.« Ich zog eine Schulter

hoch. »Ich glaube nicht, dass man Sie dafür hinauswerfen wird. Sie könnten auch einfach gehen.«

»Gehen Sie?«

»Ich bin mit einem Freund hier.« Ich stieß einen tiefen Seufzer aus, schaute über meine Schulter und sah Etienne mit einer Frau tanzen. Oder auch ein bisschen mehr als nur tanzen. Rasch wandte ich den Blick ab. »Unser Motto ist, dass niemand hinter feindlichen Linien zurückgelassen wird, also warte ich, bis er fertig ist.«

»Er?«

»Mein Freund, Etienne.«

»Etienne.« Der Mann neben mir nickte knapp. »Ich glaube, ich habe ihn kennengelernt.«

»Er mag Partys.«

»Woher kommen Sie?«

»Das ist kompliziert.« Ich schaute abermals zu ihm auf. Schwer zu sagen, welche Farbe seine Augen hatten. Aber sie waren definitiv dunkel.

»Ich mag es kompliziert.«

»Okay. Ich bin hier in Marbella geboren. Es ist die Heimatstadt meiner Mutter. Mein Vater ist Franzose. Die beiden haben sich auf der Universität kennengelernt. Ich bin in den Staaten aufgewachsen – in Connecticut, wo ich zur Schule gegangen bin und bei meinem Onkel und meiner Tante gewohnt habe –, während meine Eltern zwischen dort, hier und Frankreich gependelt sind. Meine Großmutter liegt im Sterben, daher verbringt meine Mutter momentan den größten Teil ihrer Zeit hier, und mein Vater arbeitet in Paris, also ist er dort.« Ich biss mir auf die Unterlippe und fragte mich, ob er bei meiner Geschichte mitgekommen war und ob es ihn überhaupt interessierte. Ich wusste nicht mal, warum ich ihm das alles erzählte. Vermutlich, weil er gefragt hatte und ich mich genauso langweilte wie er.

»Wo leben Sie jetzt?«

»Seit zwei Monaten hier, aber morgen fliege ich zurück in die Staaten.«

»Weshalb?«

»Um zu studieren. Die Universität von North Carolina hat mich angenommen, daher bin ich die nächsten vier Jahre dort, und dann … ich weiß nicht. Wahrscheinlich werde ich mich in London niederlassen.«

»Was ist Ihr Endziel?«

»Ich will eine Firma für Eventmanagement gründen. Das ist der Traum meiner Mutter, und zusammen können wir bestimmt etwas richtig Großartiges auf die Beine stellen. Mal sehen.« Ich lächelte bei dem Gedanken. »Ich studiere Hotelmanagement und habe in einem Hotel in der Nähe der Uni eine Teilzeitstelle als Eventplanerin bekommen, da werde ich hoffentlich eine Menge lernen.«

»Mir war gar nicht klar, dass man einen Abschluss braucht, um Veranstaltungen zu planen.«

»Man braucht auch keinen.«

»Warum dann die Mühe?«

»Wegen meiner Eltern.« Ich zuckte die Achseln. »Sie sind beide aufs College gegangen. Es fühlt sich seltsam an, das nicht zu tun, nachdem sie einen Haufen Geld für das Internat ausgegeben haben.«

»Mir kommt es seltsam vor, dass Sie noch mehr von ihrem Geld ausgeben, wenn Sie bereits wissen, was Sie tun wollen, und keinen Abschluss dafür brauchen.«

»Die Gründung eines Geschäftes erfordert Geld, Zeit und eine Menge Hingabe, von der ich reichlich habe – nur dass mir das Geld fehlt. Zeit und Hingabe sind großartig, aber man braucht Geld, um darauf aufzubauen.« Ich schüttelte den Kopf. »Was machen Sie beruflich?«

»Ich arbeite für die Regierung.«

»Igitt. Quasi fürs Kabinett?«

Er lachte leise. »Was ist am Kabinett auszusetzen?«

»Ich weiß nicht.« Ich zuckte die Achseln. »Ich habe dies und das gehört.«

»Wie zum Beispiel?«

»Nun, ich gebe zu, dass ich wahrscheinlich voreingenommen bin, weil mein Vater für eine Zeitung arbeitet, die der Krone und der Ernennung der Kabinettsmitglieder extrem kritisch gegenübersteht. Ich meine, der König sucht sich seine Leute selbst aus. Es ist ein wenig … kommunistisch.«

»Ah, einer von denen ist Ihr Vater also.« Seine Lippen verzogen sich zu einem kleinen Lächeln. »Ich wette, er hat eine Menge sehr klarer Ansichten darüber, wie die Dinge laufen sollten.«

»Hat er. Ich meine, jeder hat doch seine eigenen Ansichten, oder?«

»Es scheint, als hätten die Kritiker mehr Ansichten als diejenigen, die im Amt sind. Wenn sie etwas ändern wollen, *wirklich* etwas ändern wollen, sollte man meinen, sie würden selbst kandidieren.«

»Ist das der Grund, warum Sie kandidiert haben?«

»Wie man es nimmt.«

»Nun, Sie machen Ihre Sache bestimmt gut.«

Er kicherte. Er hatte ein nettes Kichern. Unsere Blicke trafen sich erneut, und diesmal ertappte ich mich dabei, dass ich ihm ein klein wenig näher gerückt war. Nachdem er mich einen Moment lang angesehen hatte, wurde er ernst, und ich spürte, wie mein eigener Gesichtsausdruck seinen widerspiegelte. Plötzlich war ich mir seiner Gegenwart mit allen Sinnen bewusst – seiner Größe, seiner kräftigen Hände, die neben meinen auf der Balkonbrüstung lagen und näher zu rücken schienen, seines köstlichen Geruchs nach Eau de Toilette und irgendetwas anderem –, und als er die Lippen leicht öffnete, war da ein Hauch von Tequila in seinem Atem.

»Wo wohnen Sie?«, fragte er leise.

»Gleich dort drüben.« Ich zeigte auf die Nachbarvilla.

Seine Augen weiteten sich ein wenig. »Sie machen Witze.«

»Keineswegs.« Ich lachte. »Warum sollte ich Witze machen?«

»Ich habe Sie hier noch nie gesehen.«

»Kommen Sie denn oft hierher?«, fragte ich.

Er musste die Prinzen kennen. Ich war bisher nie zu Hause gewesen, wenn diese Partys stiegen, aber ich hatte genug Gerüchte darüber gehört. Die Prinzen waren in der Gegend eine feste Größe. Jeden Sommer verbrachten sie hier, auf der Flucht vor ihren Pflichten und den Paparazzi. Etienne kannte einen von ihnen. Deshalb waren wir eingeladen worden. Es war allgemein bekannt, dass man nur auf Einladung an diesen Partys teilnehmen konnte. Handys wurden an der Tür einkassiert. Kostüme wurden zur Verfügung gestellt. Masken gehörten grundsätzlich dazu.

Obwohl ich nicht viel Zeit dort drinnen verbracht hatte, kam mir die Bezeichnung *Orgie*, die der Mann gewählt hatte, nicht übertrieben vor. In der Stunde, die ich im Haus gewesen war, hatte ich gesehen, wie Drogen herumgereicht und eingenommen wurden, ständig wurden Drinks eingeschenkt und wieder aufgefüllt, und es wurde nicht nur getanzt, es geschah auch allerhand darüber hinaus. Außerdem legte ein berühmter DJ auf – woanders hätten wir gewaltig Geld hinblättern müssen, um dabei zu sein.

Es war nicht meine Sorte Leute. Ich hatte in der Highschool viel gefeiert, und es hatte Spaß gemacht, bis es dann irgendwann nicht mehr lustig gewesen war, daher mäßigte ich mich, wann immer ich ausging. Ich trank mehr Wasser als Alkohol und sagte Nein zu jeder Pille, die mir angeboten wurde. Ich hatte vor einem Jahr meine Lektion gelernt und war nicht bereit, das noch einmal durchzumachen.

»Ziemlich oft«, sagte er und riss mich damit aus meinen Gedanken.

»Etienne ebenfalls. Er ist mit Prinz Aramis befreundet.«

»Ich auch.« Er grinste. »Er ist große Klasse. Steht auf Partys.«

»Ich habe gehört, Prinz Elias stünde sogar noch mehr auf Partys.«

»Wirklich? Ich bin mir ziemlich sicher, dass das Gegenteil der Fall ist.«

»Wer weiß.« Ich zuckte die Achseln. »Wo wohnen Sie, wenn Sie in der Stadt sind?«

»Wer sagt, dass ich nicht von hier stamme?«

»Niemand stammt von hier.« Ich lachte. »Ich meine, ich zwar schon, aber selbst ich würde diese Stadt nicht als meine Heimat bezeichnen, nachdem ich so lange fort war. Außerdem ist Ihr französischer Akzent zu ausgeprägt, als dass Sie von hier stammen könnten.«

»Ich lebe in Paris«, antwortete er lächelnd. »Aber wie in Ihrem Fall stammt meine Mutter aus Spanien. Aus Barcelona, um genau zu sein.«

»Und Ihr Vater ist Franzose?«

»Ja.«

»Witziger Zufall.«

»Ich glaube nicht recht an Zufälle. Wir scheinen eine Menge gemeinsam zu haben.«

»Wie die Tatsache, dass wir uns auf der größten Party des Sommers langweilen?«

»Vielleicht sollten Sie den Prinzen Ihre Dienste als Eventmanagerin anbieten. Sie würden Sie gut bezahlen, und wenn Sie meinen, dass Sie eine bessere Party organisieren können …«

»Unwahrscheinlich.« Ich schaute in den Raum, in dem die Gäste feierten. »Das ist im Moment der angesagteste DJ von allen, und ehrlich, es ist eine tolle Party. Es ist wohl heute einfach nicht mein Abend.«

»Und Sie haben für morgen einen Flug gebucht.«

»Und das.«

»Verbringen Sie die Nacht mit mir.« Er legte eine Hand über meine.

Mir explodierte das Herz in der Brust. Niemand hatte mich je auf solche Weise gebeten, mit ihm zu schlafen. Oder auch auf irgendeine andere Weise. In meinem Freundeskreis war ich die einzige Achtzehnjährige, die bald aufs College ging und noch Jungfrau war. Es gab keinen besonderen Grund dafür, es hatte sich einfach nicht ergeben.

»Ich verstehe es, wenn Sie nicht wollen«, fügte er hinzu und nahm die Hand zurück.

Ich sah ihm noch einmal in die Augen. Die Augen, die ich kaum sehen konnte hinter einer Maske, für die ich in diesem Moment dankbar war. Ich hatte nie darüber nachgedacht, an wen ich meine Jungfräulichkeit verlieren würde. Ich war strikt dagegen, auf dem College eine ernsthafte Beziehung einzugehen, also hatte ich irgendwie vermutet, dass mein erstes Mal mit irgendeinem Studenten in North Carolina sein würde, und das war okay für mich. Als ich jedoch diesen Mann jetzt betrachtete, dessen Namen ich nicht einmal kannte, spürte ich tief in mir, dass ich wollte, dass er mein Erster wurde.

»Ich will.« Ich legte meine Hand über seine und drückte sie.

Er ergriff meine Hand und führte mich zwischen den Tanzenden hindurch ins Entree und eine Treppe hinauf, und dann noch eine. Die Villa hatte drei Etagen mit Meerblick. Mein Vater und sein Bruder hatten diese Villen ursprünglich in der Absicht gebaut, sie an Touristen zu vermieten. Stattdessen waren ihre Mieter Royals, Schauspieler, Models und Promis aus der ganzen Welt. Unser eigenes Haus hatten wir nie vermietet. Wenn meine Eltern nicht dort waren, ließen sie es abgeschlossen, ganz gleich, wie viel Geld man ihnen dafür bot. Ich war mit der Bauweise vertraut und wusste, dass er mich in den zweiten Stock führte, wo sich ein Schlafzimmer befand – das einzige Schlafzimmer abseits des Chaos der unteren Etagen. Das einzige Schlafzimmer, in dem wir absolut ungestört für uns sein würden. Mein Puls beschleunigte sich, als wir die Tür erreichten und er einen Schlüssel hervorzog, um den Raum zu öffnen.

»Hier wohne ich, wenn ich in der Stadt bin«, erklärte er. »Das gilt für die meisten von uns, es sei denn, man reserviert zu spät und ist gezwungen, in einer der anderen Villen unterzukommen.«

»Ich finde es reizend, dass Sie mit Ihren Freunden reisen.«

»Das sagt vermutlich eine Menge über den Grad ihrer Einsamkeit aus«, erwiderte er.

»Darüber habe ich irgendwie noch gar nicht nachgedacht.«

Er schloss die Tür hinter uns. Der Raum lag im Dunkeln, und als er zur Fenstertür ging und auf einen Schalter drückte, um die Rollläden herunterzulassen, wurde es noch dunkler, und ich blinzelte rasch, um mich an das fehlende Licht zu gewöhnen. Er drückte auf einen anderen Schalter, und eine Lampe ging an. Sie war extrem schwach, spendete gerade genug Licht, dass wir nicht blind gegen irgendwelche Möbelstücke prallten, aber nicht so viel, um tatsächlich irgendetwas deutlich sehen zu können. Ich war dankbar dafür. Er kam auf mich zu, jeder Schritt ein trockenes Tappen auf dem Parkettboden. Ich wappnete mich für … was auch immer. Doch er trat nur vor mich hin, hob eine Hand, umfasste mein Kinn und schaute mich an.

»Du bist nervös.«

»Ja.« Ich schluckte. »Ich mache so was normalerweise nicht.«

»Das ist okay.« Seine Lippen verzogen sich zu einem trägen Lächeln. »Wir lassen es langsam angehen.«

»Soll … soll ich meine Maske abnehmen?«, flüsterte ich.

»Willst du das?«

»Wirst du deine abnehmen?«

»Willst du, dass ich das tu?«

»Ja.« Ich stieß einen bebenden Atemzug aus. »Ich finde, das sollten wir tun.«

Er zögerte nicht, nahm augenblicklich die Maske ab, und obwohl ich ihn nicht richtig sehen konnte, erkannte ich deutlich, wie ungeheuer attraktiv er war. Er hätte Model sein können. Oder Schauspieler. Oder etwas dergleichen. Meine Gedanken rasten.

»Ich kenne nicht einmal deinen Namen.«

»Ich kenne deinen nicht.«

»Stört dich das?« Ich zog die Brauen zusammen.

»Du fliegst morgen in ein anderes Land. Spielt es eine Rolle? Wird es dich daran hindern, dies hier zu tun?«

»Nein.« Ich zog mir die Maske über den Kopf und warf sie beiseite.

»Du bist wunderschön.« Seine Fingerspitzen liebkosten meine Wange, meine Lippen.

»Du kannst mich kaum sehen.«

»Und doch weiß ich, dass du schön bist.« Dann senkte er seine Lippen auf meine herab und küsste mich.

Mir stockte der Atem. Ich hob die Hände an sein Gesicht, erwiderte seinen Kuss und öffnete die Lippen für seine Zunge, damit sie mit meiner tanzen konnte, während mein ganzer Körper zum Leben erwachte. Sein Kuss war elektrisierend, seine Berührung eine Offenbarung; seine Hände wanderten an mir hinab, öffneten den Reißverschluss meines Kleides, und es glitt hinab und landete zu unseren Füßen. Er berührte meine nackten Brüste und erkundete meine Hüften, dann ließ er die Hände über dem Gummiband meines Slips liegen. Ich löste ihm die Fliege und knöpfte sein weißes Anzughemd auf, ein paar Knöpfe bereiteten mir Schwierigkeiten. Schließlich erreichte ich seinen Gürtel und öffnete die Schnalle, dann hielt ich inne. Er löste die Lippen von meinen. Mein Atem ging schwer.

»Alles okay?« Seine Nasenspitze berührte meine.

»Besser als okay.«

»Wir können jederzeit aufhören, wenn du möchtest.«

»Ich möchte nicht aufhören.« Ich machte mich weiter an seiner Hose zu schaffen, bis sie das gleiche Schicksal erlitt wie mein Kleid, und dann standen wir da, Brust an Brust, mitten in einem verdunkelten Raum und nur mit unserer Unterwäsche bekleidet. »Willst du aufhören?«

»Niemals.«

Unsere Lippen begegneten sich abermals. Diesmal mit mehr Inbrunst. Ich zog ihm schnell seine Boxershorts herunter und schickte mich an, das große, harte Instrument vor mir zu erkunden. Er ging langsamer vor, methodischer. Küsste mich leidenschaftlicher, ließ die Hand in meinen Slip gleiten und stieß rasch dorthin vor, wo das unaufhörliche Pochen in meinem Unterleib seinen Ursprung hatte. Ich stieß einen leisen Schrei aus, dicht an seinem Mund, und schrie kurz danach abermals auf, als er mich zum zweiten Mal zum Höhepunkt brachte. Er knurrte zufrieden und drückte mich sanft aufs Bett. Seine Lippen wurden gieriger, er arbeitete sich mit Küssen meinen Körper hinunter, leckte an meinen Brustwarzen und nahm sie in den Mund, ehe er weiter nach unten glitt. Er riss mir den Slip herunter und ersetzte die Hand zwischen meinen Beinen durch seine Lippen. Etwas so Unbeschreibliches hatte ich nie zuvor empfunden. Mit jedem Zungenschlag wuchs in mir die Überzeugung, ich würde womöglich sterben. Als würde jeden Moment mein Herz versagen. Es war zu viel und doch nicht genug. Als ich das aussprach, lächelte er, die Lippen auf meiner Haut, und nahm es als Ansporn, um weiterzumachen, bis meine Hüften zuckten und ich wirre Worte rief, die keinen Sinn ergaben.

Irgendwann kam ich wieder zu mir, immer noch schwer atmend, und hörte, wie er ein Kondompäckchen aufriss. Dann drang er in mich ein, ganz langsam. Er keuchte auf, als er mich zur Gänze ausfüllte und die Hände links und rechts von meinem Kopf aufstützte.

»So eng.« Er stieß die Worte atemlos hervor, während er sich langsam zurückzog. »So verdammt eng.«

Ich biss mir fest auf die Unterlippe, um nicht zu schreien. Es fühlte sich nicht so gut an wie seine Zunge, aber ich wagte nicht, das zu sagen. Ich hatte genug Artikel gelesen und genug Geschichten von Freundinnen gehört, um zu wissen, dass das erste Mal einer Frau nicht magisch war, ganz gleich, wie umwerfend der Mann war oder wie unglaublich sein Körper. Meine Nägel gruben sich in seine Seiten, dann war er wieder in mir und fand einen stetigen Rhythmus. Er kniff die Augen zusammen, als sei er derjenige, der körperlichen Schmerz litt, und seine Stirn senkte sich auf meine hinab.

»Wie ist dein Name?«, keuchte er.

»Ich dachte … es würde … keine Rolle spielen.« Ich hob die Hüften seinen Stößen entgegen und fand meinen eigenen Rhythmus.

»Ich will es wissen.«

»Adeline.«

»Adeline. Adeline. Adeline.« Er sagte es bei jedem Stoß, fast wie ein Lied, als müsse er sich ins Gedächtnis rufen, wen er da vögelte, und als er uns beide umdrehte, sodass ich oben war, achtete ich darauf, den Rhythmus nicht zu unterbrechen, damit er sich auch morgen noch an diesen Gesang erinnern würde, wenn ich weit fort war und er eine weitere dieser Partys besuchte.

Er legte die Hände auf meine Brüste und drückte meine Brustwarzen, und ich bog unwillkürlich den Rücken durch. Mein plötzlicher Orgasmus überraschte mich selbst, erfüllte meinen ganzen Körper, als würde ich jede Sekunde zerbersten. Ich spürte, wie auch er in Ekstase geriet und sich seine straffen Bauchmuskeln unter meinen Fingerspitzen zusammenkrampften, während er in mich hineinstieß und noch einmal meinen Namen knurrte.

Ich nannte ihn nicht beim Namen. Selbst wenn ich es gewollt hätte, ich kannte ihn ja gar nicht. Es war besser so. Wenn ich keinen Namen zu seinem Gesicht hatte und keinen Namen für alles andere an ihm, dann würde ich mich auch nicht verlieben. Wir lagen schwer atmend nebeneinander, schweißnass, und ich fragte mich, ob ich mich jetzt anziehen und gehen sollte. Etienne war wahrscheinlich immer noch in der oberen Etage. Ich hatte mein Handy zu Hause gelassen, weil ich wusste, dass man es mir ohnehin wegnehmen würde, wenn ich es mitnahm, also hatte er keine Möglichkeit, mich zu erreichen.

Wie zur Antwort begann der Mann neben mir leise zu schnarchen. Ich schob die Decke beiseite und ging ins Bad. Dort bemerkte ich winzige Blutspuren. Dass er mein Jungfernhäutchen zerreißen würde, hätte ich nicht gedacht, ich war mir ziemlich sicher gewesen, dass Gymnastik und Reiten das bereits erledigt hatten, aber jetzt war ich nicht mehr so überzeugt davon. Meine Gedanken überschlugen sich. War das Laken blutverschmiert? Nein. Dafür war es nun wirklich zu wenig Blut. Errötend wusch ich mir die Hände, zog mich schnell an und streifte mir die Maske wieder übers Gesicht, bevor ich zur Tür ging. Dann schaute ich ein letztes Mal zu ihm hinüber. Die Decke verbarg genau die richtigen Körperteile, als wäre sie absichtlich für ein Foto genau so drapiert worden. Seufzend öffnete ich die Tür und zog sie leise hinter mir zu. Sobald ich draußen war, überkam mich ein Verlustgefühl. Ich hatte meiner Jungfräulichkeit nie viel Bedeutung beigemessen, nicht bis zu diesem Augenblick, nachdem ich sie verloren hatte.

Als ich in die Etage kam, in der die Party stattfand, lächelte ich wieder. Es war keine Erfahrung wie aus dem Märchen, mit Rosenblättern und Kerzen, aber es war trotzdem perfekt gewesen. Ich entdeckte Etienne in der Nähe der Tür zum Treppenhaus, wo er mit in die Hüften gestemmten Händen dastand, und ich wusste, dass er mich gesucht hatte. Als ich ihn erreichte, schüttelte er den Kopf.

»Ich habe überall gesucht. Ich bin sogar zu dir nach Hause gegangen, weil ich dachte, du wärst vielleicht dort.«

»Niemand wird hinter den feindlichen Linien zurückgelassen, das weißt du doch?« Ich zog eine Braue hoch.

»Wo bist du gewesen?«

»Hier und da.« Ich zuckte die Achseln. »Hast du mir nicht gesagt, ich soll Spaß haben?«

»Wie viel Spaß genau hattest du?« Er beäugte mich eingehend, und ein Lächeln umspielte seine Lippen.

»Mehr als je zuvor.«

»Adeline Sofia Isabella Bouchard!«

»Etienne Pierre Bellerose«, neckte ich ihn.

»Wir werden diese Party auf der Stelle verlassen.« Lachend packte er mich am Arm und zog mich nach draußen. »Dein Vater bringt mich um, wenn er herausfindet, was hier unter meiner Aufsicht passiert ist.«

»Oh, bitte. Als würde er deinen Ruf nicht kennen.«

»Trotzdem.« Auf dem Weg zur Villa meiner Eltern riss er sich die Maske vom Kopf. »Wer war er?«

»Keine Ahnung.« Wir erreichten die Haustür, und ich nahm meine Maske ebenfalls ab.

»Was soll das heißen, du hast keine Ahnung?«

»Ich weiß es einfach nicht. Er war … ein Traum. Zum Anbeißen. So, so heiß.« Ich seufzte. »Aber ich habe ihn nicht nach seinem Namen gefragt. Es spielt ohnehin keine Rolle. Ich gehe morgen fort.«

»Heute«, korrigierte er mich und schaute auf seine Armbanduhr mit dem großen Ziffernblatt. »Dein Flug geht in vier Stunden. Du musst zu Ende packen, und dann müssen wir aufbrechen.«

»Scheiße.« Ich rannte praktisch ins Haus.

Ich duschte, zog mich um und packte die letzten Sachen schnell ein, während Etienne auf einem Sofa saß und mir von der Frau erzählte, mit der er sich auf der Party unterhalten hatte. Meine Eltern waren übers Wochenende weggefahren, deshalb übernachtete Etienne bei mir. Er war seit meiner Geburt mein bester Freund. Unsere Mütter waren beste Freundinnen und hatten sich immer gewünscht, wir würden ein Paar werden. Zu ihrem Pech standen wir nicht aufeinander. Etienne war Künstler, und sein Typ Frau war modeldünn und hatte mehr Probleme, als die Vogue Ausgaben hatte. Er stand auf Frauen, denen er helfen und um die er sich kümmern konnte. Mein Typ war … tja, wahrscheinlich der Mann, an den ich gerade meine Jungfräulichkeit verloren hatte und den ich nie wiedersehen würde.

Etienne und ich unterhielten uns angeregt über Gott und die Welt, während er mich zum Flughafen fuhr. Eine Stunde lang versuchte er, sich jeden Mann auf der Party ins Gedächtnis zu rufen und herauszufinden, wer es gewesen sein könnte, mit dem ich geschlafen hatte. Aus Neugier ließ ihn gewähren, und auch deshalb, weil es sehr unterhaltsam war, Etienne bei seinen Rateversuchen zu beobachten.

Am Flughafen kaufte ich mir eine Zeitschrift. Als ich darin herumblätterte, sah ich auf einmal ein vertrautes Gesicht. Mir blieb das Herz stehen. Prinz Elias. Das war … nein, das konnte er nicht sein … nur dass er es eben doch war. Ich wusste es ohne den Hauch eines Zweifels. Ich hatte meine Jungfräulichkeit an den künftigen König von Frankreich verloren.

Kapitel 1

Fünf Jahre später

Es war ätzend, wieder in Marbella zu sein. Meine Mutter bezeichnete die Stadt als Zuhause und erwartete von mir das Gleiche, aber nachdem ich so lange herumgezogen war und mich zu guter Letzt in London niedergelassen hatte, betrachtete ich die spanische Stadt überhaupt nicht mehr als meine Heimat. Das letzte Mal war ich vor zwei Jahren hier gewesen; wir hatten Weihnachten in Marbella gefeiert statt in Paris. Seit ich meine eigene Eventagentur gegründet hatte, hatte ich mich ausschließlich auf die Arbeit konzentriert. Tja … jedenfalls bis ein Sexskandal meine ganze Welt erschütterte. Es war schon einige Wochen her, aber nachdem ich zugesehen hatte, wie alles, wofür ich so hart gearbeitet hatte, den Bach runterging, zusammen mit den Tränen, die mir noch zu weinen blieben, hatte ich beschlossen, dass es vielleicht gar keine schlechte Idee war, mir eine kleine Pause zu gönnen, wie meine Mutter vorgeschlagen hatte.

Es war verwirrend und schmerzhaft, dass Menschen, die behauptet hatten, meine Freunde zu sein, sich plötzlich gegen mich stellten. Einige Tage lang war ich vor allem auf meinen Ex-Freund wütend gewesen, weil er das Video aufbewahrt hatte, aber es war nicht seine Schuld, dass jemand ihn gehackt hatte und die Welt in diesen Fällen Frauen gegenüber total unfair war.

Er hatte mich nicht gebeten, die Stadt zu verlassen und den Sommer in Marbella zu verbringen. Niemand hatte mich gebeten, die Veranstaltungen, die ich geplant hatte, in die tüchtigen Hände meiner Mutter und meiner Assistentin zu legen, während ich meinem Onkel in seiner Buchhandlung half, die er systematisch vor die Wand fuhr, weil er nur Biografien und politische Bücher auf Lager hielt. Und dass ich gebeten worden war, die Körbe mit dem täglichen Bedarf für die Prinzen zu liefern, die in diesem Sommer wieder in der Stadt waren und ihre gewohnten drei Villen auf unserem Grundstück mieteten, hatte nichts damit zu tun, dass jemand fand, ich solle mich in Demut üben. Oh nein. Niemand hatte mich gebeten, irgendetwas von alldem zu tun, und doch war ich hier, zornig und allein und voller Hass auf sämtliche Entscheidungen, die ich im letzten Jahr getroffen hatte.

»Mein Vater hat gesagt, er könne dafür sorgen, dass die Geschichten aus den Klatschspalten verschwinden«, bemerkte Etienne. Er hockte auf dem Fußboden und half mir, neue Bücher einzuordnen, die ich für den Laden bestellt hatte, um ihn ein wenig aufzumöbeln.

»Es ist nicht die Aufgabe deines Vaters, meine Fehler auszubügeln.« Ich ging zu ihm und legte ihm einen weiteren Buchstapel zum Sortieren hin. »Es ist meine Aufgabe, mich aus den Klatschspalten fernzuhalten. Ich hätte es besser wissen sollen.« Ich seufzte. »Gott, es ist so peinlich, dass dein Vater überhaupt davon weiß.«

»Er ist Promi-Anwalt, Addie. Er weiß alles«, entgegnete Etienne. »Nichts für ungut, aber du bist mit dem Erben einer Bank zusammen gewesen. Es wäre unmöglich gewesen, sich aus den Klatschspalten fernzuhalten.«

»Ja, aber es war schlicht und ergreifend blöd, ein Sexvideo zu drehen.« Ich stieß einen tiefen Seufzer aus. »Ich bin eine Idiotin. Ende der Geschichte.«

»Thomas ist ein Idiot. Er hätte nie riskieren dürfen, dass

das Video an die Öffentlichkeit gelangt, und es tut mir leid, aber ich glaube nicht, dass er nichts damit zu tun hatte.«

»Wieso glaubst du das? Weil er auf dem Video ausgesehen hat wie ein verdammter Gott und ich absolut scheiße?«

»Du hast nicht scheiße ausgesehen.«

»Du hast es dir angeschaut?« Ich zielte mit einem Buch, drauf und dran, es nach ihm zu werfen.

»Nein«, beteuerte er schnell. »Aber ich habe die Standbilder in den Klatschzeitungen gesehen. Jeder hat sie gesehen.«

»Ich hasse mich.« Ich ließ das Buch sinken und schloss die Augen.

»Das solltest du nicht.«

»Ich hätte eine Perücke tragen sollen oder so.«

»Du hättest das Video gar nicht erst aufnehmen sollen.«

»Ich habe mich mit meinem Freund amüsiert! Mir war nicht klar, dass die ganze Welt Zugang dazu haben würde.«

»Nun, betrachte es mal von der positiven Seite – einige Familien sind dank ihres Sexvideoruhms Milliardäre geworden.«

»Die Videos sind nicht der Grund dafür, dass sie Milliardäre geworden sind. Aber ich verstehe, worauf du hinauswillst, und glaub mir, ich will nicht, dass meine Firma wegen meines Nacktauftritts berühmt wird.« Ich hielt mir das Buch vors Gesicht und schlug mir dann damit gegen die Stirn. »Ich möchte die nächsten paar Monate einfach vorspulen, bis ein neuer Skandal auftaucht und ich in Vergessenheit gerate.«

»Das passiert bestimmt bald«, tröstete er mich. »Schließlich ist der Prinz in der Stadt.«

Mein Herz raste. Ich ließ das Buch sinken. »Welcher?«

»Hat dein Onkel dich nicht gebeten, jeden Abend Körbe mit dem täglichen Bedarf in die Villa zu bringen? Hat er nichts gesagt?«

»Nein.«

»Es ist Sommer, Addie. Die typische Prinzenzeit.«

»Ich hätte wirklich gedacht, dass sie das inzwischen langweilig finden würden.«

»Irrtum. Es ist der einzige Ort, an den sie sich flüchten können, ohne dass die Klatschreporter sie in ihre Fänge bekommen.« Er kicherte. »Ich habe mich neulich mit Aramis unterhalten, und er hat gesagt, dass er diesmal nicht mitkommen würde. Es ist nur Elias da.«

»Welcher ist das noch mal?« fragte ich, obwohl sich sein Gesicht in mein Gehirn eingebrannt hatte. Sein Gesicht und andere Teile von ihm, über die ich mit meinem besten Freund nicht sprechen würde, ganz gleich, wie nah wir uns standen.

»Der, mit dem du vielleicht Sex hattest oder vielleicht auch nicht.«

Ich warf das Buch nach ihm. Er lachte und schlug es aus der Luft. Ich drehte mich um und beschäftigte mich hinter der Kasse mit irgendetwas, während Etienne weitersprach. Ich blendete ihn vollkommen aus. Meine Gedanken waren zu beschäftigt damit, sich zu überschlagen. Würde Prinz Elias mich erkennen? Nein. Würde er nicht. Oder? Ich sollte um Punkt halb acht jeden Abend einen Korb an seiner Tür abliefern. Das waren die Anweisungen meines Onkels. Es war eine einfache Aufgabe, eine, für die mein Onkel genaue Instruktionen hinterlassen hatte. Fünf große Bastkörbe stapelten sich bereits im Gästezimmer meiner Villa, zusammen mit dem Inhalt, der in jeden dieser Körbe hineingehörte. Ich hatte nichts von dem allzu große Aufmerksamkeit geschenkt, aber das würde ich heute Abend nachholen. Mein Magen krampfte sich zusammen. Ich würde ihn heute Abend sehen. Oder vielleicht auch nicht. Ich hatte einen Sicherheitsmann draußen vor der Villa gesehen und nahm an, dass er zu Elias gehörte … mein Gesicht brannte. Oh mein Gott. Ich konnte das unmöglich tun.

»Adeline?« Etienne kam auf mich zu und trat auf die andere Seite der Theke. »Was ist los?«

»Nichts.« Ich blinzelte ihn an. Er wirkte besorgt. Ich seufzte. »Ich will die Körbe nicht ausliefern.«

»Wenn du möchtest, übernehme ich das heute Abend«, antwortete er. »Aber morgen bin ich nicht da.«

»Warum musst du überhaupt weg?« Ich stöhnte.

»Weil meine Freundin in London auf mich wartet.«

»Kannst du Mira nicht bitten herzukommen?« Ich stützte die Ellbogen auf die Theke und stieß den Atem aus.

»Nein.« Er lachte. »Mach dich nicht lächerlich. Elias wird dich nicht beißen, und selbst wenn er der Mann ist, der dir deine Jungfräulichkeit genommen hat, wird er … ich weiß nicht, wie ich es so formulieren soll, dass es nicht grässlich klingt, Addie, aber er hat mit vielen Frauen geschlafen.«

»Er hat mir meine Jungfräulichkeit nicht genommen. Ich habe sie ihm geschenkt. Das ist ein Unterschied.« Ich sah ihn an. »Er wusste nicht mal, dass ich noch Jungfrau war.«

»Um ehrlich zu sein, glaube ich nicht, dass ich selbst es bemerkt hätte.« Er schürzte die Lippen und überlegte. »Es sei denn, eine Frau blutet.« Er zuckte die Achseln. »Und selbst dann würde ich vielleicht einfach nur vermuten, dass sie ihre Tage hat.«

Das entlockte mir ein lautes Lachen. Männer waren so ahnungslos, wenn es um den Körper von Frauen ging. Vielleicht hatte Etienne recht. Prinz Elias hatte nicht den geringsten Grund, sich an mich zu erinnern. Obwohl ich selbst mich an die Nacht mit ihm sehr gut erinnerte, war ich für ihn nur eine Kerbe in seinem Bettpfosten.

»Warum bereitest du nicht den Korb vor und begleitest mich, wenn ich ihn ausliefere? Auf diese Weise wird er erfahren, dass es einen gemeinsamen Freund gibt.«

»Okay.«

»Gut. Lass uns das hier bitte fertigmachen. Ich bin halb verhungert und habe das Gefühl, als würde ich unter einem Haufen Liebesromane sterben müssen.«

»Hey, es gibt schlimmere Arten zu gehen.« Ich zog eine Braue hoch. »Du könntest unter einem Haufen Autobiografien sterben.«

Der Blick, den er mir zuwarf, verriet mir, dass mein Scherz ihn nicht beeindruckte, daher machte ich mich wieder an die Arbeit und versuchte, nicht daran zu denken, dass ich den Prinzen heute Abend vielleicht wiedersehen würde.

Kapitel 2

»Hör auf zu zappeln«, bat Etienne in eindringlichem Flüsterton.

Ich riss mich zusammen. Wir standen vor der Tür und warteten darauf, dass jemand uns aufmachte. Als die Tür geöffnet wurde, hielt ich den Atem an und stieß ihn dann wieder aus, als ich einen der Sicherheitsleute auf der anderen Seite stehen sah.

»Monsieur Bouchard hatte angekündigt, dass seine Nichte die Körbe bringen würde«, sagte der Mann und beäugte Etienne neugierig.

»Ich bin ein Freund seiner Nichte und der Prinzen. Sie müssen neu sein«, antwortete Etienne.

»Wie heißen Sie?«

»Etienne Bellerose IV.«

»Oh. Monsieur Bellerose.« Der Mann verbeugte sich kaum merklich. »Ich bitte um Verzeihung.« Etienne war kein Prinz, aber der Urenkel eines Herzogs, und sein Name hatte in der Gesellschaft durchaus Gewicht. Der Name Bellerose brachte Ansehen und Ehre mit sich, und im Gegensatz zu meinem eigenen Namen, der in einigen Kreisen in Verruf geraten war – aus Gründen, die nichts mit mir oder meinem durchgesickerten Sexvideo zu tun hatten –, wurde Etiennes Name allerorten respektiert. Der Mann zog die Tür weiter auf und machte einen Schritt zur Seite, um uns in die Villa eintreten zu lassen. Etienne bot mir den Arm, den ich mit Freuden nahm, und wir gingen hinein. In der anderen Hand hielt er den Korb, und ich wusste nicht recht, was ich mit meiner freien Hand machen sollte, daher hob ich sie, um seinen Arm mit beiden Händen festzuhalten. Sonst würde ich wieder anfangen zu zappeln, und ich wollte nicht wie ein dummes junges Mädchen wirken, das für einen Prinzen schwärmte, den es seit fünf Jahren nicht gesehen hatte.

»Ich werde seiner Königlichen Hoheit mitteilen, dass Sie hier sind.« Der Mann schloss die Tür hinter uns und verschwand die Treppe hinauf. Ich stieß den Atem aus.

»Wird von mir erwartet, dass ich einen Knicks mache?«, flüsterte ich. »Ich weiß nicht mal, wie so was geht. Verbeugst du dich, wenn du ihn begrüßt?«

»Er ist nicht der König«, flüsterte Etienne zurück.

»Noch nicht.«

»Noch nicht«, stimmte er ernst zu.

»Also kann ich ihm einfach die Hand schütteln wie einem normalen Menschen?«

»Falls er versucht, deine zu schütteln, dann ja.« Er musterte mich neugierig, bevor er hinzufügte: »Aber sei nicht gekränkt, wenn er es nicht tut.«

Meine Brauen zuckten in die Höhe. Ich versuchte, mir vorzustellen, wie Prinz Elias jetzt aussehen würde. Im Gegensatz zu seinem Bruder Aramis, der immer im Rampenlicht stand, trat Elias seit Jahren kaum noch öffentlich in Erscheinung. Wenn die Gerüchte zutrafen, war er zu beschäftigt damit, sich auf seine zukünftige Rolle als König vorzubereiten, um an den üblichen Events teilzunehmen. Es war nicht so, dass er nichts tat, aber über das, was er tat, wurde nicht groß berichtet.

Ab und zu tauchten grobkörnige Fotos auf, die ihn zeigten, wie er bei einer Veranstaltung ankam oder sie verließ. Noch häufiger wurde er vor einem Rehabilitationszentrum abgelichtet, für dessen Unterstützung er viel Zeit aufwandte. Natürlich provozierte dieser Umstand eigene Gerüchte.

Irgendwie fiel etwas von meiner Anspannung von mir ab,

während ich dort stand. Jedenfalls bis ich Schritte herannahen hörte und mich sofort wieder in ein verkrampftes Etwas verwandelte. Der Mann im schwarzen Anzug kam als Erster in Sicht, gefolgt von Prinz Elias, der viel attraktiver war, als irgendein grobkörniges Foto jemals hätte erfassen können, und definitiv viel männlicher, als ich ihn von jener Nacht vor vielen Jahren in Erinnerung hatte. Kurz stiegen Zweifel in mir auf. Vielleicht war das doch nicht der Mann, an den ich meine Jungfräulichkeit verloren hatte? Aber dann ergriff er das Wort, und mein Herz machte sich selbstständig und galoppierte von meiner Brust in meine Ohren.

»Etienne, ich habe dich gar nicht erwartet.«

»Das ist kein Besuch«, antwortete Etienne. »Ich helfe einer Freundin, diesen Korb herzubringen.«

Prinz Elias, der mich definitiv bereits bemerkt, mich aber demonstrativ nicht angeschaut hatte, richtete seine Aufmerksamkeit auf mich. Trotz meines galoppierenden Herzens versuchte ich, ein lässiges Lächeln aufzusetzen.

»Hallo.« Meine Stimme war so schwach und leise und jämmerlich. Ich leckte mir die Lippen.

»Hallo«, antwortete er, ohne den Blick von mir abzuwenden. Seine Augen waren dunkel, und von dort, wo er stand, konnte ich ihre Farbe immer noch nicht erkennen, aber ich wusste, dass sie nicht braun waren wie meine. »Sie sind die Nichte, die mir meinen Korb bringt?«

»Ja, Monsieur.«

»Es ist das erste Mal, dass sie diese Verantwortung übernimmt – wenn sie irgendwas falsch gemacht hat, sei gnädig mit ihr. Sie ist keine große Freundin von Regeln.« Etienne kicherte leise.

»Ich habe alle Anweisungen perfekt befolgt.« Mein Blick zuckte kurz strafend zu Etienne hinüber, dann sah ich wieder

Prinz Elias an. Er kam endlich näher, und meine Eingeweide schlugen einen Salto. »Ich … ich denke, der Korb ist perfekt.«

»Ich bin mir sicher, dass alles in Ordnung ist.« Er nahm ihn Etienne aus der Hand und widmete seine Aufmerksamkeit dem Inhalt. »Sieht alles bestens aus.«

»Das ist eine Menge Champagner«, sagte ich und schluckte. In dem Korb befanden sich zwei Flaschen Dom Perignon, was ich für eine Person absolut übertrieben fand, aber ich hätte definitiv nicht darauf hinweisen sollen.

»Wollt ihr ein Weilchen bleiben?«, fragte Prinz Elias Etienne, ohne auf meine Bemerkung einzugehen.

»Ich würde gern, aber ich kann nicht. Mira wartet in London auf mich. Ich muss einen Flieger erwischen, und Addie fährt mich zum Flughafen.« Etienne legte einen Arm um meine Schultern und zog mich an sich.

»Stimmt. Mein Bruder hat erwähnt, dass er sich dort mit dir treffen will«, sagte Prinz Elias und blickte wieder mich an. Er hob den Korb hoch. »Danke, dass Sie mir den Korb so pünktlich gebracht haben.«

»Gern geschehen. Morgen um dieselbe Zeit.« Ich lächelte und kniff Etienne in den Rücken, damit er das hier zu einem Ende brachte.

»Bist du den ganzen Sommer hier?«, fragte Etienne.

»Eine Weile. Zwischendurch muss ich ein paar Mal weg, aber ich habe vor, mir so viel Ruhe zu gönnen wie möglich, während ich hier bin.«

»Schön. Je mehr Ruhe du bekommen kannst, desto besser.« Etienne senkte die Stimme. »Meine Gedanken sind bei euch allen.«

Ich biss mir auf die Unterlippe. Ich wusste, dass sie von dem schlechten Gesundheitszustand des Königs sprachen, und ich wusste nichts dazu zu sagen. Ich war die Tochter eines Mannes, dem alles, was mit der Monarchie zusammenhing, zutiefst zuwider war, vor allem angesichts dessen, wie der König und seine Familie ihre Angelegenheiten handhabten. Sie waren in jedem Sinne des Wortes Traditionalisten. Ohne die Widerstandsbewegung, die sich in der Kindheit und Jugend meines Vaters entwickelt hatte – eine Bewegung, an der mein Vater großen Anteil hatte und aus der auch das Kabinett resultierte –, wäre der König noch immer das alleinige Oberhaupt Frankreichs gewesen. Also hielt ich lieber den Mund. Stattdessen konzentrierte ich mich darauf, Elias zu betrachten, während er sich mit Etienne unterhielt. Er war wirklich so unglaublich gutaussehend. Und groß. Und fit. Er trug eine Khakihose und ein weißes, kurzärmliges Hemd, das sich perfekt an seine durchtrainierte Gestalt schmiegte. Er hatte den Körper eines Schwimmers. Eines Surfers. Mit breiten Schultern und kräftigen Armen, deren Muskeln nicht übermäßig hervortraten, sondern genau richtig waren. Joss, meine Assistentin, fuhr total auf den Bodybuildertyp ab, ich hingegen bevorzugte Prinz Elias' Körper. Und seine Lippen. Auf meinen. Wie sie an mir hinabwanderten. Zwischen meine Beine. Ich zwang mich wegzuschauen, um gegen die Röte anzukämpfen, die mir in die Wangen stieg. Ich musste hier weg.

»Addie?«

»Hm? Was?« Ich blinzelte. Etienne betrachtete mich mit einer hochgezogenen Braue. »Entschuldige. Ich habe mich ausgeklinkt.«

»Ich habe Elias gerade gesagt, dass du, falls er irgendwas braucht, gleich nebenan bist.«

»Oh. Ja. Gleich nebenan.« Ich deutete mit dem Daumen auf meine Villa.

»Ihrer Familie gehört diese Villa?«, fragte er.

»Jepp.« Ich beobachtete ihn, um festzustellen, ob er mir irgendwie zu erkennen gab, dass er sich vielleicht erinnerte. Aber Fehlanzeige.

Er hatte mir in der Nacht unserer kurzen Affäre genau die gleiche Frage gestellt, aber trotzdem schien er mich nicht zu erkennen. War ich so leicht zu vergessen? Ich holte Luft. Ich wollte unvergesslich sein. Nein, ich wollte unsichtbar sein. Ich wollte doch überhaupt nicht, dass er sich an mich erinnerte. War das nicht das, was ich wollte? Es spielte keine Rolle. Es war, wie es war.

»Also, ich schätze, man sieht sich«, sagte er.

»Das denke ich auch.« Ich lächelte abermals. »Allerdings stehe ich an Wochentagen erst nach fünf zur Verfügung.«

»Aber wenn du irgendwas brauchst, kann sie unterbrechen, was immer sie tut«, versicherte Etienne ihm.

»Mein Onkel hat mich gebeten, die Buchhandlung in Ordnung zu bringen«, erklärte ich.

»Das ist nicht ihr …« Etienne stieß die Luft aus und schüttelte den Kopf.

Ich wusste genau, was er sagen wollte. Er hatte es schon zu mir gesagt, als ich vor vier Tagen angekommen war: Die Buchhandlung war nicht mein Job. Wenn ich mir schon eine Karrierepause nahm, konnte ich wenigstens einen Gang runterschalten und mich mal entspannen. Bla, bla, bla. Aber ich hatte meinem Onkel versprochen, ihm zu helfen, und ich würde dieses Versprechen halten. Er war die ganze Zeit allein hier. Bevor ich gekommen war, hatte er zehn Jahre lang keinen Urlaub gemacht, also ja, ich würde helfen.

»Ich werde Ihnen nicht vor fünf zur Last fallen«, versicherte mir Prinz Elias. Oder Eli, wie Etienne ihn nannte.

»Es ist keine Last«, beteuerte ich schnell. »Ich meine, die Handys funktionieren ohnehin nicht, daher wüsste ich gar nicht, wie Sie mich erreichen wollen.«

»Festnetz«, schlug Etienne vor. Er sprach mit mir, als sei ich fünf. Ich funkelte ihn an und hoffte, dass ihm klar war, dass ich ihn ohrfeigen würde, wenn er so weitermachte. Er schien tatsächlich zu begreifen, denn er richtete seine Aufmerksamkeit gleich wieder auf den Prinzen. »Also, irgendwelche großen Partys, für die ich zurückkommen muss?«

»Wenn ich beschließe, eine zu geben, stehst du auf jeden Fall auf der Gästeliste.«

»Schön. Na dann, wir sehen uns.« Etienne stieß mit seiner Faust gegen die des Prinzen, und ich verabschiedete mich mit einem schwachen kleinen Winken, nicht bereit, ihn auch nur mit der Faust zu berühren, aus Angst vor den Gefühlen, die das in mir wachrufen mochte.

Als wir wieder draußen waren und der Sicherheitsmann die Tür hinter uns schloss, boxte ich Etienne gegen die Schulter.

»Autsch. Was soll das, Addie?«

»Selber was soll das. Was sollte das gerade?«

»Du hast rumgezappelt und viel zu viel geredet, und dann hast du dich auf einmal mitten im Gespräch einfach ausgeklinkt. Hast dem Prinzen gesagt, du würdest nicht nach seiner Pfeife tanzen. Mädchen, du musst dich zusammenreißen.«

»Ich werde nicht auf Abruf bereitstehen. Mein Job ist es, Körbe mit dem täglichen Bedarf für ihn zusammenzustellen und ihm zu bringen und außerdem meinem Onkel bei seiner Buchhandlung zu helfen. Das ist alles.«

»Nun, du hast da drin wie eine Bekloppte gewirkt«, sagte er, dann begann er zu lachen.

»Du bist ein Idiot.« Ich riss die Tür zur Villa auf und trat ein. »Geh und pack deine Sachen für deine blöde Reise.«

»Ich bin gleich fertig.« Er schüttelte den Kopf, während er die Treppe hinauf zum Gästezimmer im ersten Stock ging. »Du musst dich wirklich zusammennehmen, bevor du mit dem nächsten Korb rübergehst.«

Ich folgte ihm. Obwohl meine Eltern seit einer ganzen Weile nicht hier gewesen waren und das Haus niemals vermieteten, wirkte es stets, als könnten jederzeit Gäste einziehen. Das

Einzige, was sie von unseren Sachen zurückließen, waren einige Familienfotos an der Wand neben dem Eingang, die mein Onkel garantiert abnehmen würde, wenn sie jemals beschließen sollten, die Villa doch zu vermieten. Alles andere war neu. Absolut keine Erinnerungen an meine Kindheit oder Jugend hier, abgesehen von dem, was in meinem Gehirn lagerte.

»Wozu braucht er überhaupt so viele Körbe?«, fragte ich. »Und so viel Champagner?«

»Vielleicht empfängt er Gäste.«

»Vielleicht.«

»Also stimmt es wohl, was man über das erste Mal sagt.«

»Ich wusste, dass du das sagen würdest.« Ich stöhnte und schlug mir die Hände vors Gesicht. »Ich habe mich da drüben wie eine Idiotin benommen, und er erinnert sich nicht einmal an mich.«

»Oh, er erinnert sich definitiv an dich.«

»Was? Nein, tut er nicht.« Ich setzte mich aufs Bett, während er seinen Koffer packte. »Er hat sich nicht so benommen.«

»Vertrau mir, er erinnert sich.«

»Garantiert nicht.« Ich biss mir auf die Unterlippe. »Ich meine, vielleicht ist es ja auch besser so.«

»Das wird die Tatsache, dass es passiert ist, nicht auslöschen.« Etienne schaute von dem Koffer auf, den er packte. »Aber ich kenne ihn. Eli hat das Gedächtnis eines Elefanten.«

»Tja, er konnte vor dir ja auch schlecht sagen: *›Oh, hey, du bist doch dieses Mädchen, das ich mal gefickt hab.‹*« Ich verschränkte die Arme vor der Brust und kämpfte gegen einen Schauder an. »Gott, ich wünsche mir nur, dass die Erde mich mit Haut und Haaren verschluckt und mich in einigen Monaten wieder ausspuckt.«

»Du könntest einfach gehen.« Etienne zog den Reißverschluss seines Koffers zu und stellte ihn auf den Boden. »Du kannst nach Hause zurückkehren. Inzwischen ist bestimmt Gras über die Sache gewachsen.«

»Dafür bin ich noch nicht bereit. Ich finde mich lieber mit dieser Peinlichkeit ab als mit der zu Hause.«

»Du hast eine Firma aufgebaut, Addie. Du verpasst all die Events, von denen du geträumt und die du organisiert hast, weil du dich vor ein wenig Tratsch fürchtest.«

»Es ist nicht *ein wenig Tratsch*, wenn alle deine Vagina gesehen haben, Etienne.«

»Na und? Es haben auch alle Thomas' Penis gesehen.«

»Ja, und die Größe desselben gefeiert. Über meine Vagina ist bedauerlicherweise nicht einmal geredet worden. Die Leute haben nur gesagt, was für eine Hure ich sei.« Ich seufzte. »Ich weiß, dass ich zurückkehren und mich der Sache stellen muss, aber ich bin einfach noch nicht so weit.«

»Nun, versteck dich nicht zu lange.« Er machte Anstalten, den Raum zu verlassen, und rollte den Koffer hinter sich hier. Ich stand auf und folgte ihm.

»Hat Thomas sich bei dir gemeldet?«, fragte er.

»Ja. Er fühlt sich mies.«

»Du musst das hinter dir lassen.« Er blieb stehen und legte mir eine Hand auf die Schulter. »Ich weiß, das ist leichter gesagt als getan, aber ich kenne dich seit deiner Geburt und habe dich noch nie wegen irgendwas so mutlos erlebt. Nicht einmal wegen dieser Highschoolfotos, auf denen du Wasserpfeife geraucht hast.«

»Oh Gott.« Ich lachte schwach. »Das liegt daran, dass ich damals voll bekleidet war.«

»Nun, vielleicht hilft es dir ja, dass all meine Freunde finden, dass du nackt großartig aussiehst.«

»Etienne!« Ich stieß ihn weg, aber er lachte nur und zuckte die Achseln, bevor er an mir vorbei zur Treppe ging.

»Auch das wird vorübergehen, Addie. Auch das wird vorübergehen.«

Dasselbe sagte ich mir auch, nachdem ich ihn beim Flughafen abgesetzt hatte und wieder zurückfuhr. *Auch das wird vorübergehen.* Wenn ich es oft genug sagte, würde ich es vielleicht selbst glauben. Aber mir setzte nicht nur zu, was die Boulevardpresse schrieb und dass ich mich für eine Weile aus dem Geschäft zurückgezogen hatte. Es war auch die Tatsache, dass ich meinem Vater nicht mehr ins Gesicht sehen konnte. Vermutlich hatte jeder Mann, den er kannte, sich das Sexvideo angesehen und verurteilte ihn dafür, obwohl er nichts für die unklugen Entscheidungen seiner Tochter konnte. Mein Vater war ein stolzer Mann.

Er hatte Berge versetzt, war vom Moderator der Abendnachrichten zum Mitglied des königlichen Kabinetts aufgestiegen. Und dann waren mein Ex-Freund und ich zu Schlagzeilen geworden, und ich war vor dem Problem davongelaufen. Aber wo sollte er sich verstecken? Wenn ich ehrlich zu mir selbst war, war mein Vater der eigentliche Grund, weshalb ich beschlossen hatte, mir eine Auszeit zu gönnen, bis Gras über die Sache gewachsen war. Ich dachte, wenn ich Abstand zwischen uns brachte, würde ihm das vielleicht helfen, das Ganze hinter sich zu lassen, und außerdem auch dazu beitragen, dass es die anderen vergaßen.

Von all dem, was der Skandal angerichtet hatte, belastete mich am meisten, wie es sich auf die Menschen auswirkte, die ich liebte. Etienne verbarg seinen Zorn unter Humor, weil er wollte, dass ich mich besser fühlte, aber ich wusste, dass er vor seinen Freunden nicht nur einmal seine Gelassenheit verloren hatte. Joss, meine Assistentin, die zu einer meiner engsten Freundinnen geworden war, verabscheute alles, was die Klatschzeitungen über mich gedruckt hatten. Ich konnte nicht zählen, wie oft ich inzwischen schon als Goldgräberin und Prostituierte bezeichnet worden war, und gerade als eine andere Schlagzeile auftauchte und unsere verdrängt hatte, war Thomas um die Häuser gezogen, und das hatte die Nacktfotos von uns wieder an die Oberfläche gespült. Es war nur eine Frage der Zeit – entweder würde alles von selbst in Vergessenheit geraten, oder ich musste irgendwann drauf scheißen und mir mein Leben zurückholen. Aber für den Augenblick war ich vollkommen zufrieden damit, in der Buchhandlung meines Onkels zu arbeiten und den Gästen in unserem Haus ihren täglichen Korb zu liefern.

Kapitel 3

Ich hatte den Morgen mit einem Großhändler am Telefon verbracht, um mich zu vergewissern, dass er die Kartons mit der zurückgesandten Ware erhalten hatte. Mein Onkel hatte definitiv zu viele langweilige Bücher im Laden. Bücher, die seit über zehn Jahren dagestanden hatten und nicht verkauft worden waren, aber er hatte gezögert, sie zurückzuschicken. Er sagte, er wolle nicht, dass sie eingestampft wurden.

Ich hatte ihm erklärt, dass er sie selbst jedem Nutzen entziehe, indem er sie hierbehielt. Es war kein Wunder, dass in der Woche, seit ich hier war, nur zwei Leute den Laden betreten hatten. Ich schaute zur Eingangstür hinüber. Auch was die Ladenfront betraf, musste was passieren. Ich hatte ein Architektenpaar angerufen, das hier in der Gegend Häuser renovierte, und sie um Hilfe gebeten, sie mussten jeden Moment hier eintreffen. Ich hatte zwar nicht tonnenweise Geld zur Verfügung, aber ich hatte genug gespart, um hoffentlich zumindest ein bisschen was ausrichten zu können. Als die Tür geöffnet wurde, stand ich auf, legte ein paar Bücher beiseite und strich über mein Sommerkleid, damit es so fiel, wie es sollte. Das Architektenpaar kam in Sicht, und ich ging auf die beiden zu, um sie zu begrüßen.

»Hi. Ich bin Adeline. Vielen Dank, dass Sie gekommen sind.« Ich lächelte und schüttelte ihnen die Hände.

»Ich bin Lenora, und das ist Pedro.«

»Freut mich sehr, Sie beide kennenzulernen.« Ich zog die Hand zurück und zeigte auf die Wände des Ladens. »Nun, das hier ist die Verkaufsfläche. Wie Sie sehen, ist das Geschäft nicht sehr groß, aber es sieht noch viel kleiner aus, als es ist. Ich habe die übervollen Regale schon mal entrümpelt.«

»Es ist hübsch«, bemerkte Lenora und sah sich um.

»Von außen hat es auf jeden Fall Potenzial«, fügte Pedro hinzu. »Ich weiß, Sie haben gesagt, Sie wollten mit einem sehr kleinen Budget arbeiten.«

»Ja.« Ich schenkte ihnen ein schwaches Lächeln. »Ich will gern helfen, aber ich kann nicht allzu viel investieren.«

»Lassen Sie mich sehen, was wir tun können«, sagte Pedro, holte sein Maßband hervor und ging nach draußen.

Lenora schlenderte durch den Laden und sah sich gründlich um. »Wie Pedro gesagt hat, die Buchhandlung hat großes Potenzial. Hier drinnen muss einfach nur reduziert werden. Hier sind überall Bücher.« Sie schaute in die erste Etage hinauf. »Was ist dort oben?«

»Nichts«, antwortete ich. »Er benutzt das erste Stockwerk als Lager. Er könnte es wunderbar zu einem kleinen Café machen.«

»Das ist eine geniale Idee.« Sie lächelte mich an. »Wie viel Zeit haben wir?«

»Er kommt in einem Monat zurück. Im Moment reist er mit seiner Frau durch Europa. Ihre zweiten Flitterwochen sozusagen. Sie kommen nicht viel raus.«

»Ein Monat.« Sie zog die Brauen hoch. »Er muss ganz schön Geld haben.«

»Hat er. Meine Familie hatte hier früher eine Menge Land. Sie haben Kühe gehalten und die Bevölkerung im Umkreis von dreißig Kilometern mit Milch versorgt, aber das Geschäft ist ganz buchstäblich versiegt, und sie haben das Land verkauft. Jedenfalls den größten Teil davon. Uns gehören allerdings immer noch der Strand und die meisten der Villen hier.«

»Ah, Sie sind eine Bouchard! Ich habe Sie hier noch nie gesehen.« Sie musterte mich genauer. »Ich bin mit einer ihrer Cousinen zur Schule gegangen.«

»Sylvia?«

»Ja! Wie geht es ihr?«

»Gut. Wir stehen uns nicht besonders nahe, aber ich höre über meine Mutter und meine Tante von ihr. Sie lebt mit ihrem Mann und zwei Kindern in Barcelona.«

»Wie schön. Malt sie noch?«

»Ja. Es läuft sehr gut für sie.« Ich lächelte.

»Das freut mich.« Sie erwiderte mein Lächeln. »Sie war mir in der Schule eine sehr gute Freundin. Ich werde Ihnen einen Rabatt für Freunde und Familie gewähren.« Sie zwinkerte mir zu.

»Das weiß ich zu schätzen. Mein Onkel bezahlt für nichts von alldem. Er liebt diesen Laden und weigert sich, ihn zu verkaufen, aber das Geschäft schreibt tiefrote Zahlen, und er hält nichts von Veränderungen. Ich mache das hier als Überraschung für ihn.«

»Oh. Nun, überrascht wird er sein.« Lenora lachte. »Wir werden zusehen, dass der Laden während der Renovierung geöffnet bleiben kann. Abgesehen von der oberen Etage werden wir hier drin kaum Bauarbeiten durchführen müssen. Vielleicht schicke ich Ihnen ein oder zwei Männer vorbei, die Ihnen dabei helfen, einige dieser schweren Bücherregale von A nach B zu schaffen.«

»Das wäre eine große Hilfe«, ächzte ich. »Und Sie denken wirklich, wir können im Budget bleiben? Ich weiß, dass es nicht gerade üppig ist.«

»Das sollte passen, es ist nicht viel Geld nötig. Aber lassen Sie uns abwarten, was Pedro sagt.«

Wie aufs Stichwort kam Pedro herein. »Das sollten wir an einem Wochenende auf die Reihe kriegen.«

»Ein Wochenende nur?«

»Wir haben genug Leute, und es ist wirklich nicht viel. Der Laden braucht Farbe und eine neue Raumgestaltung. Da er klein ist, wird es schnell gehen.«

»Wow. Ein Wochenende wäre unglaublich.« Ich lächelte übers ganze Gesicht. »Geben Sie mir Bescheid, was Sie von mir brauchen und wann Sie anfangen können.«

Wir einigten uns auf das bevorstehende Wochenende, da sie im Moment nicht viel zu tun hatten. Das bedeutete, dass sie, wenn alles gut lief, bis Montag fertig waren und mir Zeit bleiben würde, mir zu überlegen, wie ich in der oberen Etage ein Café einrichten konnte. Sobald Lenora und Pedro gegangen waren, klingelte das Telefon, und die Anzeige auf dem Display verriet mir, dass es meine Mutter war. Rasch nahm ich den Anruf entgegen und brachte sie auf den neuesten Stand, was die Buchhandlung betraf. Sie hörte schweigend zu, was bei ihr nie ein gutes Zeichen war. Wenn ihr eine Idee gefiel, ließ sie einen für gewöhnlich nicht zu Wort kommen oder bestätigte einen alle fünf Sekunden. Wenn sie eine Idee schrecklich fand, war sie still wie eine Maus.

»Mum?«

»Ich bin noch dran, Adeline. Ich versuche nur herauszufinden, wie all das in deinen ohnehin schon hektischen Zeitplan passt«, sagte sie. »Ich weiß, du gönnst dir gerade eine Auszeit von der Londoner Gesellschaft, aber man hat uns soeben für die größte Party des Sommers engagiert, und ich will nicht, dass du wegen der halb bankrotten Buchhandlung deines Onkels alles andere stehen und liegen lässt.«

»Was für eine Party?« Ich richtete mich auf.

»Die königliche Familie veranstaltet in Versailles einen Maskenball zu Ehren der bevorstehenden Verlobung des Prinzen.«

»Oh.« Ich blinzelte. »Versailles? Welcher Prinz?«

»Der einzige, von dem verlangt wird, dass er heiratet, Dummchen. Prinz Elias.«

»Oh.« Ich setzte mich und stützte mich mit einem Ellbogen auf die Verkaufstheke. Mir war ganz flau im Bauch. »Und sie haben uns engagiert? Wie haben sie von uns erfahren?«

»Anscheinend ist Joss mit Prinzessin Pilar befreundet, und sie hat an der Hochzeit teilgenommen, die du letzten Sommer für die Prinzessin von Spanien geplant hast. Sie hat ihrer Mutter, der Königin, davon erzählt, und so hat es sich dann ergeben.« Sie schwieg kurz und wartete darauf, dass ich reagierte; als ich nichts sagte, sprach sie weiter: »Dies ist das Event deiner Träume, Addie. Du musst dir ein Bein ausreißen und alle umhauen. Wer weiß, vielleicht werden sie dich sogar für seine Hochzeit engagieren.«

»Für seine Hochzeit«, wiederholte ich tonlos. »Ja, das wäre schön.«

»Adeline! Was ist los mit dir? Ich dachte, du würdest vor Freude Luftsprünge machen. Sag mir nicht, dass es etwas mit Thomas Evans zu tun hat.«

»Nein. Nein, warum sollte es etwas mit Thomas zu tun haben?«

»Es gefällt mir nicht, wie geistesabwesend du klingst. Dies ist *das* Event, auf das du die ganze Zeit hingearbeitet hast«, stellte sie fest. »Bitte, erzähl mir nicht, dass du dir diese Chance wegen des dummen Videos entgehen lassen wirst.«

»Ich stehe bereit, Mutter.« Ich schloss die Augen und holte tief Luft.

»Gut. Treffen wir uns kommendes Wochenende in Versailles mit Joss?«

»Natürlich.«

»Wunderbar«, sagte sie, und ich hörte ihrer Stimme an, dass sie breit lächelte. »Ich bin so unglaublich aufgeregt deswegen, und du solltest es ebenfalls sein. Deine harte Arbeit hat sich ausgezahlt, und dieses blödsinnige Video hat das Königshaus nicht davon abgehalten, dich zu engagieren.«

»Sie haben wahrscheinlich gar nichts davon gehört.«

»Vertrau mir, die Krone hört von allem.«

Mein Magen krampfte sich zusammen. Bedeutete das, dass auch Prinz Elias davon gehört hatte? Und wenn ja, warum kümmerte mich das? Er erinnerte sich nicht einmal an mich. Ich beendete das Gespräch mit meiner Mutter und versuchte, wegen der ganzen Geschichte so enthusiastisch wie möglich zu klingen, aber irgendwie wollte ich wirklich nichts mit einem solchen Event zu tun haben. Was bedeutete der Ausdruck »bevorstehende Verlobung« überhaupt? Würde er der Braut auf der Party einen Antrag machen? Wenn ja, wer würde es sein? Und noch einmal, warum kümmerte es mich?

Kapitel 4

Ich blieb stehen, beugte mich vor und stellte schwer atmend den Korb ab, um ein wenig Luft zu schnappen. Ich war es nicht gewohnt, schwer zu tragen, und dieser mit allem Möglichen gefüllte Bastkorb, angefangen mit frischen, weißen Handtüchern bis hin zu Badesalz und Champagner, gehörte definitiv zum Schwersten, was ich je geschleppt hatte. Ich öffnete und schloss die Hände, um meine roten Finger zu strecken. Meine Großmutter, die ihr ganzes Leben als Bedienstete verbracht, Sachen geschleppt, Kleider gewaschen und Häuser blankgeputzt hatte, wäre enttäuscht von mir gewesen. Mit einem zittrigen Atemzug schloss ich die Augen und sog den besänftigenden Geruch und die leisen Geräusche des Strandes in mich auf, dann öffnete ich die Augen, ging in die Hocke und hob den Korb wieder hoch, um meinen Marsch fortzusetzen. Das Golfmobil, das ich normalerweise benutzte, wurde gerade ersetzt, daher war mir nichts anderes übrig geblieben, als über die Wiese zu gehen und den Korb zu Fuß zu liefern.

Als ich in der Stadt angekommen war, hatte ich gewusst, dass ich Buße tun würde für meine Sünden, und ich war zu jeder Arbeit bereit, die mein Onkel mir zuwies. Eigentlich hätte die Lieferung dieses Korbs ein Spaziergang sein sollen, aber nach der gestrigen Erfahrung hatte ich versucht, den Job an jemand anderen zu delegieren. Mein Onkel hatte mich nur um zwei Dinge gebeten: jede Woche ein paar Stunden Mitarbeit in der Buchhandlung und Hilfe bei den vermieteten Villen auf dem Grundstück. Bei einer Regel war er sehr nachdrücklich gewesen – ich durfte nicht mit dem Prinzen sprechen. *Zu spät.*

Davon würde ich meinem Onkel nichts erzählen, aber ich hatte vor, dieses Versprechen von jetzt an zu halten. Auf keinen Fall wollte ich den Prinzen in einen unnötigen Skandal verwickeln, und wenn man uns miteinander reden sah, konnte das leicht neue Gerüchte geben.

Es würde nicht gut aussehen, wenn man uns dabei ertappte, wie wir freundlichen Umgang miteinander pflegten. Nicht angesichts des Amts, das mein Vater bekleidete, und der Tatsache, dass er berüchtigt dafür war, die Stimme zu erheben, wenn es um die Ungerechtigkeiten der Krone ging. Seine Art zu denken war der Grund, weshalb die Leute angefangen hatten, die Monarchie und ihre Daseinsberechtigung infrage zu stellen. Heutzutage tötete der König nicht mehr jene, die die Stimme gegen ihn erhoben, und diese gewaltige Veränderung hatten alle zu respektieren gelernt, aber manche Menschen fanden die Monarchie dennoch schlicht antiquiert. Diese Leute fanden, dass Prinz Elias die Krone ablehnen sollte, sobald sein Vater das Zeitliche gesegnet hatte.

Ich war bei all diesen Diskussionen eher Zaungast. Wahrscheinlich weil ich im Gegensatz zu vielen dieser Menschen wirtschaftlich nicht direkt betroffen war. Wie das alte Sprichwort besagte: Die Armen blieben arm, und die Reichen wurden immer reicher. Das bedeutete nicht, dass ich den Leuten nicht das Beste wünschte, nur war es irgendwie nicht mein Thema. Einen Großteil meines Lebens hatte ich in den Staaten verbracht, und später war ich in ein Nachbarland mit einer anderen Königsfamilie gezogen, sodass ich mir nicht anmaßen durfte, über diese Angelegenheiten zu urteilen. Das überließ ich meinen Eltern.

Endlich näherte ich mich der Villa, und beim Anblick der Sicherheitsleute auf dem Gelände verlangsamte ich meine Schritte. Sie alle waren schwarz gekleidet, angefangen bei den Hüten mit Krempen, die ihre Augen verdeckten, bis hin zu den

Stiefeln. Der Mann an der Tür, ein hochgewachsener G.I.-Joe-Typ mit einem gestählten Erscheinungsbild und starrer Haltung, nickte mir zu, um mir zu bedeuten, dass ich näher kommen dürfe.

»Hier sind heute aber eine Menge Sicherheitsleute«, sagte ich zu ihm. Wegen des Huts und der Dunkelheit konnte ich nicht viel von seinem Gesicht sehen, aber als er mir den Korb abnahm, fiel mir auf, wie lang seine Finger waren und wie stark seine Hände.

»Der Sicherheitsdienst wird immer aufgestockt, wenn wir einen wichtigen Besucher haben«, sagte er kurz angebunden.

»Oh.« Ich öffnete und schloss die Hände, um sie wieder zu strecken, dann sah ich mich um. Nicht dass es etwas zu sehen gegeben hätte.

»Sie sind Monsieur Bouchards Nichte?«

»Ja.«

»Ihr Vater ist im Kabinett des Königs«, sagte er, und ich konnte nicht heraushören, ob das in seinen Augen etwas Gutes oder etwas Schlechtes war.

»Ja.« Ich biss mir auf die Zunge. Normalerweise war ich stolz auf meinen Vater, aber es fühlte sich ungut an, vor der Villa zu stehen, wo der Prinz residierte, dessen Daseinsberechtigung mein Vater ständig in Zweifel stellte.

»Keine Sorge. Man wird Sie nicht enthaupten, nur weil Sie Ihre eigenen Gedanken haben.« Der Wachmann kicherte leise. »Jedenfalls heutzutage nicht mehr.«

»Gott sei gedankt für den Fortschritt.« Ich lächelte.

»Bringen Sie jeden Abend den Korb her?«

»Vermutlich ja. Es ist Teil meiner Buße.«

»Buße wofür?«

»Das ist eine lange Geschichte, aber glauben Sie mir, ich verdiene Schlimmeres, als dem künftigen König schwere Körbe zu liefern.« Ich schaute zu ihm auf.

»Ich würde diese Geschichte gern hören.« Er lächelte breit. Es war ein jungenhaftes Lächeln, das mich meinerseits dazu veranlasste, sofort zurückzulächeln.

»Vielleicht erzähle ich sie Ihnen einmal.«

»Bei einem Bier?«

»Gern.« Ich zog eine Schulter hoch und war dankbar dafür, dass ich trotz allem immer noch flirten konnte. »Wann haben Sie frei?«

»Wann wollen Sie denn, dass ich freihabe?«

»Läuft das so in Ihrem Job?« Ich lachte. »Wenn ja, bewerbe ich mich auch.«

»Ich habe demnächst zwei Tage frei, aber so klang es besser.«

Wieder lachte ich. Plötzlich wurde die Tür neben uns aufgerissen, und wir beide erstarrten, als hätte man uns bei etwas Unrechtem ertappt. Ich hatte Prinz Elias immer nur mit diesem charmanten Grinsen gesehen, das Frauen ein feuchtes Höschen bescherte und das er gern Fotografen schenkte, genau in dem Moment, wenn sie ihn fotografierten. Dasselbe Lächeln, das ich gestern gesehen hatte, als ich mit Etienne hier gewesen war. Dass er jetzt vor mir stand und mich wütend anfunkelte, brachte mich aus dem Konzept. Ich wich seinem Blick aus, und jetzt erst fiel mir auf, dass er kein Hemd trug. Beim Anblick seines Oberkörpers weiteten sich meine Augen. Es bestand kein Zweifel daran, dass der Prinz trainierte.

»Brauchen Sie irgendwas?«, blaffte er mich an.

»Ähm. Nein.« Ich blinzelte hektisch und fragte mich, warum um alles in der Welt er mich so anfauchte. »Ich wollte das hier nur abgeben.«

»Haben wir alles, was wir brauchen, Pierre?« Er wandte sich dem Wachmann zu.

»Ja, Sir.«

»Dann bringen Sie es bitte rein.« Mit ihm sprach er bestimmt, aber höflich. Ich war diejenige, der seine Geringschätzung galt, und das wurde absolut klar, als er mich wieder anschaute. »Danke, dass Sie den Korb hergebracht haben. Das ist dann alles. Morgen benötige ich meine Sachen viel früher.«

Zur Antwort konnte ich nur nicken und blinzeln. Ich bekam nicht einmal ein weiteres Wort heraus. Pierre folgte dem Prinzen ins Haus, und die Tür schlug mir vor der Nase zu. Es war definitiv nicht das, was ich erwartet hatte, und etwas, das ich nicht noch einmal erleben wollte.

Kapitel 5

»Ich will da nie wieder hin«, erklärte ich.

»Er ist berüchtigt für seine Stimmungsschwankungen«, erwiderte Etienne.

»Ich habe mich so … klein gefühlt.«

»Tut mir leid, Addie. So ist er eben.« Er seufzte tief ins Telefon. »Halt dich einfach von ihm fern.«

»Oh, das tu ich. Ich werde seinen Korb heute um fünf Uhr abliefern und zusehen, dass ich nicht die geringste Aufmerksamkeit auf mich lenke. Ich kann gar nicht erwarten, dass das Wochenende kommt und ich endlich verschwinden kann.«

»Dann übernimmst du also das Event in Versailles?«

»Woher weißt du denn davon?«

»Mira hat es mir erzählt.«

»Woher weiß Mira davon?«

»Keine Ahnung. Woher weiß Mira so was? Tratsch«, sagte er.

»Trotzdem. Ich würde liebend gern wissen, wo sie es gehört hat.«

»Bleib am Apparat.« Etienne seufzte. »Mira, von wem hast du gehört, dass *Pirouette Events* Versailles übernimmt?« Er schwieg einen Moment, und ich hörte Mira im Hintergrund reden, bevor Etienne wieder dran war: »Sie hat es von Sara gehört, die es von Rita gehört hat, die es von Francis gehört hat, die es von Prinzessin Pilar weiß.«

»Oh. Ich vergesse immer, was für gute Beziehungen Mira hat.«

»Sie ist dir im Moment eine wertvolle Verbündete, das kann

ich dir versichern. Die Einzigen, die dich wegen deines Missgeschicks verurteilen, sind die Älteren, die vergessen haben, wie es war, jung zu sein und Fehler zu machen.«

»Nun, richte ihr meinen Dank aus.« Ich konnte nur ahnen, was Mira sagte, um mich zu verteidigen. Von allen Freundinnen Etiennes war sie definitiv meine Favoritin.

»Tut mir leid, dass Eli sich so beschissen benommen hat«, murmelte Etienne. »Er ist dafür bekannt, dass er manchmal ein Arschloch ist, aber das macht die Sache nicht besser.«

»Danke. Ich war mir nur nicht sicher, was ich getan habe, um das zu verdienen.«

»Gar nichts, Addie. Du hast gar nichts getan. Erledige deine Arbeit, organisier den Ball in Versailles, und vergiss den Mann einfach.«

»Das mach ich.« Ich nickte entschlossen und lächelte.

Um fünf Uhr machte ich mich mit dem Korb auf den Weg zu Prinz Elias' Villa. Diesmal schob ich sämtliche Vorstellungen, die ich mir bei der ersten Begegnung mit dem Prinzen gemacht hatte, beiseite, um mich gegen Enttäuschungen zu wappnen. Besser auf etwas Schlechtes gefasst zu sein als auf etwas Gutes und dann schmerzlich mit der Realität zu kollidieren.

Im Eingang stand derselbe Sicherheitsmann wie beim letzten Mal, Pierre.

»Ich habe morgen Abend frei«, sagte er, als er mich sah.

»Dann auf ein Bier?«, fragte ich, ging die drei Stufen hinauf und stellte den Korb vor die Tür.

»Gern. In welcher Villa wohnen Sie?«

Ich sah ihn ein Weilchen an und überlegte, ob ich es ihm sagen sollte. Aber wahrscheinlich wusste er es bereits. Ich zeigte auf die Villa nebenan.

»Oh.« Er lachte. »Und warum sind Sie dann nicht zu Fuß rübergekommen?«

»Hätte ich natürlich machen können, aber dann wären mir von der Schlepperei wohl die Finger abgefallen, und darum bin ich lieber mit dem kleinen Golfwagen hergefahren.«

»Die Körbe sind wirklich ziemlich schwer.« Er hob ihn hoch.

Jetzt, da er vor mir stand, fiel mir auf, dass er viel größer war als ich, allerdings galt das für die meisten Männer. Ich war eins zweiundsechzig groß und trug normalerweise flache Schuhe. Außerdem kam er mir viel zu nah. Nah genug, um zu erkennen, dass seine Augen hellblau waren und er eine Rasur vertragen könnte.

»Sie sind wirklich hübsch«, sagte er.

»Vielen Dank.« Ich lächelte. »Ich glaube, ich habe Ihnen gestern Abend nicht mal meinen Namen genannt.«

»Wie heißen Sie denn?«

»Adeline.«

Er lächelte. »Ich bin Pierre.«

»Freut mich, Sie kennenzulernen, Pierre.«

»Darf ich Sie morgen um sieben abholen?«

»Ich … können Sie um halb acht kommen?«

»Dann also um halb acht.« Er lächelte breit. Dabei funkelten seine Augen.

Die Tür wurde geöffnet. Pierre trat einen riesigen Schritt zurück, und plötzlich stand ich voll im Sichtfeld der Person auf der anderen Seite der Tür. Prinz Elias. Wieder einmal. Diesmal trug er ein weißes Hemd, und sein dunkles Haar war zerwühlt. Er hatte die perfekte Schlafzimmerfrisur. Und Schlafzimmeraugen. Und starrte mich unverwandt an. Das Herz hämmerte mir in den Ohren. Wieder schien ich mich nicht bewegen zu können. Es war, als hätte er mich mit einem Zauber belegt, dem ich nicht entrinnen konnte.

»Mademoiselle Adeline hat Ihre Sachen gebracht, Monsieur«, erklärte Pierre, der mir jetzt den Rücken zuwandte.

»Stellen Sie den Korb bitte ins Entree«, erwiderte Prinz Elias, immer noch ohne mich aus den Augen zu lassen, seine Stimme ein Befehl, dem zuwiderzuhandeln niemand wagen würde. Pierre verschwand im Haus.

»Ich …« Ich leckte mir die Lippen und verschränkte die Hände. »Ich hoffe, Sie sind mit allem zufrieden. Wenn Sie sonst noch etwas brauchen, zögern Sie bitte nicht, es mir mitzuteilen. Einen schönen Abend noch.«

Ich drehte mich um, und mein Rock raschelte. Ich musste hier weg, bevor ich mich zum Narren machte. Warum redete ich überhaupt mit ihm? Er hatte kein Wort mit mir gesprochen. Warum öffnete er überhaupt die Tür, wann immer ich herkam? Es war ärgerlich und nervig, und ich verabscheute es, welche Gefühle sein Anblick in mir weckte. Glücklicherweise gehorchten mir meine Füße, und ich war im Nu weg von der Vortreppe und zurück am Golfwagen.

»Adeline.«

Beim Klang meines Namens von seinen Lippen stockte mein Herzschlag. Ich blieb stehen. Hörte auf, mich zu bewegen. Hörte auf zu atmen. Irgendwie gelang es mir, mich zu ihm umzudrehen. Prinz Elias kam gerade die letzte Stufe herunter, als unsere Blicke sich trafen.

»Ich veranstalte morgen Abend eine Party.«

»Oh.« Ich horchte auf. *Er lädt mich zu einer seiner berühmten Partys ein?*

»Ich würde mich sehr freuen, wenn Sie uns die Drinks servieren würden.«

»Drinks servieren?« Ich blinzelte. »Ich … ähm … ich glaube nicht, dass ich dafür qualifiziert bin.«

Ich war keine Kellnerin. Außerdem machte ich so etwas nicht. Ich bediente niemanden oder machte ihm Körbe oder arbeitete auf Partys, für deren Planung ich nicht bezahlt wurde. Dafür engagierte ich andere. *Wie in aller Welt bin ich in diese*

Lage geraten? Ich erwartete nicht, dass Prinz Elias es wusste, aber ihm musste doch auffallen, dass ich Designerkleidung trug und keine seiner Angestellten war? Andererseits trugen wahrscheinlich auch seine Nannys und anderen Hausangestellten Designerkleidung. Aber der Punkt war, ich wurde normalerweise zu solchen Partys *eingeladen*, ich arbeitete nicht für die Gastgeber.

»Das spielt keine Rolle. Ich würde Ihre Hilfe zu schätzen wissen, und Sie sind doch ohnehin da.«

»Ich habe wirklich keine Zeit. Aber ich engagiere gern jemanden für Sie.« Ich lächelte höflich.

»Es wäre mir lieber, wenn Sie es selbst übernehmen würden.«

»Ich kann nicht. Ich ...« Ich hielt inne und versuchte zu entscheiden, wie viel ich erklären wollte. Schließlich lächelte ich nur wieder und sagte: »Ich habe ein Date.«

»Ein Date«, wiederholte er und musterte mich eingehender, als versuche er herauszufinden, wer mich zu einem Date einladen würde. In diesem Augenblick begriff ich, dass ich definitiv lernen könnte, Prinz Elias zu hassen. *Wie konnte ich nur je mit diesem Mann schlafen? Wie konnte ich ihm meine Jungfräulichkeit schenken?* Ich war angewidert von mir selbst.

»Ja, ein Date.«

»Also werden Sie um sieben nicht zu Verfügung stehen?«

»Nein«, antwortete ich allzu schnell, dann fügte ich hinzu: »Ich bringe Ihnen um sieben Ihren Korb und was immer Sie sonst noch benötigen, aber danach bin ich verhindert.«

»Wie wäre es mit neun Uhr?«

»Da werde ich immer noch bei meinem Date sein.«

»Elf?«

»Worauf wollen Sie eigentlich hinaus? Ich bin keine Kellnerin, Prinz Elias. Ich kann jemanden aus der Bar dort hinten an der Straße engagieren, wenn Sie möchten, obwohl Ihr Personal ganz bestimmt eine Liste von tüchtigen Kellnern oder Barkeepern hat, die auf Ihrer Party einspringen können.« So langsam verlor ich die Geduld, gab mir aber große Mühe, es mir nicht anmerken zu lassen. »Ich stehe morgen Abend nicht zur Verfügung, und dafür sollten Sie dankbar sein. Ich mache beschissene Drinks. Das sagen all meine Freunde. Ich gebe zu viel Alkohol und zu wenig anderes hinein, und am Ende sind alle viel zu schnell betrunken, und ihnen wird übel oder sie kriegen einen gewaltigen Kater. Weder stehe ich morgen Abend zur Verfügung noch bin ich zu Ihrer Unterhaltung hier. Das ist wohl ein Konzept, mit dem Sie nicht vertraut sind, aber manche Leute haben ein echtes Leben und echte Jobs, die nicht um die Krone kreisen.«

Als ich genug schwadroniert hatte, schlug ich mir eine Hand auf den Mund und wünschte, ich hätte das getan, bevor ich angefangen hatte zu reden. *Oh mein Gott.* Hatte ich gerade wirklich … *Warum, warum, warum* hatte ich überhaupt den Mund aufgemacht, um zu antworten?

Prinz Elias beobachtete mich nicht mehr voller Interesse. Sein Blick war mörderisch. Ich nahm die Hand vom Mund.

»Es tut mir so leid. Das war … das war nicht meine Absicht. Ich wollte nur …«

»Ich glaube, Sie haben genug gesagt, Mademoiselle Adeline. Ich werde Ihre Dienste morgen Abend nicht benötigen.« Er drehte sich um, schaute aber ein letztes Mal über seine Schulter und fügte hinzu: »Viel Spaß bei Ihrem Date.«

Er sagte das Wort *Date* mit solcher Geringschätzung, dass ich mir sicher war, dass er mich abgrundtief hasste. Ich kam nur nicht dahinter, warum mich das so sehr traf.

Kapitel 6

Um sieben Uhr am folgenden Abend ging ich zu der Villa des Prinzen hinauf und stellte den Bastkorb vor die Tür. Anders als gestern stand Pierre nicht Wache, allerdings waren dafür heute Abend überall andere Sicherheitsleute postiert. Ich belauschte zwei von ihnen, die sagten, dass sie heute Abend bei der Party viele Gäste erwarteten. Eine Menge Tumult und nackte Haut, fügte der andere hinzu. Ich hatte gerade den Korb abgestellt, als sich pünktlich wie ein Uhrwerk die Haustür öffnete. Prinz Elias stand da, ein Schnapsglas in der Hand. Sein weißes Hemd war am Kragen aufgeknöpft und seine Ärmel aufgekrempelt, als sei er gerade von der Arbeit nach Hause gekommen, aber ich wusste es besser. Der Mann arbeitete nicht. Ich hatte ihn die ganze Woche kein einziges Mal das Gelände verlassen sehen.

»Sind Sie bereit für Ihr Date?«, fragte er mit vor Missbilligung triefender Stimme.

»Ja. Sind Sie bereit für Ihre Party?«

»Ja.« Mit einem großen Schluck leerte er das Schnapsglas. Seine dunklen, mysteriösen Augen waren fest auf meine gerichtet. »Trinken Sie, Miss Adeline?«

»Gelegentlich.«

»Kommen Sie herein. Nehmen Sie einen Drink mit mir.«

»Ich kann nicht.«

»Wegen Ihres Onkels?« Er legte den Kopf leicht schräg und sah mich an. »Ich habe gehört, er möchte nicht, dass seine weiblichen Angestellten mit mir reden.«

»Ich bin nicht seine Angestellte«, sagte ich, obwohl mein

Onkel mich tatsächlich aufgefordert hatte, mich von dem Prinzen fernzuhalten. »Ich habe ein Date und möchte mich nicht verspäten.«

»Sie sind nervös«, bemerkte er. »Mache ich Sie nervös?«

»Ein wenig.« Es hatte keinen Sinn, ihn zu belügen.

»Interessant.« Er ließ die Tür los und kam einen Schritt auf mich zu. »Ihr Date kann bestimmt ein paar Minuten warten.«

Ich starrte auf seine Brust, auf den geöffneten Knopf und die goldschimmernde Haut, die darunter hervorlugte. Ich konnte mich nicht dazu überwinden, ihm direkt ins Gesicht zu schauen. Nicht, wenn er mir so gefährlich nah war. Nicht, wenn der Duft seines Eau de Toilettes mir das Gefühl aufdrängte, er würde gerade die Kontrolle über meinen Körper gewinnen.

»Kommen Sie schon, Adeline«, sagte er, die Stimme leise, sexy. »Nur ein Drink.«

Die Art, wie er meinen Namen aussprach, versetzte mich sofort zurück in unsere gemeinsame Nacht und wie er meinen Namen gesummt hatte, als er kam. Es kostete mich meine ganze Kraft, diesen Gedanken zu verjagen und den Kopf zu schütteln.

»Ich kann nicht.«

»Haben Sie Angst, dass meine Gesellschaft Ihnen gefallen könnte?«

»Nein.« Ich sah ihm in die Augen. »Ich weiß, dass sie mir nicht gefallen würde.«

Er lachte leise und dunkel. »Wissen Sie, Sie haben kein einziges Mal geknickst, seit ich hier bin.«

»Wird von mir erwartet, dass ich vor Ihnen einen Knicks mache?«

»Bin ich nicht Ihr zukünftiger König?«

»Noch sind Sie nicht König.« Ich hielt seinem kalten Blick

mit der gleichen Kühle stand. »Außerdem lebe ich in London. So weit reicht Ihre Krone nicht.«

»Sie reicht weit genug.«

»Nun, dann passt es ja gut, dass ich nicht mehr lange hier bin.«

Seine Augen wurden schmal. Er starrte mich an, aber ich war nicht bereit, mich auf ein Blickduell einzulassen, und nach wenigen Augenblicken drehte ich mich um und ging davon. Mein Herz raste. Auf der letzten Stufe schaute ich über meine Schulter und stellte fest, dass er immer noch an derselben Stelle stand, an der ich ihn zurückgelassen hatte, und mir nachsah. »Viel Spaß auf Ihrer Party.«

»Sie wirken geistesabwesend«, bemerkte Pierre, der mir gegenübersaß.

Wir befanden uns in einem Pub in der Stadt und hatten Fisch und Chips und Bier vor uns, und bisher lief alles gut. Wir unterhielten uns ganz entspannt und flirteten kein bisschen, was mir seltsamerweise gut gefiel.

»Ich habe nur gerade darüber nachgedacht, was für ein Arschloch der Prinz ist.«

Pierre verschluckte sich, stellte sein Bier ab und klopfte sich auf die Brust. »Er macht eine schwierige Zeit durch.«

»Scheint so.« Ich verdrehte die Augen und hob mein eigenes Bierglas an die Lippen. »Er verlässt nicht mal seine Villa. Er hat wohl nicht viel zu tun.«

»Er ist ein guter Mann.«

»Na ja.« Ich stellte mein Bier beiseite. »Mir ist es egal. Ich mag ihn trotzdem nicht.«

»Viele Leute haben Probleme mit der königlichen Familie. Ihr Vater kritisiert sie stets in aller Öffentlichkeit.«

»Mein Vater arbeitet mit der königlichen Familie zusammen. Er kritisiert nur gewisse Aspekte dessen, was sie tun. Dinge, mit denen er nicht einverstanden ist.«

»Stimmen Sie ihm in dieser Angelegenheit zu?«

»Das spielt keine Rolle. Ich lebe nicht mehr hier. Ich verneige mich vor der Königin von England.«

»Das ist eine faule Ausrede.«

»Was – dass ich mich vor einer anderen Königin verneige?«

»Dass Sie Ihre Meinung nicht sagen, weil Sie glauben, dass es Sie nichts angeht. Das meine ich mit der faulen Ausrede.«

»Finden Sie denn, der König sollte so viel Macht haben?«

»Ja.«

»Ja? Kein Zögern?« Meine Mundwinkel zogen sich in die Höhe. »Das sagen Sie, weil Sie für das Königshaus arbeiten.«

»Sie hatten jahrhundertelang alle Macht. Jetzt haben sie etwas weniger Macht, und es läuft immer noch gut. Warum etwas reparieren, das nicht kaputt ist?«

»Sie finden nicht, dass die Wirtschaft gegenwärtig am Boden liegt?«, fragte ich. »Viele Ärzte und Rechtsanwälte werden mittlerweile weit unter dem Durchschnitt entlohnt. Und das sind bei Weitem nicht alle Menschen, die in den letzten Jahren gelitten haben, seit es mit der Gesundheit des Königs bergab gegangen ist. So hat auch die Französische Revolution begonnen. Die Königsfamilie hatte Glück, dass die Krone damals gerettet worden ist. Ich fürchte, so viel Glück wird sie nicht noch einmal haben. Der König hätte schon vor Jahren abdanken oder dem Kabinett mehr Macht einräumen sollen. Dem Volk.«

»Sie urteilen ziemlich frei von der Leber weg für jemanden, dem nicht einmal daran gelegen ist, seinem Prinzen mit Höflichkeit gegenüberzutreten.« Die Stimme gehörte Prinz Elias, und sie erklang direkt hinter mir.

Ich hätte gedacht, dass ich bereits aufrecht saß, aber das war ein Irrtum. Beim Klang seiner Stimme drückte ich unwillkürlich den Rücken durch und nahm die Schultern zurück, während mir das Herz in die Hose rutschte. Wie lange stand er schon hinter mir? Wie lange hatte Pierre mich sprechen lassen, ohne mich aufzuhalten? Nach dem Ausdruck auf seinem Gesicht zu urteilen schien es, als hätte er versucht, mich zu warnen, aber ich hatte einfach weitergefaselt. Das war eine Schwäche von mir. Wenn mich irgendein Thema mit Leidenschaft erfüllte, konnte ich einfach nicht den Mund halten. Langsam schaute ich über meine Schulter und sah Prinz Elias mitten im Pub stehen. Alle um uns herum schienen in Schockstarre verfallen zu sein und starrten ihn an. Einige Frauen hatten sich noch immer nicht aus ihrem Knicks erhoben. Einige Männer verbeugten sich noch immer. Allen stand der Mund offen. Und dann war da ich, deren Gesicht feuerrot war und die vor Scham sterben wollte.

»Nichts von alldem hätten Sie hören sollen«, flüsterte ich.

Ich dachte, er würde mich weiter anfunkeln, aber seine Augen leuchteten auf, als ergötzte ihn mein Unbehagen ungemein. Er überbrückte den Abstand zwischen uns, trat direkt neben mich und legte eine Hand auf den Tisch, direkt neben meinen Arm. Wir saßen an einem der hohen Tische in der Nähe der Bar, mit passenden hohen Barhockern, und wäre er nur eine Spur kleiner gewesen, hätte mir das vielleicht einen Vorteil verschafft, aber leider musste ich mir immer noch den Hals verrenken, um ihn anzusehen. Nicht dass ich in diesem Moment auch nur die geringste Absicht gehabt hätte, ihm in die Augen zu sehen. Ich grübelte darüber nach, was ich gesagt hatte, und Entsetzen erfüllte mich. Mein Vater würde mich umbringen. Wenn er von diesem Zwischenfall erfuhr, würde er mich umbringen.

»Das ist Ihr Date?« Er sah Pierre an. »Haben Sie nicht gesagt, Sie gingen mit einer Freundin aus?«

»Das … tue ich, Monsieur.«

»Also ist es kein Date«, bemerkte Prinz Elias, der immer noch Pierre ansah. Der blickte zu mir.

»Es ist ein Date, wenn sie sagt, dass es eins ist, Monsieur.« Pierre nahm einen tiefen Rotton an. »Es würde mich freuen, wenn es ein Date wäre.«

»Es ist ein Date.« Ich hielt Prinz Elias' Blick stand. Er war mir viel zu nah. Viel näher als Pierre. Und wie er mich anschaute, ließ mir das Blut in den Ohren rauschen. »Was ist aus Ihrer Party geworden? Konnten Sie niemanden finden, der Ihnen Ihre Drinks einschenkt?«

»Ich habe genügend Personal. Natürlich habe ich jemanden gefunden.« Sein Kiefer zuckte. »Aber ich habe mich gelangweilt.«

»Gelangweilt?« Ich blinzelte. »Also haben Sie Ihrer eigenen Party den Rücken gekehrt?«

»Ich habe frische Luft gebraucht, und irgendjemand hat mir erzählt, dass Pierre hier ist, daher dachte ich, ich komme her, hänge ein wenig mit meinem alten Freund ab und lerne seine einheimische Freundin kennen.« Sein Blick wanderte zu Pierre. »Mir war nicht klar, dass dies ein Date ist. Dann hätte ich mich nicht aufgedrängt.«

»Bitte. Fühlen Sie sich frei, sich uns anzuschließen.« Pierre stand auf und schob einen dritten Hocker an den Tisch.

Er schaute über meine Schulter und zog einen weiteren Hocker heran und dann noch einen. Ich schloss kurz die Augen. Wir waren faktisch von dem Prinzen und seinem Trupp überfallen worden. Ich überlegte, ob ich aufstehen und mich entschuldigen sollte. Es schien ein guter Zeitpunkt dafür zu sein. Doch ich beschloss zu bleiben, um Pierres willen, denn er schien ratlos zu sein, und ich wollte ihm das nicht antun.

»Sie sind also alte Bekannte«, sagte ich, sobald Prinz Elias und die beiden Männer in seiner Begleitung an unserem Tisch saßen.

Pierre und ich saßen einander immer noch gegenüber. Prinz Elias saß auf einer Seite neben mir, und einer der Männer, der sich noch nicht vorgestellt hatte, aber so aussah, als sei er ein Freund und kein Bodyguard, hatte auf meiner anderen Seite Platz genommen. Ein dritter, ganz in Schwarz gekleidet, saß neben Pierre.

»Das stimmt«, bestätigte Prinz Elias. »Pierres älterer Bruder und ich haben zusammen gedient.«

»Oh.« Ich zog die Brauen hoch. Ich mochte meine Vorbehalte in Bezug auf die Krone haben, aber vor dem Militär hatte ich enormen Respekt. Ich sah Pierre an. »Stehen Sie und Ihr Bruder sich nahe?«

»Ja. Er ist inzwischen außer Dienst. Führt nicht allzu weit von hier entfernt ein ruhiges Leben.« Er lächelte. »Ich habe jede Menge Neffen und Nichten.«

»Definieren Sie jede Menge.« Ich erwiderte sein Lächeln.

»Vier Mädchen, zwei Jungs.«

»Heilige ... wow. In der Tat, jede Menge.« Ich lachte und nippte an meinem Bier.

»Wie haben Sie beide sich kennengelernt?«, fragte der Mann neben mir. »Ich bin übrigens Charles.«

»Adeline.« Ich lächelte. »Wir haben uns ...«

»Sie gehört zum einheimischen Personal. Sie bringt mir jeden Abend meinen Korb«, unterbrach Prinz Elias mich.

Sie gehört zum einheimischen Personal. Das stimmte so zwar nicht, aber ich würde nicht vor allen anderen mit ihm streiten. Stattdessen prostete ich ihm mit meinem Bierglas zu und hoffte, dass er die Geste als ein nachdrückliches »Fick dich« verstand.

»Sie ist ...«, begann Pierre, brach dann aber ab. Wir wechselten einen Blick. Ich wusste, was er fast gesagt hätte, und war ihm ewig dankbar dafür, dass er es nicht getan hatte. Ich wollte nicht, dass jemand an diesem Tisch erfuhr, wer mein Vater war. Die nächste Welle der Scham traf mich und fühlte sich an wie ein Peitschenschlag auf meine Hand. »Sie ist die hübscheste Frau in der Stadt«, bemerkte Pierre lächelnd.

»Das ist sie allerdings«, pflichtete Prinz Elias ihm bei.

Bei seinen Worten wurde mir die Brust weit aber ich ließ mir nichts anmerken. Ich würde nicht zulassen, dass der gutaussehende zukünftige König mich einwickelte. Ich würde nicht zulassen, dass es mir genauso ging wie so vielen Frauen dieser Stadt vor mir. Ich war jetzt schon eine Kerbe in seinem Bettpfosten. Ich wollte keine weitere hinzufügen.

»Sie sollten mit zurück in die Villa kommen. Ein paar Drinks mit uns nehmen«, sagte Charles neben mir. »Alle fünfe gerade sein lassen. Ohne Hemmungen.«

»Ich kann mir nicht erlauben, alle fünfe gerade sein zu lassen.« Ich leerte mein Bierglas, stellte es auf den Tisch und stieg von meinem Hocker. Dann ging ich um den Tisch zu Pierre und beugte mich vor, damit nur er mich hören konnte. »Vielen Dank für den wunderschönen Abend. Wir sollten das irgendwann mal wiederholen. Ungestört.«

»Es tut mir leid.« Er seufzte. »Möchten Sie, dass ich Sie begleite?«

»Ist schon gut. Ich brauche ja nur die Straße hinaufzugehen.« Ich beugte mich vor und drückte ihm einen Kuss auf die Wange. »Es war wirklich sehr schön mit Ihnen.«

»Kann ich … ich würde Sie gern einmal anrufen, aber der Handyempfang ist hier miserabel.« Er lachte leise.

»Kommen Sie einfach bei mir vorbei. Jederzeit.« Ich ließ ein letztes Lächeln für ihn aufblitzen, bevor ich mich umdrehte, um das Wort an den Rest des Tischs zu richten. Mir stockte der Atem, als ich feststellte, dass Prinz Elias mich eingehend beobachtete. »Gute Nacht, meine Herren.«

Mit diesen Worten schnappte ich mir meine Sachen und ging.

Den Golfwagen hatte ich ein kleines Stück die Straße hinauf geparkt. Jetzt standen zwei ähnliche Golfwagen daneben. *Besitz der Krone.* Ich fragte mich, ob Prinz Elias den Wagen entdeckt und beschlossen hatte, dem Lokal einen Besuch abzustatten. Ich vermutete es. Wahrscheinlich hatte er angenommen, der Wagen gehöre Pierre und nicht mir.

»Adeline.«

Ich drehte mich in die Richtung um, aus der ich meinen Namen gehört hatte, und sah Pierre auf mich zukommen. Ich lächelte ihn an. »Haben Sie sich gelangweilt?«

»Nein.« Er erwiderte mein Lächeln. »Aber ich habe mir überlegt, dass ich Sie auf der Fahrt den Hügel hinauf begleiten sollte.« Er hielt inne. »Unser Prinz braucht das eine oder andere für seine Party.«

»Sie meinen die Party, an der er nicht einmal selbst teilnimmt?« Ich verdrehte die Augen.

»Ich weiß, er kommt … arrogant rüber, aber er ist ein guter Mann.« Pierre signalisierte mir, dass wir die Straße überqueren konnten.

»Das haben Sie schon einmal gesagt.« Ich zuckte die Achseln. »Bestimmt ist er ein ganz wunderbarer Mensch.«

»Ist er wirklich.« Pierre lachte.

»Es spielt keine Rolle, das macht für mich definitiv keinen Unterschied.«

»Er interessiert sich für Sie.«

Ich stutzte. Dann startete ich den Golfwagen und wartete, bis Pierre auf dem Beifahrersitz Platz nahm.

»Inwiefern denn?«

»Ich weiß nicht, ob Sie sich vorstellen können, wie viele Frauen sich ihm ständig an den Hals werfen. Alle wollen die Eine sein, die den begehrenswertesten Junggesellen, notorischen Playboy und zukünftigen König dazu bringt, sich häuslich niederzulassen.« Er sah mich an. »Sie nicht. Daher sind Sie interessant.«

»Ich bin nicht an der Monarchie interessiert.«

»Ich auch nicht, aber Sie wären überrascht, wie viele Menschen es sind. Sie wären überrascht, wie weit so manche Frau gehen würde, und sei es nur für eine einzige Nacht mit Eli.«

»Sie nennen ihn Eli.« Ich blieb an der Kreuzung stehen und schaute ihn an. »Warum lässt er Sie draußen vor dem Haus arbeiten? Um die Tür zu sichern?«

»Ich habe mir diesen Job ausgesucht. Er bietet mir immer wieder an, sein Privatsekretär zu werden, und irgendwann werde ich das auch machen. Er wollte nicht allzu viel Personal mitnehmen, daher überwache ich manchmal die Tür.« Pierre ließ ein trauriges Lächeln aufblitzen. »Für meinen Vorgänger hat es kein gutes Ende genommen.«

»Was ist denn mit ihm passiert?«

»Er hat versucht, den Prinzen zu töten, und, nun ja …« Pierre zuckte die Achseln. »Für ihn ist es nicht gut ausgegangen.«

»Davon habe ich gehört«, flüsterte ich. »Der Mann ist kurz danach zum Tode verurteilt worden.«

Ich fuhr weiter. Als wir die Villa des Prinzen erreichten, sah ich bunte Lichter und hörte von drinnen laute Musik. Von hier aus sah es wie ein richtiger Nachtclub aus. Pierre bedeutete mir, neben dem Haus anzuhalten.

»Das stimmt nicht ganz. Der Prinz hat eingegriffen, und der Wachposten wurde nur zu einer lebenslänglichen Gefängnisstrafe verurteilt.«

»Warum nicht zum Tod?«, fragte ich. Wenn jemand versucht hätte, mich zu töten, hätte ich ihn wahrscheinlich tot sehen wollen.

»Eli ist kein rachsüchtiger Mensch. Er glaubt nicht an das Wort ›Auge um Auge‹.«

Ich zog die Brauen hoch. »Sein Vater schon.«

»Sein Vater, ja.« Pierre nickte. »Sein Vater hat den Wachposten zu guter Letzt doch noch hinrichten lassen.«

»Das überrascht mich nicht.«

»Ich weiß, Sie haben nichts übrig für die Art, wie der König seine Angelegenheiten handhabt, aber Sie können nicht die ganze Familie für die Taten eines einzelnen Mannes verantwortlich machen.« Er legte seine Hand auf meine. »Stellen Sie sich nur vor, was es für Sie bedeuten würde, wenn die Menschen Sie für die Taten Ihres Vaters verantwortlich machen würden oder umgekehrt.«

»Das tun sie bereits«, antwortete ich unglücklich. »Außerdem kritisiere ich den Prinzen nicht für das Tun seines Vaters, sondern für sein schlechtes Benehmen.«

Pierre stieg aus dem Wagen. »Vielleicht können wir das irgendwann mal wiederholen.«

»Sehr gern.«

»Übrigens, der Prinz möchte möchte Sie auf der Party sehen.«

»Ich dachte, er hätte jemanden für die Drinks gefunden.«

»Er möchte Sie als Gast dort haben.«

Ich horchte in mich hinein. »Das ist nicht mein Ding.«

»Es ist ein Kostümfest«, erklärte er. »Klamotten wie im *großen Gatsby*.«

»Definitiv nicht mein Ding. Ich habe nichts Passendes anzuziehen, und Verkleidungen führen zu schlechten Entscheidungen.«

»Vermutlich hofft er darauf.« Er lächelte. »Ich werde dort sein. Sie können jederzeit für zehn Minuten vorbeikommen und wieder verschwinden, wenn Sie keine Lust mehr haben.«

»Auch wieder wahr.« Ich betrachtete das Haus, den Blick auf das Flackern der Discolichter gerichtet. »Es ist nicht so, als hätte ich etwas Besseres vor.«

Kapitel 7

Ich war ganze zehn Minuten zu Hause, als es klingelte. Ich ging langsam und verwirrt zur Tür, und als ich öffnete, stand Pierre mit einer Kleiderhülle vor mir. Er sah gut aus in seinem Smoking.

Er reichte mir die Kleiderhülle. »Das da ist für die Party.«

»Ist das Ihr Ernst?« Ich nahm die Hülle in die Hände, öffnete den Reißverschluss und erblickte ein kurzes, schwarzes, üppig verziertes Kleid, wie die modebewussten Frauen in den Zwanzigerjahren es getragen hatten; so eins, das mit jeder Bewegung, die man macht, mitschwingt.

»Ich habe Ihnen doch erzählt, dass *Der große Gatsby* das Thema ist.«

»Mit Masken«, erwiderte ich und holte eine wunderschöne, mit schwarzen Federn verzierte Maske aus der Kleiderhülle. Dahinter entdeckte ich eine kurze brünette Perücke. »Und Perücken.«

»Macht Spaß.«

»Ich finde es dämlich.«

»Jetzt können Sie sagen, Sie seien zu Gast auf einer der berühmten Partys des Prinzen gewesen.«

»Ja.« Ich lachte schwach. Nur dass ich schon einmal bei einer seiner berühmten Partys gewesen war. Und da hatte ich mit ihm geschlafen.

»Zehn Minuten«, wiederholte er, wie um mich daran zu erinnern, dass ich nicht lange bleiben musste.

»Zehn Minuten.« Ich lachte, und diesmal war es ein echtes

Lachen. »Sie erwarten tatsächlich von mir, dass ich mich für zehn Minuten in diesen Fummel schmeiße?«

»Nicht ich erwarte es von Ihnen. Der Prinz erwartet es.«

»Im Pub hatte er keinen Smoking an.«

»Er hat sich noch nicht umgezogen«, klärte er mich auf. »Apropos … es gibt noch etwas, das ich Sie … fragen muss.«

»Das Anliegen scheint Sie zu verwirren.«

»Er muss sich irgendwo umziehen, bevor er zurück in die Villa geht, um seinen großen Auftritt hinzulegen, und ich dachte, es wäre vielleicht eine gute Idee, wenn er herkäme.«

»Hierher?«

»Nun ja, er wäre dafür in eins unserer Quartiere gegangen, aber Ihr Haus ist seinem am nächsten, daher wäre es sinnvoll. Vom Standpunkt eines Sicherheitsmanns aus betrachtet.«

»Aus Sicherheitsgründen. Natürlich.« Ich holte tief Luft. »Von mir aus kann er kommen. Ich habe zwei Gästezimmer mit eigenen Bädern.«

»Würde es Ihnen, ähm …« Pierre leckte sich die Lippen. »Würde es Ihnen etwas ausmachen, mir einen Schlüssel zu geben, damit er reinkann, wenn er will? Für den Fall, dass Sie beschäftigt sind.«

Ich schaute an ihm vorbei. Es war nicht zu übersehen, dass drüben eine Party im Gang war. Im Garten entdeckte ich eine Frau in einem ähnlichen Kleid wie dem in meiner Hand, also stimmte das mit der Kostümparty. Ich atmete durch, ging in die Küche, holte den Ersatzschlüssel und reichte ihn Pierre.

»Den will ich heute Nacht noch wiederhaben.«

»Sie haben mein Wort.«

Er verabschiedete sich, und ich ging in mein Zimmer hinauf und schloss die Tür hinter mir ab. Wenn Prinz Elias in meinem Haus sein würde, war mein Zimmer tabu. Wir bezeichneten die Gebäude als Villen, aber sie waren eher Miniaturherrenhäuser in der Tarnung hübscher Strandvillen. Die

Räume waren größer, als meine Zweizimmerwohnung in North Carolina es gewesen war, mit geräumigen Sitzbereichen und riesigen Fenstern, die Aussicht auf den Strand unten an den Klippen boten. Es waren insgesamt fünf Häuser: diese Villa hier, in der ich meine Teenagerjahre verbracht hatte, wenn ich zu Hause war, die Villa meines Onkels und die drei, die er vermietete und die seit langer Zeit fast den ganzen Sommer lang die königliche Familie mit Beschlag belegte.

Ich dachte darüber nach, was Pierre über Prinz Elias gesagt hatte, und dann über Prinz Elias' Worte im Pub. Er hatte mich gedankenlos zu einem Niemand herabgewürdigt. Ich schaute zu der Party in der Villa nebenan hinüber und überlegte, ob es ein Fehler war, daran teilzunehmen.

Die Menschen dort drüben waren mit Sicherheit allesamt irgendwelche Aristokraten. Trotz meiner Leistungen war ich für sie nur eine Frau von bescheidener Geburt, die ihnen Alkoholika brachte und sie mit frischen Handtüchern ausstattete. Für sie spielte weder der Einfluss meines Vaters eine Rolle noch mein Abschluss an einer angesehenen Universität. Es spielte keine Rolle, dass ich in London lebte oder dass ich mir eine angesehene Eventagentur aufgebaut hatte. Nichts von alldem zählte, denn unterm Strich würde ich für Prinz Elias immer eine gewöhnliche Frau aus dem Volk sein.

Kapitel 8

Ich ließ mir mit dem Umziehen Zeit und fluchte, als mir schließlich klar wurde, dass ich beim Reißverschluss meines Kleides Hilfe brauchte. Das wäre kein Problem gewesen, wäre nicht der Handyempfang hier draußen so schlecht, dass ich Pierre nicht würde erreichen können, es sei denn, ich ging persönlich hinüber. Doch alles in allem stand mir das Kleid sehr gut. Der Stoff schmiegte sich um meine Kurven, und sobald der Reißverschluss erst oben war, würde es mit seinem tiefen Ausschnitt definitiv die Illusion vermitteln, meine Brüste wären größer, als sie in Wirklichkeit waren. Ich hatte noch nicht entschieden, ob ich die Perücke aufsetzen würde oder nicht. Mein von Natur aus dunkelbraunes Haar hing mir bis auf die Taille hinab, und ich hatte keine Ahnung, wie ich das alles unter die Perücke bekommen sollte, die zu einem kurzen Bob frisiert war.

Die Haustür schlug zu, und ich zuckte zusammen. Da Prinz Elias bisher noch nicht eingetroffen war, hatte ich angenommen, er hätte seine Pläne inzwischen geändert. Ich betrachtete erneut meinen entblößten Rücken. Vielleicht konnte einer der Wachmänner mir behilflich sein. Als ich aus dem Zimmer trat und über das Treppengeländer hinunterblickte, sah ich Prinz Elias, der mit einer Kleiderhülle über dem rechten Arm im Entree stand und die Fotos meiner Familie an der Wand betrachtete. Wir waren seit Jahren nicht mehr als Familie zusammen hier gewesen, aber die Erinnerungen blieben. Ich warf einen zweiten Blick auf ihn, während er die Fotos bewunderte. Wenn ich ganz ehrlich mit mir selbst war, hätte ich mir, wenn er sich mir gegenüber nicht wie ein absoluter Mistkerl benommen hätte, wahrscheinlich alle zehn Finger nach ihm geleckt. Er war genau mein Typ Mann. Groß, breite Schultern, dunkles Haar, das er anscheinend nicht großartig frisierte und das deshalb ständig sexy verwuschelt wirkte. Seine Lippen waren voll, die Zähne blendend weiß und gerade, und seine Augen waren von einem tiefdunklen Grün. Das kantige Kinn verlieh ihm eine ernste Miene. Er war von Kopf bis Fuß genau der Prinz, der mich in meinen Träumen immer entführt hatte.

Nur dass er in Wirklichkeit zu der Sorte Mann gehörte, von dem ich mir immer geschworen hatte, niemals auf ihn hereinzufallen, denn trotz seiner Attraktivität war er durch und durch fies. Und wenn es eines gab, das ich nicht mochte, waren es fiese Menschen. Es interessierte mich nicht, dass Pierre andere Erfahrungen mit ihm gemacht hatte. Es interessierte mich nicht, dass er bei unserer allerersten Begegnung freundlich und geradezu versonnen gewesen war und mich im Bett behandelt hatte, als sei ich etwas Besonderes.

»Müssen Sie nicht auf eine Party gehen?«, fragte ich auf dem Weg nach unten und biss mir auf die Unterlippe, als er sich zu mir umdrehte und mich mit diesen dunklen Augen in aller Seelenruhe verschlang.

»Es steht Ihnen gut.«

»Danke.« Ich hatte zwar nicht unbedingt ein großes Kompliment von ihm erwartet, aber der Tonfall, in dem er *es steht Ihnen gut* sagte, klang wie: *Sie sollten sich besser umziehen.*

»Es sieht so aus, als hätten Sie eine schöne Kindheit und Jugend gehabt«, bemerkte er.

»Ich kann mich nicht beklagen.«

»Die Tochter des Premierministers.« Er sagte es ganz beiläufig, aber die Starre seiner Gesichtszüge verriet seine Ablehnung.

»Die bin ich.«

»Sie hören sich nicht so begeistert an, wie ich es von jemandem in Ihrer Position erwarten würde.«

»Das ist witzig aus Ihrem Mund.«

»Was soll das heißen?« Er legte den Kopf schräg und musterte mich.

»Ich hätte gedacht, Kronjuwelen und der Respekt der allermeisten Nationen würden glücklich machen.«

»Ich habe keineswegs den Respekt aller Menschen in meiner Nation, geschweige denn in anderen.« Er warf mir einen vielsagenden Blick zu.

»Sie verwechseln die Ansichten meines Vaters mit meinen eigenen. Außerdem bin ich der Ansicht, dass wir dieses Gespräch nicht führen sollten.« Ich ging zu ihm hinüber. Seine Augen weiteten sich eine Spur, als ich vor ihn hintrat, mich umdrehte und ihn über meine Schulter hinweg anblickte. »Würden Sie meinen Reißverschluss hochziehen?«

Er sah mir in die Augen, warf die Kleiderhülle auf das nächstbeste Sofa und legte die Hände auf meinen Rücken, ganz tief unten, wo der Reißverschluss war. Am liebsten hätte ich mich umgedreht, vor allem, als ich seine Finger auf dem Rücken spürte, aber ich konnte mich nicht dazu überwinden, den Bann zu brechen, den er um mich zu weben schien. Langsam zog er den Reißverschluss hoch. Als er oben ankam und mit einem Finger über meinen Rücken strich, schnappte ich nach Luft, dann hielt ich den Atem an, weil seine Miene sich verdüsterte. Er war fertig mit dem Reißverschluss, hatte die Hände aber nicht sinken lassen. Von der Eingangstür ertönte ein lautes Klopfen, dann wurde die Tür schnell geöffnet. Ich trat beiseite, und Prinz Elias' Hand sank zwischen uns herab. Er sah mir immer noch durchdringend in die Augen.

Pierre war in der Tür aufgetaucht. »Monsieur, die Prinzessin von Österreich ist eingetroffen und würde Sie gern sehen.« Er räusperte sich.

Ich wandte mich der Treppe zu und ging zurück in mein Zimmer, und mein galoppierendes Herz jagte hinter mir her. Ich zog die Tür zu und verschloss sie hinter mir, dann warf ich mich mit dem Rücken dagegen und stieß den Atem aus. *Was zum Teufel ist gerade passiert?*

Ich wartete, bis ich die Tür eines Schlafzimmers im ersten Stock zuschlagen hörte und Prinz Elias' Stimme verklungen war, bevor ich hinaustrat und mich zu der Party aufmachte. Draußen vor meiner Villa standen Pierre und der heutige Wachposten. Ich schloss die Haustür hinter mir.

»Die Männer tragen keine Masken?«, fragte ich.

»Oh doch.« Er holte eine Maske aus seiner Tasche und hielt sie sich demonstrativ vors Gesicht.

»Sie sehen gut aus.«

»Danke gleichfalls.« Er musterte mich von Kopf bis Fuß. »Ich sehe, Sie haben beschlossen, die Perücke doch zu tragen.«

»Sie ist ein bisschen unbequem.« Ich berührte meinen Kopf. »Aber ich denke, sie wird oben bleiben. Sind Sie startklar, oder müssen Sie auf den Prinzen warten?«

»Wir können vorgehen. Ich habe frei, erinnern Sie sich?« Er lächelte und bot mir seinen Arm.

Mit Freuden hakte mich bei ihm ein, dankbar dafür, jemanden zu haben, der verhinderte, dass ich hinfiel. Ich trug nicht oft High Heels, und obwohl diese hier einigermaßen bequem waren, war ich es nicht gewohnt, darin über kleine Kieselsteine zu spazieren.

»Haben Sie Outfits für jedes Motto verfügbar?«, fragte ich unterwegs.

»So ziemlich. Für dieses auf jeden Fall, und dann gibt es noch das Motto ›Achtzehntes Jahrhundert‹, wobei alle aussehen wie König Louis XVI. und Marie Antoinette. Das ist mein persönlicher Favorit.« Er hielt inne und schürzte die Lippen. »Es gibt bestimmt noch weitere.«

Ich merkte mir das Motto ›Achtzehntes Jahrhundert‹. Es war eine gute Idee für das Fest in Versailles.

»Gibt es irgendeinen bestimmten Anlass für die Party?«, erkundigte ich mich.

»Oh, eher einen Anlass, die Party aufzupeppen«, antwortete Pierre. »Partys langweilen ihn immer.«

»Warum veranstaltet er dann welche?«

»Das müssen Sie ihn fragen. Falls Sie es wagen.«

»Wagen würde ich es schon, aber die Frage ist nicht gerade lebenswichtig für mich.«

Wir kamen bei der Villa an und blieben kurz draußen auf der Veranda stehen, während wir unsere Masken aufsetzten.

»Können Sie erkennen, dass ich es bin?«

»Absolut nicht«, antwortete er. »Können Sie erkennen, dass ich es bin?«

»Nicht wirklich.« Ich erblickte einen Mann, der draußen umherging, während wir dastanden, und bemerkte, dass er genau das gleiche Outfit trug wie Pierre. Eine Frau kam heraus, und sie trug genau das gleiche Kleid samt dazugehöriger Maske wie ich. »Gehört das so, dass wir alle die gleichen Klamotten tragen?«

»Alle tragen dasselbe Outfit. Das macht die Sache interessanter.« Er bot mir abermals den Arm dar. »Holen wir uns einen Drink.«

Kapitel 9

Ich trank nicht viel. Es gab zwar jede Menge zu trinken, mehr, als irgendjemand brauchte, aber nüchtern machte es viel mehr Spaß, Menschen zu beobachten. Während meiner Beziehung mit Thomas war ich auf Tuchfühlung mit einigen Leuten gewesen, die die Geschicke der Welt lenkten, in London sogar mit einigen Mitgliedern der königlichen Familie, aber deswegen fand ich diese Party nicht weniger einschüchternd. Ich hatte keine Ahnung, wer unter den Masken steckte, und obwohl das ja gerade das Schöne daran war – hier waren wir alle gleich –, war es trotzdem extrem irritierend, sich auszumalen, wer alles hier sein mochte.

»Der Mann dort drüben ist Benjamin Drake«, flüsterte Pierre an meiner Seite.

»Was? Wo?« Ich folgte seinem Finger zu einem der Männer auf der Tanzfläche. »Woher wissen Sie das?«

»Ich habe ihn vorhin ohne Maske gesehen«, antwortete er.

»Sie sind ein echter Fan, hm?«

»Sind wir das nicht alle?« Er grinste. »Ich bin ihm einige Male begegnet. Netter Kerl.«

»Nun, gut zu wissen. Ich fände es wirklich bedauerlich, wenn ich sein Trikot wegwerfen müsste.«

Pierre lachte. »Hey, ich werde mir noch einen Drink holen. Wollen Sie auch einen?«

»Nein, danke. Ich werde mich auf die Suche nach der Toilette begeben.« Ich zögerte. »Quatsch, ich weiß, wo alles ist, also ja.«

Er lachte abermals. Die Villa war genauso gebaut wie meine, daher war es nicht schwierig, mich zurechtzufinden. Als die eigentliche Herausforderung erwies sich der Versuch, eine Toilette zu finden, vor der niemand Schlange stand. Ich schaute mich um. Je länger die Party dauerte, desto ungenierter schienen die Gäste zu werden. Anscheinend fielen Hemmungen leichter, wenn Leute etwas hatten, wohinter sie sich verstecken konnten.

Ich kam zu dem Schluss, dass es vielleicht das Klügste war, in eines der Gästeschlafzimmer im ersten Stock zu gehen. Gleich beim ersten traf ich auf ein Paar, das im Bett rummachte. Schnell schloss ich die Tür. Dann ging ich zum nächsten Raum weiter, wo eine Gruppe von Männern ein Gespräch führte. Auch diese Tür schloss ich rasch wieder. Jetzt war nur noch ein Raum übrig, nämlich das Hauptschlafzimmer im zweiten Stock. In dieser Etage gab es ein Gästebadezimmer außerhalb des Schlafzimmers, also konnte ich es benutzen, ohne den Schlafraum selbst zu betreten. Ich machte mich auf den Weg zur Treppe und ging hinauf.

Mir war beklommen zumute. Hier war es stockfinster, und ich fühlte mich als Eindringling. Das Bad lag am Ende des Flurs, und ich musste am Schlafzimmer des Prinzen vorbei. Ich hörte etwas hinter der Tür, ein Gespräch zwischen einem Mann und einer Frau, und wurde langsamer. War das die Prinzessin von Österreich? Sie hatte vorhin nach ihm gesucht. War sie diejenige, mit der Elias sich verloben wollte? Sie war wunderschön und von königlichem Geblüt, sie passten also ausgezeichnet zueinander. In meiner Internatszeit hatte ich gelernt, dass all diese Royals und Milliardenerben ein dichtes Netz aus Affären miteinander pflegten. Es war eine Jauchegrube zukünftiger Herrscher, und die Außenwelt konnte sie nicht einmal ansatzweise verstehen, daher war es nur folgerichtig. Trotzdem, aus irgendeinem Grund gefiel mir der Gedanke nicht.

Im kleinen Gästebad angekommen, verschloss ich die Tür. Ich blieb etwas länger als notwendig, ordnete meine Perücke und rückte meine Maske zurecht, bevor ich den Raum wieder verließ. Gerade als ich aus dem Bad kam, wurde die Tür des Schlafzimmers geöffnet, und eine Frau trat heraus. Sie richtete ihr Kleid und strich mit einem Finger unter der Unterlippe entlang, um ihren Lippenstift in Ordnung zu bringen. Sie schaute nicht in meine Richtung, als sie den Flur entlang- und die Treppe hinunterging. Mir war nicht einmal bewusst, dass ich erstarrt war, bis Elias kurz darauf ebenfalls aus dem Raum kam. Er trug genau das gleiche Kostüm wie alle auf der Party, aber es bestand nicht der geringste Zweifel, dass er es war. Anders als seine Gefährtin wandte er sich in meine Richtung um, und sein Blick fand meinen.

Etwas in seinen Augen veranlasste mich, mich in Bewegung zu setzen. Mein Herz hämmerte heftig, als ich an ihm vorbeiging, und gerade als ich dachte, ich würde ihn hinter mir zurücklassen, packte er mich am Arm und zog mich an sich. Ich hörte auf zu atmen. Mein Herz schlug mir plötzlich bis zum Hals und pochte so unbarmherzig wie die Stelle zwischen meinen Beinen, denn obwohl ich ihn fies fand, ließ sich nicht leugnen, dass ich ihn wollte. Mein Körper wollte ihn. Ich presste mich an ihn, neckend, verführerisch, und als er das Gesicht zu mir herabsenkte und mir in die Unterlippe biss, keuchte ich in seinen Mund und schlang die Arme um ihn, um den Kuss zu erwidern. Es ließ sich mit nichts vergleichen, das ich je erlebt hatte. Wie ich mich in seine Hände schmiegte, als sie mich erkundeten, war durch und durch erotisch. Durch und durch fleischlich. Die Musik brach ab, ein anderer Song begann, und in die ersten leisen Klänge mischten sich schwere Schritte auf der Treppe. Das war der Moment, in dem ich mich aus meiner Trance losriss und ihn von mir stieß. Meine Brust bebte, während ich um Atem rang. Er hielt kurz meine Hand fest, als wolle er nicht loslassen, aber ich entzog sie ihm und ging davon.

Ich kam an einem Mann vorbei, der in die entgegengesetzte Richtung unterwegs war, und mein Gesicht brannte unter der Maske. Ich fragte mich, ob er etwas gesehen hatte, und wenn ja, wie viel. Unten angekommen, trieb ich mich ein bisschen herum und schaute mir die Leute auf der Tanzfläche an, die sich offenbar gut amüsierten. Einige Leute fingen an, miteinander rumzumachen. Ich wertete das als mein Stichwort für den Aufbruch und versuchte kurz, Pierre zu finden, um mich zu verabschieden, aber es hatte keinen Sinn. Alle sahen gleich aus, und die Dunkelheit machte es nicht besser. Ich ging zur Tür.

Sobald sie sich hinter mir schloss, stieß ich einen langen, tiefen Seufzer aus. Normalerweise mochte ich Partys und verlor mich gern im Trubel. Auf einer Party konnte ich trinken und tanzen und wild sein, ohne verurteilt zu werden. Nach der ganzen Sache mit Thomas vermied ich es jedoch, dass mich andere so sahen. Ich wollte nicht als das wilde Partygirl aus London in die Schlagzeilen geraten. Kurz riskierte ich noch einen Blick durch die Fenster, wo das Stroboskoplicht flackerte und die Menschen johlten und lachten. Vielleicht hatte ich doch genug von Partys.

Ich machte mich auf den Weg nach Hause, aber als ich die Wellen unten gegen die Felsen krachen hörte, beschloss ich, die Treppe zwischen den beiden Villen hinunterzugehen. Ich war seit meiner Ankunft nicht am Wasser gewesen, und jetzt fühlte es sich so an, als würde das Meer nach mir rufen.

Ich nahm die Maske vom Gesicht und setzte die Perücke ab, außerdem zog ich unten an der Treppe meine Schuhe aus und ging durch den warmen Sand. Es war ein heißer Tag gewesen, die Sonne hatte vom Himmel geknallt und den Sand aufgeheizt. Aus Erfahrung wusste ich, dass ich mir die Füße bei einem Strandspaziergang mitten am Tag fast verbrannt hätte.

Jetzt, bei den kühleren Temperaturen, war die Sonnenhitze eine bloße Erinnerung. Ich setzte mich und atmete den beruhigenden Duft des Meeres ein, und als die erste Welle brach, schloss ich die Augen. Wie oft hatte ich hier draußen gesessen und so getan, als sei ich eine Meerjungfrau und mein Prinz würde kommen, um mich zu retten? Diese Stadt war damals, als wir hier gelebt hatten, viel zu klein für mich gewesen. Die Methode meines Vaters, dafür zu sorgen, dass ich während meiner Teenagerjahre bescheiden blieb, trotz der Internate und all der Reisen kreuz und quer durch die Welt.

»Hat meine Party Sie gelangweilt?«

Mein Herz setzte aus, und ich riss die Augen auf. Ich wandte mich um und schaute auf. Prinz Elias wirkte aus diesem Winkel unglaublich groß, wie ein Riese, der den Himmel berührte. Vielleicht war er dazu ja wirklich imstande. Er setzte sich neben mich, nahm seine Maske ab und warf sie in den Sand. Als ich über meine Schulter schaute, sah ich seinen Bodyguard an der Treppe stehen. Nah, aber doch weit genug entfernt, um seine Privatsphäre nicht zu stören.

Ich war gespannt, ob er zur Sprache bringen würde, was gerade im Haus geschehen war. Ich fragte mich, ob ich es tun würde.

Nein. Vergiss es. Es war ein Fehler. Eine einmalige Sache, die in sexuell aufgeladener Partystimmung passiert ist. Sonst nichts.

»Hat sie Sie gelangweilt?«, fragte ich einen Herzschlag später.

»Ich bin hier, nicht wahr?«

»Das klingt, als sei es hier auch nicht so viel besser.« Bei den Worten zogen sich meine Mundwinkel in die Höhe. »Sie sind wirklich ein Arschloch, wissen Sie das?«

»Das haben Sie bereits gesagt.«

»Ich bin bestimmt nicht die Einzige, die Sie darauf aufmerksam gemacht hat.« Ich sah ihn an. Er hatte seine langen

Arme auf die Knie gelegt, und seine Hände baumelten herunter, während er aufs Meer hinaussah.

»Abgesehen von meinen Geschwistern und vielleicht einigen Cousins und Cousinen sind Sie die Einzige, die das je zu mir gesagt hat.« Er hielt meinen Blick kurz fest. »Jedenfalls die Einzige, die es mir ins Gesicht gesagt hat.«

»Interessant.«

»Ja, in der Tat.« Er rückte näher heran. »Wissen Sie, warum die Leute es mir nicht ins Gesicht sagen?«

»Sie haben Angst vor den Konsequenzen?«

»Vermutlich. Ich könnte kurzen Prozess mit ihnen machen. Locker.«

»Es hat Vorteile, wenn man der künftige König ist.«

»Dieser Job hat nicht viele Vorteile.« Er gab einen Laut zwischen Schnauben und höhnischem Lachen von sich und wandte den Blick ab. Ich betrachtete sein Profil. Er hatte hübsche Gesichtszüge. Zerfurcht und doch hübsch.

»Es könnte durchaus vorteilhaft sein, wenn Ihre Familie nicht so versessen auf Traditionen wäre.«

»Meinen Sie, ich hätte dieses Gespräch nicht schon unzählige Male geführt?« Er sah mich wieder an. »Glauben Sie, ich hätte nicht versucht, Wege zu finden, um die Krone würdig zu vertreten und das Volk glücklich zu machen? Es ist nicht so einfach, wie Sie vielleicht denken.«

»Sie haben recht. Ich kann mir das nicht vorstellen.«

»Es ist eine Menge Druck. Der König liegt im Sterben.«

»Sie meinen Ihren Vater.«

»Meinen Vater, den König.« Er sah mir forschend in die Augen. »Ich erwarte nicht von Ihnen, dass Sie ihn als Vater oder Ehemann sehen. Er ist ein strenger Herrscher, der in allem das letzte Wort haben will, und der Grund dafür ist, dass viele Menschen leiden.«

Diesmal war ich es, die den Blick abwandte und zum Meer

schaute. Der Aufruhr des Ozeans passte zu seinen Augen, und irgendwie fand ich keinen Trost darin. Der Prinz hatte nicht unrecht. Eine Menge Leute warteten auf das Dahinscheiden seines Vaters. Es gab hungernde Menschen auf der Straße. Menschen, die ihre Häuser verloren, ihre Arbeit, ihre Familien. Doch der König nahm es nicht zur Kenntnis, und bis zu diesem Abend hatte ich gedacht, dass Prinz Elias es ebenfalls nicht verstehen konnte. Vielleicht hatte ich mit meinem Urteil falschgelegen. Er schien ein Mann zu sein, der zwar gut mit Verlust zurechtkam, die Last aber trotzdem spürte.

Das Knirschen von Sand veranlasste uns, die Köpfe zu wenden. Einer seiner Sicherheitsmänner kam näher.

»Die Prinzessin von Österreich sucht nach Ihnen«, sagte der Mann.

Prinz Elias stieß einen tiefen Seufzer aus und warf den Kopf in den Nacken, als bitte er das Universum um Geduld. Das bot einen weiteren Blick auf den Menschen, den er hinter seinem Gleichmut versteckte. Langsam stand er auf, und aus seiner Hose rieselte Sand auf den Rock meines Kleides. Der Sicherheitsposten ging davon, und Prinz Elias blieb noch ein Weilchen in der Stille stehen und beobachtete das Meer. Nur das Plätschern der Wellen störte seine Gedanken.

»Wir werden uns ein andermal sehen, Miss Adeline«, sagte er. »Danke, dass Sie mir zugehört haben und dass Sie bei der Party waren, wenn auch nur kurz.«

»Danke, dass Sie mich als Gast eingeladen haben.« Ich lächelte schwach und schaute zu ihm auf. »Auch wenn es Ihnen vielleicht nichts bedeutet – es tut mir leid, dass Ihr Vater stirbt.«

Sein Lächeln war schwach und gequält, und dann wandte er sich ab und ging davon.

Kapitel 10

Ich begab mich ins zweite Stockwerk unserer Villa und setzte mich mit meinem Kaffee auf den Balkon. Der Wettervorhersage zufolge war die Sonne vor einer Stunde aufgegangen, und ich war traurig, dass ich es verpasst hatte. Der Sonnenaufgang war für mich schon immer das Bemerkenswerteste an dieser Stadt gewesen. Nirgendwo sonst hatte ich etwas Vergleichbares gesehen. Während ich dasaß, bemerkte ich, dass jemand aus dem Meer kam. Ein Mann. Ich war dem Wasser nah genug, um seinen muskulösen Torso zu erkennen und dieses verdammte V, das in seinen Boardshorts verschwand. Sein Haar verdeckte das Gesicht, aber plötzlich bückte er sich, befeuchtete seine Hand und kämmte sich das Haar mit den Fingern zurück. Mein Herz setzte einen Schlag aus. Elias. Scheiße. Natürlich. Er war so verdammt attraktiv. Er hob den Kopf, und ich hätte schwören können, dass sich unsere Blicke trafen. Mein Herz setzte aus. Ich hielt den Atem an. Würde er hierherkommen oder in seiner Villa verschwinden? Ich bekam eine Antwort, als ein Mann auftauchte und etwas zu ihm sagte. Ich nahm ihm die Entscheidung ab, erhob mich und ging hinein. Auf keinen Fall konnte ich jetzt Ärger gebrauchen, und Prinz Elias, der bald König sein würde, würde gewiss Ärger bedeuten.

Ich stellte den Bastkorb vor die Haustür und wandte mich zum Gehen. Heute war draußen keine Security postiert, daher nahm ich an, dass sich die Sicherheitsleute alle bei Prinz Elias im Haus aufhielten. Gerade als ich gehen wollte, wurde die Tür geöffnet. Ich drehte mich um, auf Prinz Elias persönlich gefasst, aber es war Pierre. Lächelnd kam er aus der Villa und schloss die Tür hinter sich.

»Drinnen wird gerade der Müll eingesammelt.«

»Kann ich mir vorstellen. Es war eine ganz schöne Fete.«

»Sie sind nicht lange geblieben.«

»Ich habe mich ein wenig unwohl gefühlt. Ich glaube, Madame Meyers Geflügelpastete bekommt mir nicht.«

»Oh. Nun, mir scheint sie zu bekommen.« Er legte sich eine Hand auf den Bauch und zog die Brauen hoch. Ich lachte.

»Hey, ich wollte fragen, was Sie am Vorabend des großen Maskenballs in Versailles vorhaben?«

»Sie meinen, an dem Abend, an dem alle Aristokraten mit ihren Töchtern auftauchen und versuchen werden, sie dem Prinzen schmackhaft zu machen?«, fragte er.

»Ja.« Obwohl ich mich innerlich ganz seltsam fühlte, gelang es mir, darüber hinwegzulächeln. Vielleicht lag mein Unwohlsein doch nicht an der Geflügelpastete.

»Ich habe an diesem Abend frei. Wollen Sie unser Date im Pub bis dahin verschieben?«

»Oh. Nein. Na ja, also ich habe mich gefragt, ob Sie mich zu der Gala begleiten würden. Ich … meine Eventagentur organisiert sie, und meine Mutter hat gesagt, es wäre gut, wenn ich jemanden mitbringen würde, und da habe ich an Sie gedacht.«

»Ich war Ihre erste Wahl, als Sie an ein Date gedacht haben?«, fragte er.

»Es ist eine Art Arbeitsdate. Ich möchte nicht, dass Sie denken …«

»Oh.« Er streckte eine Hand aus. »Es ist für mich in Ordnung, wenn es sich um ein freundschaftliches Nicht-Date handelt.«

Gerade als ich über seine Antwort lachte, wurde die Tür hinter ihm geöffnet, und Prinz Elias erschien. Der Mann hatte ein untadeliges Timing. Heute Abend wirkte er irgendwie unleidlich.

Wieder einmal. Als wir allein am Strand gewesen waren, hatte er nicht besonders unleidlich gewirkt.

»Plant ihr ein weiteres Date zusammen?«, fragte Prinz Elias.

»Scheint so«, bestätigte ich. »Brauchen Sie Uhrzeit und Datum, damit Sie wieder hineinplatzen können?«

»Na klar. Wann soll es denn stattfinden?« Er legte den Kopf schräg und sah mich an, die Erheiterung in seinen Augen offenkundig.

»Am Abend Ihrer Gala. Ich schätze, Sie werden indisponiert sein. Keine Sorge, wir werden Sie am nächsten Tag über alle Details in Kenntnis setzen.« Ich lächelte.

»Sie nehmen also an, dass ich die Gala nicht verlassen und nach Ihnen suchen werde.«

Das ließ mich stutzen. Ich blinzelte und schaute Pierre an, dessen Brauen in die Höhe gerutscht waren. Er wirkte ebenso verblüfft wie ich. Ich öffnete einige Male den Mund, um zu antworten, konnte aber keine passende Erwiderung finden.

»Keine Sorge, Miss Adeline. Das war nur ein Scherz. Ich werde Ihr Date nicht stören«, versicherte Prinz Elias mir gleich darauf, obwohl er es zu genießen schien, mich sprachlos zu sehen. Er bückte sich, griff nach dem Korb und trat zurück ins Haus. »Pierre. Auf ein Wort, bitte.«

»Ja, Monsieur.« Pierre sah mich an. »Wir reden später weiter.«

»Kein Problem.«

Diesmal ging ich wirklich.

Der Freitag kam schnell, und bald saß ich in einem Flugzeug, um zusammen mit meiner Mutter und Joss Versailles zu besuchen. Bei meiner Ankunft dort parkte ich den Mietwagen auf dem mir zugewiesenen Parkplatz, wo die Caterer und das Personal ihre Autos abstellten, und machte mich auf den Weg zum Haupteingang. Meine Mutter und Joss waren bereits da, beide schauten beim Warten auf ihre Handys, während die Touristen um sie herumströmten. Joss entdeckte mich als Erste, und ihr Lächeln, als ich auf sie zukam, ließ ihr ganzes Gesicht erstrahlen. Als ich sie erreichte, schlang sie die Arme um mich.

»Ich vermisse dich so sehr.«

»Ich vermisse dich auch.« Ich erwiderte ihre Umarmung, dann trat ich einen Schritt zurück, um meine Mutter mit der gleichen Inbrunst zu umarmen. »Ich vermisse euch beide.«

»Dann komm einfach zurück«, schlug Joss vor.

»Unsinn. Mein Schwager würde mich umbringen, wenn ich sie so leicht davonkommen ließe«, sagte meine Mutter. »Davon abgesehen können wir alle sehr gut ein bisschen frischen Wind gebrauchen.« Sie richtete ihre Aufmerksamkeit erneut auf mich. »Hast du noch nichts gegessen? Wie sieht es in der Villa aus? War alles so, wie wir es hinterlassen haben?«

»Die ganze Stadt scheint so zu sein, wie wir sie hinterlassen haben«, entgegnete ich. »Obwohl ich nicht wirklich viel Kontakt mit irgendjemandem hatte.«

»Nun, du warst nur selten da, als dein Vater und ich in der Stadt gelebt haben, daher ist kaum zu erwarten, dass du dich an vieles erinnerst.«

»Prinz Elias ist gerade dort.«

Meine Mutter und Joss wechselten einen Blick.

»Und?«, hakte Joss nach.

»Sag mir, dass ihr nicht miteinander gesprochen habt«, kam es im selben Moment von meiner Mutter.

»Doch, wir haben miteinander gesprochen«, erwiderte ich. »Und er ist ein Mistkerl.«

Joss lächelte.

»Inwiefern?« Meine Mom runzelte die Stirn. »Er war immer extrem charmant.«

»Ich habe nicht gesagt, er sei nicht charmant gewesen. Ich habe gesagt, dass er ein Mistkerl ist.«

»Warum ist er dort?«, fragte Joss.

»Er fährt jeden Sommer rüber«, sagte meine Mom. »Er nimmt seine ganze Entourage mit und mietet jede verfügbare Villa, und dann feiert er unaufhörlich Partys.« Sie schüttelte angewidert den Kopf. »Betrunkene Leute überall. Nackte Leute überall. Sex überall. Sie nutzen die einheimischen Frauen aus. Es ist widerwärtig.«

»Klingt … genau wie zu erwarten.« Joss lachte leise.

»Er hat mich neulich zu einer Party eingeladen.«

»Sag mir bitte, dass du nicht hingegangen bist«, bat meine Mom.

»Natürlich bin ich hingegangen.« Ich unterdrückte ein Lächeln und schaute Joss an, die diese ganze Sache viel zu sehr genoss. »Man darf dem Prinzen nichts abschlagen.«

»Adeline.« Mom atmete aus und schloss kurz die Augen. »Das Letzte, was du gebrauchen kannst, ist ein weiterer Skandal. Wir müssen dir wieder auf die Füße helfen, aber nicht, indem wir dich unter einem Prinzen hervorziehen, der sich in zwei Wochen nicht einmal mehr an deinen Namen erinnern wird.«

»Mutter!«

»Ich stellte lediglich eine Tatsache fest«, sagte sie. »Als wir dort gewohnt haben, habe ich beobachtet, wie er und sein Bruder sämtliche Frauen in der Stadt verführt haben. Die meisten von ihnen verlieren kein Wort darüber, und das allein spricht Bände.« Sie warf mir einen Blick zu, bevor sie sich zum Palast umdrehte. »Also, lasst uns gehen. Auf uns wartet Arbeit.«

Joss schlenderte hinter meiner Mutter her, und ich schlenderte ihnen nach. Die Türen des opulenten Palasts öffneten sich und offenbarten uns seine Pracht. Ich war früher schon hier gewesen, einmal als kleines Mädchen und dann noch mal als Teenager. Beim zweiten Mal war ich allein hergekommen. Ich hatte an einer Führung teilgenommen, mich aber auf halbem Wege irgendwie verirrt. Das war noch vor der Zeit gewesen, als soziale Medien und Paparazzi angefangen hatten, Hetzjagden auf minderjährige Prominenz zu veranstalten.

An jenem Tag hatte ich meinen ersten Blick auf die Prinzen erhascht. Ich hatte niemandem davon erzählt – es war kein besonders erwähnenswertes Erlebnis gewesen. Sie hatten sich in dem Teil des Palasts aufgehalten, der für die Öffentlichkeit nicht zugänglich war, und stiegen gerade hinten in ein Auto ein. Zu keiner Zeit sahen sie mich oder blickten auch nur auf, und obwohl ich mich innerhalb der Mauern des Palasts befand, fühlte ich mich wie ein Außenseiter. Selbst aus dieser Perspektive wirkten sie unberührbar.

»Der Ball findet in der Parkanlage statt«, unterbrach meine Mutter meine Gedanken. Ich wandte mich blinzelnd von den wunderschönen Spiegeln ab und richtete meine Aufmerksamkeit auf sie. »Deshalb sind wir mit Madame Rose verabredet, die alles managt, was auf dem Palastgelände passiert.«

»Hast du dich bereits mit den Tänzerinnen in Verbindung gesetzt?«, fragte ich Joss. »Wir werden Madame Gracielas Choreografie benötigen. Und Akrobaten. Ruf unseren Kontaktmann in Montreal an und finde heraus, wie viele Künstler sie rüberschicken können. Außerdem brauchen wir Feuerschlucker, und zwar die, die wir auch für Tamaras Hochzeit engagiert haben. Die Band und der DJ …«

»Der Palast wird Blumen und das Essen bereitstellen«, fiel meine Mutter mir ins Wort. »Ich glaube, es gibt auch eine Liste von Bands und DJs, die sie gern hätten.«

»Das ist hilfreich.« Es machte mir keine Freude, mit Caterern oder Floristen zu verhandeln. Meistens wussten sie bereits, für wen ich ein Event plante, und stellten mir schon überhöhte Rechnungen, ehe ich auch nur einen Fuß in ihr Büro gesetzt hatte.

Wir erreichten eine Tür am Ende des Flurs. Mom klopfte, und wir warteten. Eine ältere Frau mit wunderschönem weißen Haar, das sie sich zu einem klassischen, tiefsitzenden Knoten zurückgebunden hatte, machte uns auf.

»Madame Perla«, sagte Madame Rose, als sie meine Mutter sah, dann wandte sie sich zu uns um. »Mademoiselle Joslyn, Mademoiselle Adeline, bitte, kommen Sie doch herein.« Sie trat zurück und machte uns genug Platz, um in ihr Büro zu treten, das atemberaubend war, genau wie der Rest des Palasts.

»Danke, dass Sie uns empfangen«, sagte ich. »Es ist uns eine Ehre, bei einem solch wichtigen Ereignis eine bescheidene Rolle spielen zu dürfen.«

»Ich bin froh, dass Ihnen die Wichtigkeit des Anlasses bewusst ist«, antwortete Madame Rose. »Meine Tochter, die an einer von Ihnen geplanten Hochzeit teilgenommen hat, hat Sie mir in den höchsten Tönen empfohlen. Sie hat so sehr davon geschwärmt, aber sie selbst ist bereits verheiratet und hat keine Verwendung für Eventplaner. Deshalb freue ich mich sehr über diese Gelegenheit.«

»An wessen Hochzeit hat sie denn teilgenommen?«, fragte ich lächelnd, dankbar, dass mein Skandal nicht bis hierher durchgedrungen war oder es zumindest keine Rolle zu spielen schien.

»Danika Smirnov.«

»Oh.« Ich lächelte. »Das war eine ziemlich große Hochzeit.«

»Sie hat perfekt gezeigt, wozu wir fähig sind«, warf meine Mutter ein.

»Nun, wenn es meine Entscheidung wäre, würden wir Elefanten und Kamele herholen, aber die Königin ist viel zurückhaltender als ich, daher bin ich gespannt, was Sie bisher geplant haben.«

Es überraschte mich ein wenig, das zu hören. Ich wusste nicht viel über die Königin, aber nach den offiziellen Pressefotos zu urteilen, die ich in verschiedenen Zeitschriften gesehen hatte, waren ihre Partys maßlos extravagant. Ich erklärte Madame Rose, was mir vorschwebte: die Tänzerinnen und die Band, die DJs und akrobatischen Shows. Sie hörte aufmerksam zu und machte sich ab und zu eine Notiz.

»Ich erwarte, dass alles reibungslos über die Bühne geht.« Sie legte ihren Stift beiseite und sah uns drei an. »Bei Bedarf stelle ich Ihnen das gesamte Personal zur Verfügung. Sie können die Leute einsetzen, wofür immer Sie sie brauchen. Wenn Sie vorhaben, Ihr eigenes Personal mitzubringen, müssen sich alle einem Backgroundcheck unterziehen, außerdem bei Eintreffen auf dem Gelände einer Durchsuchung.«

»Wir greifen gern auf Ihr Personal zurück«, sagte ich rasch. »Wir drei werden da sein, und es gibt zwei weitere Frauen, die ich gern mitbringen würde, um für einen reibungslosen Ablauf zu sorgen, aber davon abgesehen arbeite ich mit Freuden mit Ihren Leuten.«

»Gut.« Sie lächelte, stand auf und hielt mir die Hand hin. »Ich kann es gar nicht erwarten zu sehen, was Sie auf die Beine stellen.«

»Vielen herzlichen Dank.« Ich stand auf und schüttelte ihre Hand.

»Wenn Sie irgendwelche Fragen haben, fühlen Sie sich frei, mir eine E-Mail zu schicken oder mich anzurufen.«

»Das werde ich tun.«

Joss und ich verließen das Büro, gefolgt von meiner Mutter und Madame Rose. »Wir drehen eine schnelle Runde über das Gelände«, hörte ich meine Mutter sagen. »Und dann erstellen wir einen Plan für Sie. Sie haben ihn bis Mitte der Woche.«

»Bleibt Ihnen denn genug Zeit für alle notwendigen Vorbereitungen?«, fragte Madame Rose.

»Reichlich Zeit«, bestätigte ich und drehte mich um.

»Sie haben eine Menge Vertrauen in Ihre Fähigkeiten«, bemerkte Madame Rose.

»Wenn ich kein Vertrauen habe, wer soll es dann haben?«

Mit diesen Worten begab ich mich zusammen mit meiner Mutter und Joss in die Parkanlage, und wir tüftelten einen Plan aus. Ich ertappte mich bei dem Versuch, die Tatsache zu verdrängen, dass wir das Fest für Prinz Elias planten, und obwohl ich mich selbst nicht recht verstand, stellte ich mir vor, der Anlass wäre ein anderer. Glücklicherweise war der Park, durch den wir streiften, so üppig und atemberaubend, dass es mir sehr dabei half, mich abzulenken. Der Rasen war tadellos gepflegt. Über achthundert Hektar Grün. Es fühlte sich endlos an, und angesichts der ganzen Pracht konnte ich mir nur allzu gut vorstellen, dass die Parkanlagen rund um die Uhr gepflegt werden mussten. Ich selbst konnte kaum eine Pflanze für drei Tage am Leben erhalten, und diese gewaltige Verantwortung hier hätte mich vollends überfordert. Die Party würde sich auf einen bestimmten Teil der Anlagen konzentrieren, und dort gab es eine große, runde Fläche, die bestens geeignet war für eine Bühne samt Tanzfläche ringsum. Die Fläche war von einem erhöhten Ring umgeben, wie ein Amphitheater. Es war absolut perfekt für das, was mir vorschwebte.

Kapitel 11

Die Buchhandlung sah vollkommen verändert aus, nachdem Lenora und Pedro damit fertig waren. Von außen wirkte sie idyllisch, aber wunderschön, mit sattgrünem Gras und einer eleganten weißen Ladenfront, die sie aussehen ließ wie eine schicke Boutique. Das Café im oberen Stockwerk war entzückend, obwohl immer noch vieles fehlte, einschließlich anständiger Kaffeemaschine und Barista. Darüber würde ich mit meinem Onkel sprechen müssen, wenn er zurückkam. Statt mit der Bestellung von Büchern verbrachte ich meine Zeit damit, Ideen für die Gala in Versailles zu skizzieren. Ich war gerade bei meiner fünfzehnten Skizze, als die Tür der Buchhandlung geöffnet wurde und die darüber angebrachte Glocke läutete. Ein Kunde? Die Tür wurde geschlossen und wieder geöffnet. Und noch einmal. Und ein viertes Mal. Ich stutzte. Legte den Pen beiseite, klappte das iPad zu und stand auf. Ich sah einen in Schwarz gekleideten Mann, gefolgt von drei weiteren, und wusste bereits, dass als Nächster Prinz Elias eintreten würde. Das Herz schlug mir bis zum Hals.

Wie gewöhnlich hatte der Versuch, mich zu wappnen, keinen Sinn. Wann immer ich ihn sah, war ich völlig überrumpelt. Heute trug er Khakihosen und ein weißes, kurzärmliges Hemd, das mir freie Sicht auf seine muskulösen Unterarme gewährte. Die beiden obersten Hemdknöpfe waren geöffnet, und ich leckte mir unwillkürlich die Lippen, während ich seinen Hals betrachtete. Seine Haut wirkte fast golden – wohl kaum seine natürliche Hautfarbe, sondern das Resultat vieler unter freiem Himmel verbrachter Stunden. Als er näher kam, sah ich ihm direkt in seine dunklen Augen. Er erwiderte meinen Blick, doch es war mir unmöglich herauszufinden, was er dachte.

»Hi«, sagte ich, und meine Stimme klang aufgeregter als beabsichtigt. »Suchen Sie ein Buch?«

»Ich will nur ein wenig stöbern.« Er schlenderte durch den ersten Gang, sodass zwischen uns ein Bücherregal Abstand blieb. Ich konnte jedoch immer noch seinen Kopf sehen, und, als er aufschaute, auch seine Augen. »Sie waren gestern nicht hier.«

»Nein. Ich vertraue jedoch darauf, dass Madame Meyers Ihnen Ihren Korb auf eine sehr zuvorkommende Weise überbracht hat.«

»Es war in Ordnung.«

»Nur in Ordnung?« Ich zog meine Braue hoch.

»Wo sind Sie gewesen?«

»Ich war nicht in der Stadt.«

»Bringen Sie ihn heute Abend?«

»Den Korb?« Ich runzelte die Stirn. »Ja. Ich meine, ich bin wieder da. Warum?«

»Ich weiß gern, wer meine Sachen bringt.«

»Okay. Ihr Sicherheitsdienst hat Bescheid gewusst. Ich habe Pierre informiert, dass Madame Meyers den Korb bringen würde.« Meine Verwirrung war mir deutlich anzuhören. »Suchen Sie nach irgendetwas Bestimmtem?«

Statt zu antworten, beäugte er mein iPad. »Woran arbeiten Sie?«

»Die Arbeit ist noch nicht fertig. Es bringt Pech, wenn Sie sie in diesem Stadium sehen.«

»Pech für wen?«

»In diesem Fall für uns beide.«

»Uns beide?« Er runzelte die Stirn.

»Es geht um ein Event, das ich plane.«

»Welches Event?«

Ich griff nach dem Stift des iPads. »Ihre Gala.«

»Sie planen die Gala?« Seine Augenbrauen zuckten in die Höhe. »Wie ist das denn passiert?«

»Madame Rose hat sich mit meiner Firma in Verbindung gesetzt und uns gebeten, die Planung zu übernehmen.«

»Hat sie das?« Sein Blick fiel erneut auf das iPad. »Darf ich mal sehen?«

»Ich … ich zeige meine Skizzen wirklich nicht gern, bevor sie fertig sind.«

»Selbst wenn es sich um ein Event für mich handelt?«

»Es sind extrem grobe Skizzen.« Ich tippte auf den Button und gab schnell mein Passwort ein.

»Der Ball findet schon in einer Woche statt. Ich denke, über das Stadium extrem grober Skizzen sollten Sie bereits hinaus sein.« Er beobachtete mich ein Weilchen. »Ich dachte, Sie hätten an diesem Abend ein Date.«

»Habe ich auch.«

»Wird es vor oder nach der Gala stattfinden?«

»Ehrlich gesagt werde ich ihn mitbringen.«

»Also ein Arbeitsdate.«

»Irgendwie schon.« Ich tippte auf das iPad und wischte zum Anfang der Skizzen. »Vielleicht ist es unfair von mir, ihn dafür einzuspannen.«

»Kann schon sein.« Er zog eine Schulter hoch. »Ich hatte nicht viele Dates, daher weiß ich nicht, ob ich Ihnen diesbezüglich einen Rat geben sollte.«

»Sie hatten nicht viele Dates?« Ich sah ihm in die Augen.

»Nein.« Sein Gesichtsausdruck war vollkommen ernst, aber seine Augen funkelten. »Ist das so schwer zu glauben?«

»Ja.«

»Hatten Sie viele Dates?«

»Definieren Sie viele.«

»Ich hatte fünf Dates«, sagte er. »Das sind nicht sehr viele.«

»Fünf?« Ich versuchte, nicht zu lachen. »Sehr witzig.«

»Es ist mein Ernst. Warum glauben Sie mir nicht?«

»Weil Sie Prinz Elias sind, künftiger König von Frankreich und der begehrenswerteste Junggeselle auf der Welt. Man sagt, Sie seien attraktiv und charismatisch, und ich kann mir einfach nicht vorstellen, dass Sie nur fünf Dates hatten.«

»Das sagt man also?« Seine Lippen zuckten. »Was sagen Sie denn?«

»Ich finde Sie definitiv attraktiv.«

»Nicht charismatisch?« Er kämpfte gegen ein Lächeln an.

»Ich meine … nicht in meinen Augen.« Ich biss mir auf die Lippen. »Aber vielleicht sonst?«

»Nicht in Ihren Augen?« Er runzelte die Stirn, als dächte er an all unsere früheren Begegnungen. »Ich war in letzter Zeit wohl wirklich nicht sehr nett zu Ihnen.«

»Nicht wirklich, aber das ist schon in Ordnung.«

»Das sollte niemals in Ordnung sein.«

»Nun, das haben Sie gesagt, nicht ich.«

»Es tut mir leid.« Er stieß einen tiefen Seufzer aus. »Ich hatte so viel im Kopf.«

»Danke.« Ich lächelte und positionierte das iPad so, dass er etwas sehen konnte. »Das sind sehr grobe Entwürfe.«

»Es gefällt mir.« Er drehte den Kopf, um die Notizen an der Seite zu lesen, und zog eine Braue hoch. »Akrobatik? Wenn das ein Ausblick auf eine mögliche Verlobung ist, kann ich nicht einmal erahnen, wie die Hochzeit sein wird.«

»Ich auch nicht.« Ich lachte. »Das Thema ist ein Maskenball aus dem siebzehnten Jahrhundert, da ihr Royals eine Schwäche für Maskeraden und Ballkleider habt.«

»Wir Royals.« Er verkniff sich offensichtlich ein Lächeln. »Das stimmt vermutlich.«

»Ich kann nicht glauben, dass Sie nur fünf Dates hatten.« Wieder sah ich ihn an. Er war wahnsinnig attraktiv. Nicht dass

Dates irgendetwas damit zu tun hätten, mit wie vielen Frauen er geschlafen hatte, aber trotzdem. »Wie alt sind Sie?«

»Achtundzwanzig.«

»Sie brauchen mehr Dates, Prinz Elias.«

»Lassen Sie sich von mir zu einem einladen.«

Ich blinzelte. »Ich?«

»Warum so ungläubig?« Er kicherte.

»Weshalb wollen Sie mich zu einem Date ausführen?«

»Nicht aus repräsentativen Gründen.«

»Natürlich nicht.« Ich lachte spöttisch. Ich war keine Aristokratin oder Gesellschaftsdame oder die Prinzessin von Österreich.

»Ob Sie es glauben oder nicht, das war als Kompliment gemeint.«

»Okay.« Ich wandte den Blick ab und schaute zu den Bücherstapeln, die ich bis zum Ende des Tages eigentlich in die Regale räumen sollte. Warum zog ich diese Date-Idee überhaupt in Erwägung? Ein Date mit einem Prinzen war definitiv nicht die beste Möglichkeit, unbemerkt zu bleiben. Ich kam gerade erst wieder auf die Füße.

»Was würden Sie bei einem Date denn gern unternehmen?«, erregte er von Neuem meine Aufmerksamkeit.

»Ich denke nicht, dass wir zusammen ausgehen sollten.«

»Warum nicht?«

»Ein Date mit einem Prinzen passt nicht in meine Pläne für diesen Monat«, antwortete ich. »Ich bin hier, um dem Rampenlicht zu entkommen.«

»Warum haben Sie im Rampenlicht gestanden?« Er beobachtete mich aufmerksam.

»Wie landet irgendjemand im Rampenlicht?« Ich zuckte die Achseln. »Falsche Entscheidungen. Die Boulevardpresse hat jedenfalls nicht darüber berichtet, dass ich die Hungrigen gespeist hätte.«

»Bestimmt Ihr Vater denn nicht darüber, was in der Boulevardpresse berichtet wird?«

»Nein.« Wieder wandte ich den Blick ab. »Er *bestimmt* nicht darüber, er ist nur mit einigen Verlegern befreundet, aber nicht einmal er kann mir in dieser Lage helfen. Die Klatschpresse braucht Ereignisse, über die sie berichten kann, und bedauerlicherweise traf es diesmal mich.«

»Ich kann diese Klatschzeitschriften nicht ertragen. Wenn mein Vater vor einer Menge aufsteht und spricht, berichtet die Regenbogenpresse nur über seinen unerträglichen Tonfall. Gott behüte, dass sie über all das Gute schreiben, was er getan hat.«

Ich biss mir auf die Zunge. Der König hatte tatsächlich einen unerträglichen Tonfall und einen Überlegenheitskomplex, der die meisten Leute einschüchterte. Doch das würde ich Prinz Elias gegenüber nicht sagen. Wieder sah ich ihn an.

»Wann hatten Sie das letzte Mal ein Date?«, fragte er plötzlich.

»Ist schon eine Weile her.« Ich riss mich schnell zusammen. »Abgesehen von Pierre, meine ich. Das war ein echtes Date, bis Sie uns gestört haben.«

»Hat dieses Date mit einem Kuss geendet?«

»Nein.«

»Dann war es kein echtes Date.«

»Sagt der Mann, der nur fünf Dates hatte, und die alle nur zum Schein.«

»Sagt der Mann, der Sie zu einem Date ausführen und dafür sorgen wird, dass es echt ist.«

»Oh.« Ich schluckte, weil tief in meinem Bauch Schmetterlinge aufflatterten. Ich schüttelte den Kopf. Ich sollte so etwas überhaupt nicht in Erwägung ziehen. »Es ändert nichts an der Tatsache, dass man uns nicht zusammen sehen sollte.«

»Weil Ihr Vater mich hasst.«

»Nein. Weil ich im Moment nicht noch mehr Aufmerksamkeit in meinem Leben gebrauchen kann. Wenn man mich mit Ihnen sieht, wird das auch ein schlechtes Licht auf Sie werfen. Die Leute werden sagen, dass Sie versuchen, sich gegen Ihren Vater zu verschwören oder so.«

Er lachte spöttisch. »Wer sagt, dass ich das nicht tue?«

Meine Augen weiteten sich. »Das ist …«

»Ich weiß, was es ist. Früher hätte man mich dafür gehängt. Heutzutage haben wir den Tod durch Regenbogenpressegerüchte.«

»Und durch die sozialen Medien«, fügte ich hinzu.

Seine Augen funkelten. Es fühlte sich wie ein Lächeln an, obwohl sich seine Lippen nicht bewegten. Ich spürte, dass sich meine Mundwinkel trotzdem nach oben zogen, und meine Neugier gewann die Oberhand. »Was sind es eigentlich für Angelegenheiten, von denen Sie sich wünschen, Ihr Vater würde sie anders handhaben?«

»Das erzähle ich Ihnen bei unserem Date«, sagte er. »Wir können auf meinem Balkon sitzen, zu Abend essen und die Aussicht aufs Meer genießen.«

»Okay«, entschied ich nach einem kurzen Zögern. »Ein einziges Date.«

»Halb acht?«

»Ist mir recht.«

Ein Lächeln umspielte seine Lippen. »Bis später, Adeline.«

Kapitel 12

Ich wusste nicht, wie man sich für ein Date mit einem Prinzen anzog, und zu meinem Glück hatte ich weder den Kleiderschrank der Prinzessin von Österreich noch persönliche Einkäufer zu meiner Verfügung, daher entschied ich mich für ein schwarzes Maxikleid und Sandalen mit einem goldenen Blatt über jedem Fuß. Um fünf vor halb acht, gerade als ich mit meinem Eyeliner fertig war, klopfte es an meiner Tür. Ich legte alles beiseite, betrachtete mich noch einmal im Spiegel, um mich davon zu überzeugen, dass ich präsentabel war, und ging zur Tür. Er hatte doch wohl nicht Pierre geschickt, um mich abzuholen, oder? Bei dem Gedanken zögerte ich. Was, wenn er ihn doch geschickt hatte? Würde die Situation peinlich werden?

Aber es war ja nur ein Date.

Ein Date mit Elias. Und wie er angemerkt hatte: Mein Abend mit Pierre war nicht wirklich ein richtiges Date gewesen. *Weil der Prinz nicht zugelassen hat, dass eins daraus wird.* Ich schüttelte den Gedanken ab, öffnete die Tür und blinzelte, als der Prinz vor mir stand und so gut aussah wie nur je, in Jeans, einem schlichten, schwarzen T-Shirt und schwarzen Slippern.

»Sie sind wunderschön«, sagte er.

»Danke.« Mir stockte der Atem.

Er hatte mich noch nie schön genannt oder mir ein Kompliment gemacht, das sich auch wie ein Kompliment anfühlte. Nicht mehr seit jener Nacht. Ich versuchte, nicht darüber nachzudenken. Das war fünf Jahre her, und heute war heute. Dies war ein einziges Date. Ein einziges Date. Ich musste mir selbst klarmachen, dass sich nichts von dem, was heute Abend geschah, wiederholen würde. Der Mann stand kurz vor seiner Verlobung mit einer anderen Frau, und ich würde ihn nie wiedersehen.

»Sind Sie so weit?«, fragte er.

»Ich denke schon.« Ich lächelte, schnappte mir meine Schlüssel und verließ hinter ihm das Haus. Zog die Tür zu, schloss sie ab und drehte mich zu ihm um. »Es überrascht mich, dass Sie nicht jemanden hergeschickt haben, um mich abzuholen.«

»Dann wäre es kein Date.« Er betrachtete mich. »Ich versuche, einen guten ersten Eindruck zu machen.«

»Sie haben einen guten ersten Eindruck gemacht.« Ich biss mir auf die Unterlippe und schaute weg.

»Ach ja?« Ich hörte das Lächeln in seiner Stimme. Allerdings hatte ich nicht die Absicht, darauf einzugehen, obwohl ich wirklich wissen wollte, ob er sich an unsere gemeinsame Nacht erinnerte oder ob er von dem Abend sprach, an dem ich zusammen mit Etienne bei ihm gewesen war. Als wir seine Villa erreichten, ließ er mir auf der Treppe den Vortritt. »Erzählen Sie mir von diesem Skandal, in den sie verwickelt sind.«

»Sie haben mich gegoogelt.« Mein Gesicht wurde flammend heiß.

»Natürlich.«

Wir erreichten den Balkon im oberen Stockwerk. Wie erstarrt blieb ich stehen und sah mich um. Zwischen den Säulen des Balkons und den Türen hingen kleine Lichterketten, und in der Mitte stand ein Tisch mit weißer Leinendecke und rosafarbenen Rosen. Es war für zwei Personen gedeckt, nicht gegenüber, sondern nebeneinander, mit Blick auf das Meer. In der Nähe entdeckte ich einen Eiskübel mit Champagner und einen Butler mit weißen Handschuhen und einer über den Arm drapierten weißen Serviette.

»Wow«, murmelte ich.

»Kommen Sie.« Er lachte leise, nahm meine Hand und führte mich zum Tisch. Dort zog er einen Stuhl für mich heran, ich dankte ihm und nahm Platz. Er setzte sich neben mich.

»Werden Sie für alle Ihre Dates so kreativ?«

»Bisher noch nie.«

Lächelnd sah ich ihn an. »Kaum zu glauben.«

»Sie sollten mir glauben. Ich bin kein guter Lügner.« Er legte den Kopf schräg. »Nun, meistens jedenfalls nicht.«

»Schön zu wissen.« Ich lachte. Der Butler kam, servierte uns Champagner in geschliffenen Flöten und schenkte uns Wasser ein, bevor er im Haus verschwand.

»Auf ein gutes erstes Date.« Elias hob eine Champagnerflöte, ich hob meine, und wir stießen an und tranken.

»Es ist nur ein einziges Date«, sagte ich und stellte mein Glas auf den Tisch.

»Sie haben bereits darauf getrunken, dass es ein erstes Date ist.« Er stellte sein Glas ebenfalls ab. »Was bedeutet, dass es weitere geben könnte.«

»Ihnen ist aber schon bewusst, dass ich Ihre Gala zur Brautschau plane, oder?«

»Es ist einfach eine Gala wie jede andere, die meine Mutter seit meiner Geburt veranstaltet. Sie sind alle gleich.«

»Was bedeutet, dass es immer eine Schar von Frauen gibt, die das Fest besuchen in der Hoffnung, Ihre Aufmerksamkeit zu erregen und mit Ihnen verheiratet zu werden?«

»Genau.«

»Klingt nach … Spaß?«

»Kein Spaß.« Er lächelte. »Ich würde gutes Geld darauf wetten, dass die Hälfte von ihnen es verabscheuen würde, mit mir verheiratet zu sein. Das dürfen sie nur nicht aussprechen.«

»Ich würde auf das Gegenteil wetten.«

»Obwohl Sie wissen, dass ich ein Arschloch bin?« Er hob sein Glas und zog eine Braue hoch.

»Selbst obwohl ich das weiß.« Achselzuckend hob ich mein eigenes Glas. »Sie sind ein Prinz. Jedes Mädchen träumt davon, eine Prinzessin zu sein.«

»Selbst Sie?«

»Früher ja.« Ich nahm einen Schluck Champagner. »Jetzt nicht mehr so sehr.«

»Meinetwegen?«

»Nein.« Ich lachte unbefangen. »Ich denke, ich bin der Fantasie einfach entwachsen.«

»Hm.«

»Was ist mit der Prinzessin von Österreich?«, fragte ich plötzlich.

»Was soll mit ihr sein?«

»Sie hatten nie ein Date mit ihr?«

»Um des äußeren Scheins willen schon.«

»Um des äußeren Scheins willen?« Ich schürzte die Lippen. »Wie viele Dates hatten Sie, die nicht dem äußeren Schein gedient haben?«

»Eins.«

»Eins?«, wiederholte ich, und mir klappte der Unterkiefer herunter.

»Das ist der Grund, warum ich im Sommer gern herkomme. Es ist eine Flucht vor dem äußeren Schein und der ständigen Erinnerung daran, dass alles, was ich tu, der Krone dient.«

»Also hat Ihr eines Date, das nicht geheuchelt war, hier stattgefunden?« So etwas wie Eifersucht schwoll in mir an.

»Genau.« Seine Lippen bewegten sich kaum, aber seine Augen lachten.

»Interessant.« Ich nahm einen weiteren Schluck Champagner und riss den Blick von ihm los, um wieder aufs Meer zu schauen.

»Addie.«

Ich sah ihm wieder in die Augen.

»Das hier ist das Date.«

»Das eine Date?«

Er nickte.

»Oh.« Mein Herz setzte einen Schlag aus. Warum war mir das bloß so wichtig?

»Erzählen Sie mir von dem Skandal.«

»Da gibt es nicht mehr viel zu erzählen, wenn Sie ihn bereits gegoogelt haben.« Wieder sah ich zum Meer. Es war dunkel, daher konnte ich es nicht wirklich sehen, aber ich war dankbar für das Rauschen der Wellen, die versuchten, meine Scham zu übertönen. »Haben Sie sich das Video angesehen?«

»Warum zum Teufel sollte ich das tun?«

Rasch blickte ich ihn an. »Aus Neugier. Jeder sieht es sich an.«

»Ich will nicht sehen, wie Sie Sex mit einem anderen Mann haben.« Er biss die Zähne zusammen. »Ich werde dafür sorgen, dass es verschwindet.«

»Das können Sie nicht.« Ich lächelte bekümmert. »Aber danke für das Angebot.«

»Ich glaube, Sie unterschätzen meine Macht.«

»Ich glaube, Sie überschätzen sie und vergessen, in welchem Jahrhundert wir leben.«

»Wenn Sie meinen.« Er griff wieder nach seinem Champagnerglas und machte es sich auf seinem Stuhl bequem, lehnte sich ein wenig zurück, legte einen Arm auf die Lehne und streckte die Beine aus. Er sah wie ein Fotomodell aus, ohne es im Geringsten darauf anzulegen.

»Wissen Sie … bei mir punkten Sie nicht, wenn Sie solche Dinge sagen. Mir persönlich gefällt die Vorstellung nicht, dass ein Einzelner über so viel Macht verfügt.« Ich griff nach meinem Glas, nippte daran und wandte mich ihm zu, bevor ich ein Bein über das andere schlug und es mir ebenfalls bequem machte.

»Was der Grund ist, warum Sie nach London gezogen sind, wo die Monarchen nur noch der Repräsentation dienen.«

»Sie tun eine Menge Gutes.«

Er zuckte die Achseln, aber das Lächeln auf seinem Gesicht verriet mir, dass er sich auf die Zunge biss. Es sah sexy aus. Als er den Blick wieder aufs Meer richtete, beobachtete ich ihn von der Seite.

»Was ist das Beste daran, ein Prinz zu sein?«, fragte ich einen Moment später.

»Das Beste oder der Teil, der mir am besten gefällt?«

»Besteht da ein Unterschied?«

»Es *gefällt* mir, Menschen zu helfen. Es *gefällt* mir, hinter einer Sache stehen zu können und zu wissen, dass andere mir folgen werden.« Er sah mich an und senkte sein Glas. »Der beste Teil ist die Macht.«

»Aber es ist nicht der Teil, den Sie am meisten genießen.«

»Aus Macht folgt Verantwortung.«

»Okay, Spiderman.«

»Aber es ist wahr.« Er lachte leise, dann wurde er wieder ernst. »Eine Menge Leute, Ihr Vater eingeschlossen, sehen es nicht gern, wie viel Macht die Krone besitzt. Es gefällt ihnen nicht, wie traditionell meine Familie ist. Sie wollen, dass wir abdanken. Sie wollen, dass mein Vater auf seine Macht verzichtet, und das wird er nicht tun, was bedeutet, dass ich es auch nicht kann. Indem wir traditionell bleiben und der Bedeutung der Krone für unsere Familie treu, können wir im Land etwas bewirken, ob Sie das einsehen oder nicht. Mit dieser Verantwortung gehen Pflichten einher, und eine dieser Pflichten ist, dass ich heiraten muss, entweder bevor ich zum König gekrönt werde oder kurz danach.« Er zuckte die Achseln. »Ich bin damit nicht glücklich, aber wer bin ich, jahrtausendealte Traditionen über den Haufen zu werfen?«

»Der zukünftige König.« Ich wartete einen Moment, ob er antwortete. Als er das nicht tat, fügte ich hinzu: »Genau der sind Sie. Sie können alles ändern, sobald Sie König werden.«

»Und das Risiko eingehen, all meine Verbündeten zu verlieren?«

»Wofür brauchen Sie Verbündete? Wir befinden uns nicht im Krieg.«

»Heute nicht, nein, aber was ist mit morgen? Wir wissen nicht, was die Zukunft für uns bereithält. Es hat einen Grund, weshalb wir nicht angegriffen werden. Andere Länder könnten es, aber sie tun es nicht, und zwar aus Respekt vor der Krone.«

»Da bin ich anderer Meinung.« Ich stellte mein Glas beiseite.

Bevor er antworten konnte, kehrte der Butler mit einem Gehilfen zurück, der zwei Platten in Händen trug. Er stellte sie vor uns hin und hob die Abdeckhauben ab. Darunter kam ein Abendessen mit Meeresfrüchten und Fleisch und Drillingskartöffelchen zum Vorschein. Die Champagnerflasche wurde ins Eis gesteckt und unsere Flöten durch Weingläser ersetzt, die mit Rotwein gefüllt wurden. Alles geschah sehr effizient und kaum wahrnehmbar. Die beiden Bediensteten verschwanden mit einem »bon appétit« genauso schnell, wie sie aufgetaucht waren. Ich verdaute noch immer, was gerade passiert war, als Elias erneut das Wort ergriff.

»Sie sind anderer Meinung«, sagte er, nahm sein Besteck in die Hand und legte sich eine Serviette auf den Schoß, sobald die beiden Männer die Tür hinter sich schlossen. Ich folgte seinem Beispiel. »Erklären Sie mir das.«

»Ich glaube, es ist nicht mehr so wie früher, als Menschen einfach nur aus Spaß an der Freud in fremde Länder eingedrungen sind und sie erobert haben.«

»Genau das passiert aber im Nahen Osten schon lange.«

»Ja, aber das ist etwas anderes. Hier würde das nicht geschehen.«

»Warum nicht?«

»Es würde einfach nicht passieren.«

»Weil wir uns sicher fühlen«, sagte er. »Weil die Krone immer da gewesen ist. Wenn Sie die königliche Familie abschaffen, würde Chaos ausbrechen.«

Ich dachte einen Moment lang darüber nach, und wir aßen schweigend. Vielleicht würde es so kommen. Ich hatte nicht einkalkuliert, dass eine Menge Probleme in anderen Ländern ihre Ursache vielleicht darin hatten, dass eine organisierte Regierung demontiert worden war. Auf der anderen Seite war Chaos vielleicht nötig, damit sich etwas ändern konnte.

»Veränderung ist die einzige Konstante.« Ich legte Messer und Gabel beiseite und wischte mir den Mund ab, bevor ich am Wein nippte. »Vielleicht ist das der Grund, warum Menschen rebellieren, bis Regierungen abgelöst und verändert werden.«

»Und dann weiterrebellieren, sobald sie bekommen haben, was sie wollten«, entgegnete er. »Wir werden niemals zufrieden sein.«

»Vielleicht, aber das ist nicht unbedingt schlecht. Wenn man damit zufrieden ist, wie die Dinge tagein, tagaus gehandhabt werden, könnte man ebenso gut tot sein. Besteht der Sinn nicht darin, nach mehr zu streben? Zu versuchen, ein besserer Mensch zu werden?«

»Der Sinn wovon? Des Lebens? Reden wir jetzt über das Leben? Denn das Thema Leben und die Frage, warum wir hier sind, unterscheiden sich von der Frage, ob die Monarchie Bestand haben sollte oder nicht.«

»Inwiefern ist das ein Unterschied? Gerade Sie sollten argumentieren, es sei dasselbe. Dass Ihre Existenzberechtigung darin besteht, König von Frankreich zu werden und über eine Nation zu herrschen, die sich vor ihrem Willen verneigt.«

»Sie haben sich nie vor mir verneigt.« Er trank einen Schluck Wein und lehnte sich wieder zurück. »Was soll ich mit Ihnen machen?«

»Mich enthaupten.« Ich zuckte die Achseln. »Keine Ahnung. Was machen Sie mit Menschen, die sich nicht vor Ihnen verbeugen?«

»Es wäre eine Schande, Sie zu enthaupten.« Träge ließ er den Blick über mich wandern. »Ich würde andere Mittel und Wege finden, Sie zu foltern.«

»Wie zum Beispiel?« Ich umfasste den Stiel des Weinglases fester. »Ich weiß nicht, ob ich für Folter geschaffen bin.«

»Folter kann wunderbar sein.« Er nahm einen weiteren Schluck Wein und leckte sich über die Lippen. Seine Augen funkelten, und ich war mir sicher, er wusste, dass seine Worte für mich Folter waren.

»Was sind Ihre Bedingungen für eine Ehe?«, fragte ich plötzlich, weil ich mir ins Gedächtnis rufen musste, dass ich mich auf das hier, was immer es auch sein mochte, nicht einlassen durfte.

Wir nahmen beide unsere Mahlzeit wieder in Angriff, und als ich schließlich mein Besteck hinlegte, war ich satt. Er füllte unsere Weingläser wieder auf, bevor er sprach.

»Bedingungen für eine Ehe«, wiederholte er, als erinnere er sich gerade wieder an meine Frage und die Tatsache, dass ihm eine Heirat bevorstand. »Ich habe keine.«

»Sie müssen welche haben. Ich meine, wir haben alle Bedingungen, wenn es um einen Partner geht, und bei einem Partner fürs Leben doch wohl umso mehr.«

»Was ist mit Ihren Bedingungen?«

»Er muss freundlich sein, witzig, klug, gut über aktuelle Ereignisse informiert, mir mindestens einmal am Tag ein Kompliment machen, gut im Bett sein, ein nettes Lächeln haben, Menschen mit Respekt behandeln – und mit Menschen meine ich auch Kellner und jeden, dem wir auf der Straße begegnen –, er darf nicht gemein sein. Ich habe nichts gegen Sparsamkeit oder Männer, die nicht die ganze Zeit mit Geld um sich werfen, aber Geiz gefällt mir nicht. Ich habe außerdem eine Schwäche für große Männer mit dunklem Haar und einem hübschen Kinn, aber das ist bloß ein Bonus, wenn ich die Wahl habe. Unterm Strich möchte ich einfach geschätzt und geliebt werden.« Ich zuckte die Achseln. »Das ist alles.«

»Sie haben wirklich gründlich über die Frage nachgedacht.« Er zog die Brauen hoch, betrachtete mich eine Sekunde lang, dann wandte er sich wieder dem Meer zu und nippte an seinem Wein. »Gehen wir zum Strand hinunter. Teil zwei des Dates«, schlug er mit einem Augenzwinkern vor, stand auf, griff nach der Weinflasche und wartete darauf, dass ich ihm folgte.

Ich wusste nicht, ob ich ihn verschreckt hatte, aber das spielte keine Rolle. Ich konnte den Prinzen ohnehin nicht haben. Es war nicht weiter schlimm, wenn ich ihn verschreckte. Der Gedanke war befreiend und zugleich auch ein wenig traurig, aber darauf würde ich mich nicht konzentrieren. Ich konnte ihn nicht haben, und das war endgültig. Je eher ich das akzeptierte, umso besser.

Aber dann griff er nach meiner Hand und hielt sie fest, als wir zusammen die Treppe hinuntergingen und auf den Strand traten, und ich konnte nichts gegen die Schmetterlinge tun, die in meinem Bauch zum Leben erwachten. Vor uns befand sich ein großer, abgedeckter Bereich, und ich brauchte einen Moment, um zu begreifen, was ich da sah: Man hatte eine Decke von der Größe eines Doppelbetts auf dem Sand ausgebreitet, rundherum brannten Kerzen. Zwei Sicherheitsposten standen links und rechts daneben.

»Sie haben aber wirklich an alles gedacht.«

»Es ist mein erstes richtiges Date, schon vergessen?« Er schenkte mir ein schwaches Lächeln, bei dem mich Wärme durchströmte.

Die Sicherheitsleute kamen auf uns zu, als wir uns näherten. Einer der Männer war Pierre. Unsere Blicke trafen sich. Ein Stich der Panik durchzuckte mich, gefolgt von schlechtem Gewissen, aber er nahm die ganze Sache anscheinend locker und lächelte mich breit an, als hätte er schon Bescheid gewusst. Doch dadurch wurden meine Gewissensbisse nur noch stärker.

Elias sagte nichts. Er nickte ihnen einfach nur im Vorbeigehen zu und ließ meine Hand los, sobald wir unsere Schuhe von den Füßen geschleudert und auf der dicken Decke Platz genommen hatten. Ich wackelte mit den Zehen. Er saß neben mir, nah genug, dass wir uns berührten, dann schenkte er uns beiden noch ein Glas Wein ein. Ich hatte inzwischen genug intus, dass ich den Alkohol spürte; mein Gehirn war umnebelt, die Gedanken gerieten durcheinander, und die Wärme in meinen Adern war tröstlich. Ich fühlte mich großartig. Besser als großartig.

»Sie haben wohl überhaupt nicht darüber nachgedacht«, sagte ich nach einem kurzen Schweigen. »Ich meine, über die Ehe. Bedeutet das, dass Ihre Mutter Ihre Braut für Sie aussuchen wird?«

»Wenn es dazu kommt.« Er sah mich an. Sein Gesicht war dem meinen unglaublich nah. »Ich erwarte nicht, dass Sie das verstehen. Sie haben die Freiheit, zu tun, was Sie wollen. Sie entscheiden, mit wem Sie ausgehen, mit wem Sie sich umgeben, wen Sie heiraten. Als ich aufgewachsen bin, lag mir die Welt zu Füßen, aber ich hatte dennoch nicht die Freiheit, meine eigenen Entscheidungen zu treffen. Angefangen bei meiner Kleidung bis hin zu der Frage, mit wem ich mich anfreunde, ist alles aufs Sorgfältigste für mich geplant worden. Selbst wenn es um die Frage ging, für welche Frauen ich mich interessiere, war wichtig, dass sie auf der Anwärterinnenliste stehen.« Er warf mir einen vielsagenden Blick zu. »All die Frauen, die mich umringen, mit Ausnahme meiner Schwester, wollen mich, weil ich zukünftiger König bin. Weil sie sich Macht versprechen. Klar, vielleicht finden sie mich auch attraktiv, aber die Macht ist es, was sie am meisten zu mir hinzieht.«

»Das ist wirklich traurig«, flüsterte ich. »Darüber habe ich nie richtig nachgedacht.«

»Das tut kaum jemand. Alle sehen uns in unserem Elfenbeinturm und denken, wir leben ein wunderbares, perfektes Leben.«

»Würden Sie es aufgeben?«

»Nein.« Er lachte spöttisch, schüttelte den Kopf und schaute auf das Meer. »Wenn ich es aufgäbe, wüsste ich nicht, was ich stattdessen tun soll. Ich bin für diese Rolle erzogen worden.«

»Was würden Sie ändern?«

»So langsam klingt unser Gespräch wie ein Interview.« Lächelnd sah er mich an.

»Ein erstes Date ist ein Interview.« Ich zog eine Braue hoch. »Nicht dass ich erwarte, dass Sie das wissen.«

»Ah. In diesem Fall werde ich mehr Fragen stellen müssen.«

»Nachdem Sie diese eine beantwortet haben.« Ich lächelte. Er lachte leise. Ich versetzte ihm einen schwachen Stoß mit der Schulter. »Kommen Sie, Sie haben versprochen, dass Sie es tun würden, und ein guter König hält seine Versprechen.«

»Ein guter König.« Wieder lachte er und nippte an seinem Wein. »In Ordnung. Ich würde mit dem Kabinett zusammenarbeiten und Schritte unternehmen, um ein Parlament zu bilden.«

Mir klappte der Unterkiefer herunter. »Das würden Sie tun?«

»Das habe ich vor.«

»Ihr Vater wird darüber nicht sehr erfreut sein.«

»Er wird dann tot sein.« Er hielt inne, als verarbeite er diese Worte. »Aber nein, es würde ihm nicht gefallen.«

»Es läuft der Tradition zuwider.«

»Meine Geschwister und ich halten nicht viel von Tradition. Pilar, meine Schwester, wird den Verehrer, den meine Eltern für sie ausgesucht haben, wahrscheinlich nicht heiraten, obwohl sie formell seit zwei Jahren verlobt sind. Für sie ist er eher wie ein Bruder. Aramis, mein Bruder, schlägt über die Stränge, wo immer er kann. Vermutlich denkt er, seine Taten werden den Palast von innen sprengen.« Er zuckte die Achseln. »Also muss ich derjenige sein, der Veränderungen angeht, damit unsere Kinder und Kindeskinder später einmal nicht verabscheuen werden, was unsere Vorfahren im Schweiße ihres Angesichts aufgebaut haben. Ich habe die Macht, die Geschichte zu verändern.«

»Man braucht kein König zu sein, um die Geschichte zu verändern.«

»Nein, wahrscheinlich nicht.« Er lächelte. »Man kann auch eine Königin sein.«

»Ich meinte, man kann ein ganz gewöhnlicher Mensch sein.« Ich stupste ihn abermals spielerisch mit der Schulter an. »Mein Vater ist ein Mann aus dem gemeinen Volk, und er hat bereits eine Menge verändert.«

»Das stimmt. Sosehr ich die Art missbillige, wie er das angestellt hat, kann ich Ihnen da nicht widersprechen.«

»Haben Sie ihn mal kennengelernt?«

»Ihren Vater?«, fragte er. Als ich nickte, ließ er sein Weinglas sinken und stieß den Atem aus. »Ein einziges Mal. Er war sehr nett.« Er schaute mich an. »Und dann ist er im Fernsehen aufgetreten und hat gesagt, ich tauge nicht zum König, weil ich ein zu großer Playboy sei.«

»Oh Gott. Das tut mir leid.« Ich schloss die Augen, wandte

das Gesicht dem Meer zu und wünschte, die Fluten würden anschwellen und mich mit sich reißen.

Ich konnte meinen Vater diesbezüglich nicht einmal verteidigen. Er war der Typ Mann, der einem festen Freund von mir die Hand schüttelte und sich dann zwanzig Gründe einfallen ließ, warum er nicht gut genug für mich war. Und dann sagte er es ihm ins Gesicht. Ich konnte nicht einmal erahnen, was er über den Prinzen sagen würde, wenn ich ihn jemals mit nach Hause brächte – nicht dass ich das tun würde. Nicht dass ich das tun könnte.

»Sie sind nicht verantwortlich für das, was Ihr Vater tut«, bemerkte Elias an meiner Seite. Ich riss die Augen auf und drehte den Kopf wieder in seine Richtung. Sein allzu perfektes Gesicht war ernst. »Menschen verurteilen mich für alles, was mein Vater sagt und tut, und das ist in Ordnung, ich kann sie nicht vom Gegenteil überzeugen, aber ich habe gelernt zu akzeptieren, dass wir unterschiedliche Personen sind und ich für nichts von alldem verantwortlich bin.«

»Ich habe das Gefühl, dass Sie einen großartigen König abgeben werden, Prinz Elias.«

»Bedeutet das, dass Sie in meiner Nähe bleiben werden, um es herauszufinden?« Er rückte dichter heran, und sein nach Wein duftender Atem kitzelte meine Haut.

»Das wird wohl nicht gehen.« Mein Herz setzte einen Schlag aus, was so gar nicht zu meinen eigenen Worten passte.

»Warum nicht?« Er kam noch näher, und seine Nasenspitze streifte meine.

»Weil ich dann alles mit ansehen müsste, was zum Königsein dazugehört.«

»Wie was zum Beispiel?«

»Wie die Tatsache, dass Sie anderen Frauen den Hof machen und eine Prinzessin heiraten und Kinder mit ihr bekommen«, flüsterte ich.

»Sollte man gleich beim ersten Date all seine Karten auf den Tisch legen?«, fragte er sanft, seine Lippen an meinem Mundwinkel. Er küsste mich dort.

»Nein.« Ich schauderte. »Aber dies ist unser einziges Date, daher dachte ich, ich sollte aussprechen, was in mir vorgeht.«

»Das solltest du.«

Er küsste mich auf den anderen Mundwinkel. »Es gefällt mir, dass du ehrlich zu mir bist.«

»Küsst du mich jetzt richtig? Denn ich glaube nicht, dass mein Herz noch mehr von dieser Neckerei verkraftet.«

Er kicherte dicht an meinen Lippen, aber statt zu antworten, drückte er seine Lippen auf meine. Ich schloss die Augen. Mein Körper übernahm die Initiative, meine Arme schlangen sich um seinen Hals, während seine Hände mich in Höhe der Rippen umfangen hielten, wobei seine Daumen direkt unter meinen Brüsten lagen. Atmen war ein Kampf. Mein Gehirn wollte keine Ruhe geben, wollte nicht aufhören, Vorstellungen davon heraufzubeschwören, was ich in dieser einzigen Nacht, in der ich ihn hatte, mit ihm tun wollte, aber ich war zu nichts weiter imstande als dazu, seinen Kuss zu erwidern. Als sich unsere Zungen berührten, raste Feuer durch meine Adern. Er fasste fester zu. Meine Nägel gruben sich in seine Schulterblätter, während ich ein Bein über ihn schwang, mich rittlings auf ihn hockte und den Kuss vertiefte. Es sah mir ganz und gar nicht ähnlich, aber das kümmerte mich nicht. Ich schien außerstande zu sein, mich zusammenzureißen und die Herrschaft über meinen Körper zu behalten. Ich hatte das Gefühl zu schweben, und die Schmetterlinge in meinem Bauch hoben mich in schwereloser Hemmungslosigkeit empor. Elias stöhnte dicht an meinem Mund, und ich spürte, wie sich seine Brust unter mir schwer hob und senkte. Kurz tauchten wir beide auf, um nach Luft zu schnappen, dann schauten wir einander mit verhangenem Blick an, bevor unsere Münder sich erneut begegneten, diesmal noch wilder.

Ich hörte nicht einmal, dass jemand sich näherte, aber plötzlich schreckte das Räuspern eines Mannes Elias und mich auf. Ich blieb auf seinem Schoß sitzen, zur Gänze erstarrt, und wir beide schauten auf und sahen Pierre vor uns stehen.

»Entschuldigen Sie die Störung«, sagte er. »Die Prinzessin von Österreich ist hier.«

»Sie ist hier?« Elias klang bestürzt.

»Wir haben sie gebeten, im Foyer zu warten, damit sie nicht … stören würde«, berichtete Pierre.

»Vielen Dank, Pierre. Ich bin in Kürze da.« Elias stieß mühsam den Atem aus und drückte seine Stirn an meine, als Pierre davonging.

»Ich schätze, das ist das Ende unseres Dates«, sagte ich.

»Ich will nicht, dass es zu Ende ist.« Er zog sich ein klein wenig zurück und sah mir in die Augen. »Ich habe die Prinzessin nicht gebeten, hierherzukommen.«

»Ist schon gut.« Ich schüttelte den Kopf. In meiner Magengrube breitete sich abscheuliche Leere aus, als ich mich von seinem Schoß erhob, aufstand, zum Rand der Decke ging und meine Sandalen aus dem Sand pflückte. »Ich habe nicht erwartet, dass dies die halbe Nacht lang dauert oder so.«

»Ich schwöre, ich hatte keine Ahnung, dass sie einfach aufkreuzen würde«, wiederholte er, als würde es das besser machen.

»Sie schulden mir keine Erklärung, Elias. Es war ein einziges Date, und es hat mit einem Kuss geendet. Das verbuche ich als Win-win-Situation.« Ihm zuliebe versuchte ich zu lächeln, aber meine Lippen bewegten sich kaum. Dann ging ich davon, zu der Treppe, die zu meiner Villa führte. »Danke für den zauberhaften Abend. Man sieht sich.«

Als ich die unterste Treppenstufe erreichte, schaute ich über meine Schulter und sah ihn immer noch auf der Decke sitzen, den Kopf über seine angewinkelten Knie gebeugt. Es war ein Bild, das nicht zu seiner Persönlichkeit passte, eins, das er jedenfalls der Öffentlichkeit nicht zeigte. Ein einziger Abend mit ihm, und ich wusste bereits, dass hinter dem zukünftigen König erheblich mehr steckte, als man auf den ersten Blick sah. Aber ich durfte nicht länger darüber nachgrübeln. Ich musste die heutige Nacht als schöne Erinnerung aufbewahren – dieses Date mit dem zukünftigen König von Frankreich, bevor er heiratete, bevor er Kinder bekam, bevor er zum Herrscher wurde.

Kapitel 13

Ich hatte mich die ganze Woche über auf die Gala konzentriert, die am bevorstehenden Wochenende stattfinden sollte. Nachdem ich am Montag und Dienstag zwischen Versailles und Marbella hin- und hergeflogen war, beschloss ich, mir ein Hotel zu nehmen und für die letzten Tage in der Nähe zu bleiben. Es hatte keinen Sinn, in die Villa zurückzukehren, wenn ich die ganze Zeit mit sämtlichen gebuchten Entertainmentfirmen, dem Kostümverleih, dem Catering und Madame Rose telefonieren musste. Meine Mutter und Joss halfen mir, aber sie arbeiteten zeitgleich noch an einer Hochzeit in Paris, und der Großteil der Arbeit fiel mir zu. Deswegen hatte ich meinen Onkel gebeten, mir zu erlauben, einige junge Aushilfen für die Buchhandlung anzuheuern, und überließ die Lieferung des Korbs für diese Woche Madame Meyers.

Von Elias hatte ich seit unserem Date am Samstag nichts mehr gehört, aber das hatte ich auch nicht erwartet. Er kannte meine Telefonnummer nicht, und ich war nach dem Abend so rasch aus der Villa verschwunden, dass er sich nicht mit mir in Verbindung hatte setzen können. Es war das Beste so. Ich war so beschäftigt gewesen, dass ich kaum Zeit gehabt hatte, an ihn zu denken, es sei denn bei Nacht, wenn ich im Bett lag und jede Einzelheit unseres Dates noch einmal Revue passieren ließ. Zuerst entlockten die Erinnerungen mir ein Lächeln. Dann begann ich mich über die Prinzessin von Österreich aufzuregen. Ich googelte sie natürlich. Sie war hübsch. Blond, blaue Augen, herzliches Lächeln.

Ich mochte sie nicht.

Was mich betraf, war sie eine Spielverderberin und Nervensäge, die unangemeldet und uneingeladen in der Villa des Prinzen aufgetaucht war und unser Date ruiniert hatte. Dabei hätte ich ihr eigentlich dankbar sein sollen. Wenn die Sache weitergegangen wäre, wenn ich die Nacht mit ihm verbracht hätte, hätte ich es bereut. Ich hatte ein einziges Date mit ihm gehabt und war schon davon völlig durcheinander. Ich konnte es mir nicht leisten, durcheinander zu sein.

Ich war nicht in der Situation, mich in einen Prinzen verlieben zu dürfen, geschweige denn in einen, der eines Tages König sein würde. Wer war das schon? Die Prinzessin von Österreich schon eher. Zumindest hatte sie eine Chance, die Seine zu werden, das bewies mir die Planung dieser Party. Alles war darauf ausgelegt, den geladenen Prinzessinnen und Herzoginnen entgegenzukommen, von ihrem großen Auftritt bis zu ihrer Nähe zum Prinzen. Sie alle würden in Cottages auf dem Gelände des Palasts unterkommen, die in alten Zeiten nur von jenen bewohnt worden waren, die der Königsfamilie am nächsten gestanden hatten. Inzwischen hatte man sie renoviert und benutzte sie für Events wie dieses. Es waren insgesamt fünfundzwanzig Cottages, dasjenige mitgezählt, in dem ich gegenwärtig wohnte und das sich direkt neben dem von Prinz Elias befand. Sein Bruder Aramis würde zum Wochenende ebenfalls kommen. Die Schwester der beiden, Prinzessin Pilar, hatte gegenüber ihr eigenes Cottage, und Joss, meine Assistentin, war eingeladen worden, dort zu wohnen.

Mein Telefon klingelte, gerade als ich mich bettfertig machte, und als ich Etiennes Gesicht auf dem Bildschirm sah, nahm ich den Anruf entgegen.

»Ich vermute, du warst sehr beschäftigt«, sagte er statt einer Begrüßung.

»Du hast ja keine Ahnung.« Ich seufzte. »Was liegt an?«

»Ein gewisser Monarchensohn macht Jagd auf dich.«

»Wer?« Ich merkte auf, und mein Herz hämmerte erwartungsvoll. Elias hatte sich nicht nach mir erkundigt, oder etwa doch?

»Ich denke, du weißt, wen ich meine.«

Mir fiel auf, dass Etienne nicht lächelte wie sonst, wenn er mich wegen eines Mannes aufzog.

»Was hat er denn gesagt?«

»Er wollte wissen, wo du bist, und hat mich um deine Telefonnummer gebeten. Ich habe ihm gesagt, dass du eine außerordentlich beschäftigte Frau seist und ich ihm deine Telefonnummer nicht geben könne, ohne dich vorher um Erlaubnis zu fragen. Außerdem habe ich ihm gesagt, dass es eine schlechte Idee sei, dich anzurufen.«

»Das hast du ihm gesagt?« Meine Stimme klang kleinlaut. Ich ließ mich auf die Sitzbank am Fuß meines Bettes sinken. »Was hat er geantwortet?«

»Er hat einfach aufgelegt.«

»Oh.«

»Es ist keine gute Idee, Addie.«

»Ich weiß.«

»Hast du noch mal mit ihm geschlafen?«

»Nein.« Ich biss mir auf die Unterlippe. »Wir hatten nur ein Date, und das hat vorzeitig geendet.«

»Du planst seine Brautschau. Das weißt du, oder?«, fragte Etienne nachdrücklich. »Sie werden seine Verlobung binnen einer Woche ankündigen, und du wirst mit leeren Händen zurückbleiben. Du warst in einen Skandal verwickelt, der deine Welt auf den Kopf gestellt hat, und du bist deshalb über alle sieben Berge verschwunden. Was meinst du denn, was ein Skandal mit einem Prinzen erst für dich bedeuten würde?«

»Es würde mich ruinieren.« Ich schloss die Augen. »Ich mag ihn. Ich weiß, es gibt eine Milliarde Gründe, warum das nicht so sein sollte, aber ich komme nicht dagegen an, dass ich ihn wirklich mag.«

»Du kannst ihn mögen, sosehr du willst, aber das ändert nichts an der Situation. Er wird dich niemals heiraten. Er ist Traditionalist. Ich weiß, ich klinge jetzt wie ein totales Arschloch, aber du musst das hören.«

»Ist mir doch alles klar«, flüsterte ich und öffnete die Augen. »Das Date war eine Dummheit.«

»Jeder, der ihm nah kommt und sei es nur für einen kurzen Moment, ist wie verzaubert. Ich bin schon lange mit ihm befreundet und verstehe den Reiz. Aber ich will nicht, dass jemand meiner besten Freundin wehtut. Versprich mir, dich von ihm fernzuhalten.«

»Ich plane eine Gala für ihn. Ich bin mir nicht sicher, ob ich mich von ihm fernhalten kann.«

»Du weißt, was ich meine. Halte es professionell, und sobald alles erledigt ist, zieh aus der Villa aus und komm zurück nach London. Du kannst das im Moment nicht gebrauchen.«

»Okay«, sagte ich, um ihn zu besänftigen.

Ich brauchte mindestens noch eine Woche in der Villa, um die Angelegenheiten meines Onkels zu regeln. Ich konnte nicht einfach angerauscht kommen, all diese Veränderungen in seiner Buchhandlung in Angriff nehmen und ihn dann damit sitzen lassen. Aber ich musste bald weg von dort.

»In Ordnung. Ich schaffe es am Wochenende nicht zu der Gala. Ich muss nach Hause, um Mom zu besuchen, aber Mira wird kommen, um ein Auge auf dich zu haben. Ich weiß, es wird fantastisch werden, und ich kann es gar nicht erwarten, alles darüber zu hören.«

»Danke. Wir reden bald wieder.«

»Gute Nacht, Addie.«

»Gute Nacht.« Ich legte auf und erhob mich, um mein Telefon ans Ladegerät anzuschließen, bevor ich ins Bett ging.

Es wurmte mich, dass Etienne in allen Punkten recht hatte. Es schien, als kenne jeder den Ruf der Königsfamilie, vor allem an der Costa del Sol, wo sie jeden Sommer ihren Urlaub verlebten und ihre Tage damit verbrachten, sich auszutoben und Partys zu feiern und mit jeder willigen Einheimischen ins Bett zu gehen. Aber es von Etienne zu hören war etwas anderes. Es verwandelte Gerüchte in Wahrheit.

Kapitel 14

»Sind Sie sicher, dass das nicht seltsam für Sie wird?«, fragte ich Pierre zum dritten Mal seit seiner Ankunft.

Ich hatte ihn zwar vor einer Weile gebeten, bei diesem Anlass mein Begleiter zu sein, aber nachdem er mich bei meinem Date mit Elias gesehen hatte, war ich fest davon überzeugt gewesen, dass er nicht auftauchen würde.

»Warum sollte es seltsam für mich sein?« Pierre lächelte. »Weil Sie ein Date mit einem anderen Mann hatten und ich dastehen und mir die ganze Sache ansehen musste?«

»Ja.« Mir wurde am ganzen Körper heiß vor lauter Verlegenheit.

»Hey, ich war nicht gekränkt.« Er drückte leicht meinen Arm und lächelte noch immer sein warmes Lächeln, das bis in die hellblauen Augen reichte. »Sie dürfen Dates haben, mit wem Sie wollen und wann immer Sie wollen.«

»Ich habe das Gefühl, als sollte ich mich entschuldigen.«

»Sollten Sie nicht.« Pierre ließ den Arm sinken und sah mich an. »Entschuldigen Sie sich nicht. Wir sind Freunde, und deshalb bin ich heute Abend hier. Ich werde Ihnen helfen, wobei auch immer Sie meine Hilfe benötigen.«

»Danke.« Ich lächelte kurz und musterte ihn. Er sah aus, als gehörte er an den Hof von König Louis XIV. »Alles, was Ihnen fehlt, ist eine flauschige weiße Perücke.«

»Die werden glücklicherweise nicht verlangt.« Er lachte und wedelte mit der Maske, die er in der Hand hielt. »Anderenfalls könnten wir die hier nicht anlegen.«

»Sie haben vollkommen recht. Ehrlich gesagt weiß ich nicht

einmal, wie ich es mit dieser Frisur anstellen soll, meine Maske aufzusetzen.« Ich beugte mich über den Tisch und ließ meine Maske hin- und herschwingen, damit er mein Dilemma erkannte.

»Ich bin ganz neidisch, dass Ihre Federn hat.«

»Wir können tauschen, wenn Sie wollen.«

»Lieber nicht.« Er lächelte breit und betrachtete mein ganzes Outfit. »Sie sehen so aus, als wären Sie direkt dem achtzehnten Jahrhundert entsprungen.«

»Ich weiß nicht, wie diese Frauen es geschafft haben zu atmen.«

Ich trug das Kleid jetzt seit über einer Stunde, aber es fühlte sich nicht bequemer an als in dem Augenblick, als die Frauen, die mir beim Ankleiden geholfen hatten, die Bänder des Mieders strammgezogen hatten. Klar, es betonte meine schmale Taille und meine vollen Hüften, aber andererseits war kaum vorstellbar, dass irgendjemand in diesem Kleid *keine* Stundenglasfigur hätte. Eigentlich hatte ich gedacht, es würde mir gefallen, immer so herausgeputzt herumzulaufen wie in alten Zeiten, aber jetzt war ich sicher, dass ich diese Erfahrung niemals gemacht hätte. Erstens, weil ich in jenen Zeiten sowieso eine Art Hausmädchen gewesen wäre, und zweitens hätte ich ohnehin rebelliert und mich wie ein Mann gekleidet, damit ich mich nicht fühlte, als würde mein Inneres zerquetscht.

»Ich schätze, die Schönheit war ihnen damals wichtiger als alles andere«, sagte Pierre. »Also, wo brauchen Sie meine Hilfe?«

»Wollen Sie wirklich aushelfen? Sie können ruhig einfach zu der Party gehen. Ich habe sämtliche Aufgaben delegiert, sodass ich selbst nur herumbummeln und aufpassen muss, dass nichts Unvorhergesehenes geschieht. Ich sollte eine Stunde vor dem Ende des Fests freihaben.«

»In diesem Fall würde ich sagen, ich bin um zehn wieder

hier und sehe nach Ihnen? Vielleicht können wir uns anschließend einen Drink genehmigen?«

»Gern.« Ich lächelte. »Und in der Zwischenzeit amüsieren Sie sich gut!«

Als er ging, spürte ich, dass jemand neben mich trat, und ich drehte mich um und sah meine Mutter dort stehen, angetan mit einem ähnlichen Kleid wie meinem, so wie alle Frauen an diesem Abend. Meins war hellblau mit Akzenten aus elfenbeinfarbener Spitze – am Mieder, Ärmeln und Rock. Unter dem Rock steckte etwas, das aussah und sich anfühlte wie ein Rückenkissen, das über dem Gesäß an mir festgebunden war, um mir einen außerordentlichen Hintern zu verleihen und dem Rock Fülle zu geben.

»Ich kann in diesem Kleid nicht atmen«, bemerkte meine Mutter neben mir.

»Willkommen im Club.« Ich betrachtete ihr goldenes und elfenbeinfarbenes Gewand. »Aber du siehst toll aus.«

»Danke, du auch.« Sie schaute sich um. »Wo ist Joslyn?«

»Ich dachte, sie sei bei dir.«

»Nein.«

»Hm.« Ich schaute mich zwischen den zahlreichen Festzelten um. »Ich überzeuge mich gleich mal davon, dass die Bühne für die Darsteller vorbereitet ist. Ich will, dass sie anfangen, sobald die ersten Gäste eintreffen. Sorg bitte dafür, dass die Blumen korrekt arrangiert sind und den Gästen bereits Drinks durch die Eisskulpturen eingeschenkt werden.«

Ich verließ das Zelt und ging in Richtung Bühne. Dieser Bereich des Parks war riesig. Wir hatten in den vier Ecken des Geländes je zwei Zelte mit Speisen und Getränken aufgebaut und hofften, das würde die Leute davon abhalten, allein irgendwo herumzustreunen. Der Weg zu den Cottages war beleuchtet, ebenso wie die rückwärtige Fassade des Palasts. Trotzdem gab es einige dunkle Ecken. Ich hatte versucht, diese schlecht beleuchteten Areale abzusperren, damit niemand in die Springbrunnen fiel und die Leute aus den Wäldern fernblieben, die die Parkanlage umringten. Hier draußen konnte man sich leicht verirren, und ich wollte nicht dafür verantwortlich sein, dass heute Abend irgendwas schiefging.

Es war das erste von meiner Firma organisierte Event seit Monaten, bei dem ich wieder persönlich in Erscheinung trat. Wir waren weit entfernt vom Londoner Tratsch, aber es hätte mich nicht im Mindesten überrascht, wenn Thomas Evans heute Abend ebenfalls teilnahm. Der Gedanke, meinem Ex-Freund zu begegnen, machte mich allerdings nicht ansatzweise so nervös wie die Aussicht auf ein Wiedersehen mit Prinz Elias. Ich brauchte einen klaren Kopf und musste daran denken, wofür diese Party da war: Sie war eine Zurschaustellung seiner potenziellen Bräute, und nach dem heutigen Abend würde man sich, wenn alles glatt über die Bühne ging, an mich erinnern als die Frau, die das Event geplant hatte, bei dem der zukünftige König seine Königin kennengelernt hatte. So musste man mich in Erinnerung behalten, ganz egal, was für ein unbehagliches Gefühl in meinem Magen aufstieg, wann immer ich darüber nachdachte.

Kapitel 15

»Mir ist zumute, als müsste ich mich übergeben.«

Rasch sah ich mich zu der Sprecherin um. Sie trug eine Maske wie wir alle, aber ihre hatte violette Federn, was bedeutete, dass sie Prinzessin Pilar sein musste, Prinz Elias' jüngere Schwester. Meine Mutter, Joss, Madame Rose und ich hatten uns darauf geeinigt, dass alle vier – die Königin, Prinz Elias, Prinz Aramis und Prinzessin Pilar – etwas Violettes an ihren Masken tragen sollten, um sie vom Rest der Menge unterscheiden zu können. Natürlich erfüllten auch ihre Kronen und außergewöhnlichen Schmuckstücke diesen Zweck, aber falls irgendwas passierte, konnten wir sie auf diese Weise sofort erkennen. Das Gleiche galt für die Security, falls einer der Prinzen oder die Prinzessin beschlossen, während der Party ohne Schutz davonzulaufen. Entsetzt sah ich, wie sich Prinzessin Pilar eine Hand auf den Magen legte und die andere auf den Mund. Wir standen direkt vor den Speisen. Wenn sie sich hier übergab … oh Gott. Ich griff nach ihrem Arm und zerrte sie vom Tisch weg, hinaus aus dem Zelt, dann eilte ich mit ihr zu den Hecken. Dort krümmte sie sich und begann zu würgen. Ich reagierte schnell, hielt ihr das Haar aus dem Gesicht und sorgte dafür, dass die kleine Krone auf ihrem Kopf nicht runterfiel. Dieses Krönchen war wahrscheinlich mehr wert als mein Leben.

»Danke«, flüsterte sie, riss sich die Maske vom Kopf und drückte sie auf den Rock ihres Kleides. »Ich glaube nicht, dass ich mich schmutzig gemacht habe.«

»Lag es an etwas, das Sie gegessen haben? Getrunken?«,

fragte ich. Das war ein weiterer Grund, warum ich froh war, dass wir nichts mit den Speisen oder Getränken zu tun hatten.

»Etwas, das ich getrunken habe.« Sie hustete und erhob sich. Ich ließ ihr Haar los, und sie trat dichter an mich heran. »Es tut mir so leid.«

»Sie brauchen sich nicht zu entschuldigen.« Ich lächelte. »So etwas kommt vor.«

»Meine Mutter wird mich umbringen.« Sie hielt sich eine Hand vors Gesicht, legte die Maske wieder an und klopfte mit der anderen Hand auf die Krone auf ihrem Kopf. Selbst unter diesen Umständen war sie wunderschön. Eine schöne Prinzessin mit langem, dunklem Haar, dunklen, mandelförmigen Augen und cremeweißer Haut. Sie sah genauso aus wie ihre spanische Mutter. »Alle haben mir geraten, etwas zu essen, und ich habe nicht auf sie gehört, und dann bin ich hergekommen, und die Musik war so gut und auch die Tänzer und Akrobaten, und ich habe einfach immer weitergetrunken.« Sie stöhnte und ließ die Hände sinken. »Es tut mir leid.«

»Hören Sie auf, sich zu entschuldigen. Kommen Sie, ich bringe Sie zu den Waschräumen, damit Sie sich ein wenig frisch machen können.« Ich setzte mich in Bewegung, und sie ging neben mir her.

»Nach diesem Zwischenfall wird meine Familie mir bestimmt nicht erlauben, mit meinen Freunden in Urlaub zu fahren«, bemerkte sie. »Ich unternehme nie etwas, und an dem einen Abend, an dem mir rebellisch zumute ist und ich mir drei Drinks gönne, passiert das hier.«

»Sie dürfen nicht auf leeren Magen trinken. Das ist eine Lektion, die wir alle lernen müssen.« Ich winkte den Sicherheitsposten heran, der das nächstgelegene Toilettenhäuschen bewachte, und öffnete die Tür. Als wir drinnen waren, hielt ich schnell Ausschau nach dem Korb, mit dem alle Toiletten auf meinen Wunsch hin ausgestattet waren – Pfefferminzbonbons,

Kaugummi, Mundwasser, Haarbürsten, Haarbänder, Aspirin und Öltücher.

»Woher wussten Sie, dass das alles hier drin ist?«, fragte Pilar an meiner Seite. Ich betrachtete sie im Spiegel über den Waschbecken und stellte fest, dass ich noch immer meine Maske trug. Ich nahm sie mir vom Gesicht, legte sie beiseite und drehte mich zu der Prinzessin um.

»Ich habe die Party geplant.«

»Sie sind Adeline von *Pirouette Events!*«

»Ich bin Adeline.« Ich lächelte über die Begeisterung in ihrer Stimme.

»Oh, jetzt ist die Sache noch peinlicher.« Sie schloss die Augen und warf den Kopf in den Nacken. »Ich liebe Ihre Veranstaltungen.«

Ich lachte. »Glauben Sie mir, es ist nicht peinlich. Ich habe seit Monaten keinen Fuß mehr auf eins meiner Events gesetzt.«

»Wegen des Skandals?« Sie warf mir einen mitfühlenden Blick zu, als ich nickte. »All meine Freunde hatten einen Skandal. Meine Brüder sind die Könige der Skandale. Ich finde nicht, dass es so eine große Sache ist, wie Sie glauben.«

»Das sagen alle, aber das macht es nicht leichter.« Ich zuckte die Achseln, griff in den Korb und nahm eine Flasche Mundwasser heraus, die ich ihr reichte. Sie öffnete die Flasche, griff nach einem Becher und spülte sich den Mund aus.

»Befindet sich irgendwas in diesem Korb, mit dem ich kaschieren kann, dass ich auf der Party des Jahres absolut mies aussehe?«

»Sie sehen gut aus. Außerdem tragen wir Masken.«

»Wie wahr.« Sie lächelte, richtete sich auf und stellte das Mundwasser zurück in den Korb. »Sie haben wirklich an alles gedacht.«

»Ich gebe mir Mühe.«

»Ich war auf Danikas Hochzeit, und am Ende des dritten

Songs dachte ich, mir würden die Füße abfallen, und dann wurde verkündet, dass unter den Tischen flache Schuhe zur Verfügung stünden. Ich wollte wissen, wer diese Idee hatte, und habe herausbekommen, dass Sie das waren.«

»Das stimmt. Ich hasse es, wenn meine Füße auf einer Party wehtun. Aber ich mag es auch gar nicht, auf einer Veranstaltung barfuß zu sein, daher dachte ich mir, warum nicht eine Lösung zur Verfügung stellen?«

»Das war brillant. Und dann Erika Max' einundzwanzigster Geburtstag auf der Yacht? Oh mein Gott. Zum Sterben schön«, schwärmte sie. »Und Renees Verlobung? Umwerfend. Ich kann es gar nicht erwarten zu sehen, wie die Hochzeit werden wird.«

»Sie wird bestimmt wunderschön.« Ich lächelte traurig. »Man hat mich nicht gebeten, das Fest zu planen.«

»Doch nicht wegen des Skandals?« Pilar schnappte nach Luft.

»Ich habe eine Menge Kunden verloren.« Ich zuckte die Achseln. »Es war meine Schuld.«

»Ich wette, Thomas hat nichts verloren«, entgegnete sie stirnrunzelnd.

»Es ist eine Männerwelt.«

»Als ob ich das nicht wüsste!« Die Falte zwischen ihren Brauen vertiefte sich. »Diese ganze Party ist ein Beweis dafür. Das alles bringt mich so auf die Palme. All meine Freundinnen sind hier und stürzen sich auf meine Brüder, als seien sie nicht miteinander aufgewachsen wie Geschwister. Es ist eklig und inzestuös.«

»Ich bin davon überzeugt, dass sich in Ihrem Stammbaum irgendwo sogar ein wenig echter Inzest finden lässt.«

»Das ist verstörend«, sagte sie, aber sie lachte dabei. »Meine Mutter sagt das auch immer zu meinem Vater. Es ärgert ihn jedes Mal.«

»Er konnte nicht kommen?«

»Er hat die Reise auf sich genommen, ist aber nicht zu der Party gegangen. Er war vollkommen erschöpft.« Ihr Lächeln wurde traurig. »Es geht ihm nicht gut. Ich weiß, die Leute wollen, dass ich lüge und behaupte, er fühle sich sehr wohl, aber das ist nicht so, und ich bin des Lügens müde.«

»Ich werde es niemandem erzählen.« Ich stellte den Korb an seinen Platz zurück und zog die Maske über mein Gesicht. »Heute Abend sind Sie einfach eine Frau, die Spaß haben will. Sie haben sicherlich mindestens eine Freundin, die nicht um die Aufmerksamkeit Ihrer Brüder buhlt.« Wir gingen nach draußen. Ich blickte sie an. »Was ist mit Joss?«

»Joss.« Sie lachte. »Sie versucht wahrscheinlich gerade, Aramis nicht umzubringen. Sie kann ihn nicht leiden, und sie ist zu dumm, um zu erkennen, dass er schon seit einer Ewigkeit in sie verliebt ist.«

»Aramis? Verliebt? In Joss?« Jedes Wort, das aus meinem Mund kam, klang ungläubiger als das vorangegangene. »Sie hat nie mit mir über ihn gesprochen.«

»Weil sie ihn auf den Tod nicht leiden kann.« Pilar lächelte. »Sie ist eine gute Freundin.«

Wenn Freundschaft für sie bedeutete, dass man es nicht auf einen ihrer Brüder abgesehen hatte, würde ich Pilar definitiv nichts von Elias und mir erzählen. Nicht dass es etwas zu erzählen gegeben hätte. Wir kehrten zur Tanzfläche zurück, und ich war froh zu sehen, dass der DJ auf der Bühne stand und alle tanzten. Es sah lächerlich unpassend aus – der DJ, der vor den Gästen in diesen altmodischen Gewändern auflegte. Es war vollkommen verdreht. Wenn einer der früheren Könige seinem Grab entstiegen und in diese Szene hineingestolpert wäre, wäre er extrem verwirrt gewesen.

»Allein sich vorzustellen, dass irgendjemand in diesem Garten in wenigen Monaten meinen Bruder heiraten wird …«

»In wenigen Monaten?« Meine Stimme war fast schrill, obwohl ich mir alle Mühe gab, cool zu bleiben.

Pilar nickte. »Vater will, dass es passiert, solange er noch lebt.«

»Das ist nachvollziehbar.« Mein Herz hämmerte los, als wolle es seine Beschwerde in dieser Angelegenheit kundtun.

»Nichts in unserem Leben ist nachvollziehbar, aber wir machen trotzdem weiter.« Sie hielt den Blick auf die Party gerichtet – den DJ, die kostümierten Tänzerinnen auf der Bühne, die Feuerschlucker, die Akrobaten, die Menschen auf der Tanzfläche.

Ich war stolz darauf, wie glatt alles lief. Ich hatte nur eine Handvoll potenzielle Bräute durch das dafür vorgesehene Areal einziehen sehen, aber alles, angefangen von diesen Auftritten bis hin zu den Shows, schien gut zu laufen.

»Wo ist Ihr Bruder?«, fragte ich. »Ich habe ihn den ganzen Abend nicht gesehen.«

»Er muss irgendwo hier sein.« Sie wedelte mit einer Hand. »Eli hasst Partys.«

»Ich finde das so witzig, wenn man bedenkt, dass er ständig welche veranstaltet.«

»Wie ich schon sagte, nichts in unserem Leben ist nachvollziehbar.« Sie lächelte und sah mich an. »Danke, dass Sie mir vorhin geholfen haben. Wenn die Zeit kommt, meine Verlobung und Hochzeit zu planen, rufe ich Sie an.«

»Ich stehe bereit.« Ich lächelte breit.

Sie ging davon und verschwand im Meer der kostümierten Menschen. Ich machte mich wieder auf den Weg zu einem der Zelte, um mich davon zu überzeugen, dass dort immer noch alles in Ordnung war. Es überraschte mich, dass das Zelt bei meinem Eintreten ziemlich leer war, aber immerhin scharte sich ein Grüppchen Gäste um die Eisskulpturen. Ich ging zu den Tischen mit dem Buffet, um mich davon zu überzeugen, dass alles immer noch gut gefüllt war. Sobald ich mich bei den Caterern vergewissert hatte, dass alles im grünen Bereich war, verließ ich das Zelt und ging zum nächsten, um die Getränke zu überprüfen.

Als ich dieses zweite Zelt verließ, stolperte ich beinahe über einen Stein, konnte mich aber gerade noch rechtzeitig wieder fangen. Als ich den nächsten Schritt tat, wurde mir klar, dass ich einen meiner Absätze verloren hatte. Ich seufzte tief und verdrehte die Augen. Natürlich passierte *mir* das.

Die Cottages waren in der Nähe, nah genug, dass ich andere Schuhe anziehen und sofort wieder zurückkommen konnte. Ich machte mich auf den Weg. Sobald ich außer Sichtweite der Party war, vibrierte mein Telefon in der Rocktasche. Ich fluchte leise. Es war, als hätte meine Mutter mich mit einem Sensor versehen. Schnell nahm ich den Anruf entgegen.

»Ich ziehe andere Schuhe an und komme sofort zurück«, sagte ich rasch.

»Ach herrje. Was ist passiert?« Die Sorge meiner Mutter ließ meinen Ärger dahinschmelzen.

»Ich bin über einen Stein gestolpert. Du weißt schon, das Übliche, was passiert, wenn du hoffst, dass das größte Event deines Lebens reibungslos über die Bühne geht.«

Mom lachte leichthin. »Nun, Madame Rose sucht nach dir. Sie will uns der Königin vorstellen. Ich gebe ihr Bescheid, dass du in Kürze zurück sein wirst.«

»Die Königin?« Halb flüsterte ich es, halb schrie ich. »Warum?«

»Ich nehme an, sie will sich bei uns bedanken.«

»Oh mein Gott. Ich will sie nicht kennenlernen.«

»Sie ist die Königin, Adeline. Natürlich willst du sie kennenlernen.«

»Ja, wahrscheinlich.« Ich ging schneller und verfluchte mein

Hinken bei jedem Schritt. »Ich halte nach dir Ausschau, wenn ich zurück bin.«

Ich wurde langsamer, als ich die Cottages erreichte. Soeben ging ein Paar in eins der Gästezimmer. Nein, kein Paar. Prinz Elias und eine Frau. Es hätte auch sein Bruder sein können – sie waren beide ähnlich groß und ähnlich gebaut, und sie trugen die gleichen Masken –, aber ich wusste, dass er es war. Prinz Elias war der Mann der Stunde. Sein Outfit war ganz golden, mit goldener Stickerei auf dem Jackett und einem elfenbeinfarbenen Hemd darunter mit Rüschen am Hals, das es noch luxuriöser wirken ließ. Er trug keine Perücke, hatte sich nur das dunkle Haar mit Gel zurückgekämmt, und er sah königlicher aus als jeder König, den ich je gesehen hatte. Mein Herz setzte einen Schlag aus, als er mit der Frau im Haus verschwand. Es war nicht sein Cottage. Es gehörte auch nicht seinem Bruder. Es musste ihres sein.

Ich beschleunigte abermals meinen Schritt, schlüpfte schnell in mein Cottage, zog meine Schuhe aus und ging zum Schreibtisch, um mir noch einmal den Belegungsplan anzusehen.

In dem Cottage wohnte die Prinzessin von Österreich. Irgendwie wurmte mich das. Warum überhaupt diese Party geben, wenn er seine Braut bereits gewählt hatte? Warum uns die Mühe machen? Ich rief mir ins Gedächtnis, dass ich eine Menge Geld dafür bekam, dieses Fest zu managen, aber der Gedanke brachte meinen Ärger nur kurz zum Schweigen. Ich wischte die Papiere vom Schreibtisch, dass sie zu Boden segelten, und drehte mich zum Schrank um.

Die Schuhe, die ich getragen hatte, waren sehr viktorianisch und passten perfekt zu dem Kleid. Glücklicherweise hatte ich vorgehabt, ein paar lustige Fotos zu machen, während ich hier war, und hatte ein Paar eingepackt, das ich gern meine Mary-Poppins-Schuhe nannte. Ich hatte sie vor einigen Jahren auf einer Kostümparty getragen, aber sie waren praktisch und süß, und ich nahm sie überallhin mit. Ich schlüpfte hinein, brachte Haar und Make-up in Ordnung und setzte erneut meine Maske auf. Wenn ich die Königin kennenlernte, musste ich präsentabel aussehen.

Ich verließ mein Cottage und schloss gerade die Tür ab, als die Tür, hinter der Elias verschwunden war, geöffnet wurde. Die Frau, die ich für die Prinzessin von Österreich hielt, kam als Erste heraus, dann er. Sie schien ihr Haar und ihre Maske zu richten, als hätte sie gerade einen Quickie mit dem Prinzen gehabt. Mein Hass auf sie wuchs.

Ich stand still da und wartete darauf, dass sie verschwanden. Sie ging fort. Er nicht. Ich wartete. Und wartete. Und endlich beschloss ich, dass es mir gleichgültig war. Es war mir gleichgültig, wenn er mich sah oder wusste, dass ich ihn gesehen hatte. Wir hatten ein einziges Date gehabt. Ein einziges Date, und es war kein lebensveränderndes Ereignis gewesen. Er hatte sich nicht einmal daran erinnert, dass wir schon einmal miteinander geschlafen hatten, obwohl unsere Begegnung zumindest für mich viel verändert hatte, also nein, er verdiente es nicht, dass ich mich seinetwegen quälte oder mich darum scherte, was er tat. Er wandte den Kopf, als ich auf ihn zuging. Dann nickte er leicht zur Begrüßung, und ich setzte meinen Weg fort. Das Schöne an dem Kostüm war, dass er nicht wissen konnte, dass ich darin steckte.

Ich nahm eine Abkürzung zwischen den Cottages hindurch, da packte mich plötzlich jemand am Arm und zog mich zurück. Ich stieß einen spitzen Schrei aus und drehte mich zu dem Mann um. Meine Augen weiteten sich, als ich begriff, dass es Elias war. Er wusste nicht, dass ich es war. Hielt er einfach x-beliebige Frauen fest? Die Falte zwischen meinen Brauen vertiefte sich. Wahrscheinlich war die Antwort auf diese Frage ein Ja. Ich entriss ihm meinen Arm. Er ließ mich los. In der

Dunkelheit konnte ich seine Augen kaum sehen, und die Maske verdeckte ohnehin die Hälfte seines Gesichts.

»Ich habe nach dir gesucht«, begann er.

»Woher weißt du, dass ich es bin?«

»Ich kenne dein Cottage.« Er beugte sich zu mir vor. Ich wich zurück und prallte gegen die Seitenwand des Cottages neben mir. »Ich kenne dein Haar und deinen Gang. Deinen Mund. Ich versuche schon seit dem Abend unseres Dates, dich aufzuspüren.«

»Stopp.« Meine Stimme war zittrig. »Es war ein einziges Date. Nicht mehr, nicht weniger.«

»Es war nicht nichts«, wandte er ein, sein Gesicht jetzt noch näher. Er hob eine Hand an meinen Hals und legte die Fingerspitzen auf meine Haut, als fühle er meinen Puls. »Selbst in einem Raum voller Menschen kriege ich dich nicht aus dem Kopf.«

»Du hast nicht den Eindruck gemacht, als kriegtest du mich nicht aus dem Kopf, als du in ihrem Cottage warst.«

»Wer sagt, dass ich nicht dich dabei im Kopf hatte?« Er ließ die Hand höher wandern, zu meinem Kinn, und strich mir mit dem Daumen über die Unterlippe. »Wer sagt, dass du nicht der Grund warst, warum ich verhindert habe, dass irgendwas passiert?«

»Hast du das?« Ich schluckte.

Er leckte sich die Lippen. »Würde es dich interessieren?«

»Ja. Nein. Ich weiß nicht«, flüsterte ich. »Es sollte mich nicht interessieren.«

»Sag es mir, Adeline.« Er strich mit der Nasenspitze über meine Wange, bis er mein Ohr erreichte. Ich vergaß das Atmen. »Warum will ich dich so sehr? Warum verlasse ich meine eigene Party und fahre in die Stadt, nur um nach dir zu suchen? Warum kann ich nach einem einzigen Date mit dir, bei dem wir nicht einmal miteinander geschlafen haben, an nichts anderes mehr denken als an dich?«

»Entspricht irgendwas von alldem der Wahrheit?«

»Würdest du mich küssen, wenn es so wäre?« Er trat einen halben Schritt zurück und sah mir forschend in die Augen. »Würdest du mir erlauben, dich unter diesem Kleid zu berühren?«

»Vielleicht.« Ich fuhr mir mit der Zunge über die Lippen, legte den Kopf in den Nacken und hoffte, dass er seine Lippen auf meine drücken würde.

»Vielleicht?« Einer seiner Mundwinkel zuckte in die Höhe. Er legte die andere Hand über das Tal zwischen meinen Brüsten und streichelte sie mit seinen langen Fingern. Strich über die Wölbung meiner rechten Brust, wieder hinauf, dann über die Wölbung der linken. »Würdest du mir erlauben, dein Mieder herunterzuziehen und dich zu kosten?«

»Willst du es tun, oder willst du nur hier rumstehen und darüber reden?« Ich keuchte vor Verlangen und drückte mich an ihn.

»Was würde es nutzen?« Er beugte sich wieder vor und küsste meinen Hals. »Etwas zu beginnen, das zu beenden uns die Zeit fehlt?«

»Hast du das der Prinzessin von Österreich auch gesagt, als du mit in ihr Cottage gegangen bist?« Ich schob ihn von mir und duckte mich unter seinem Arm hinweg. »Wir dürfen das nicht.« Ich schüttelte den Kopf und versuchte, den Atem wiederzufinden, den er mir geraubt hatte. »Wir hatten unser Date. Wir dürfen es nicht wiederholen.«

Diesmal folgte er mir nicht, als ich mich umdrehte und davonging.

Kapitel 16

Nach allem, was ich über die königliche Familie gehört hatte, hatte ich immer angenommen, die Königin würde zugeknöpft sein. Ich hatte ihr warmes, strahlendes Lächeln nicht erwartet, ebenso wenig die Herzlichkeit, mit der sie mir die Hand schüttelte und dabei mit der anderen Hand meinen Arm festhielt, beinahe so, als wolle sie mich umarmen, als ich mich aus meinem Knicks erhob.

»Sie haben sich selbst übertroffen«, sagte sie. »Das ist genau das, was ich mir vorstelle, wenn ich an das Versailles des achtzehnten Jahrhunderts denke.«

»Abzüglich des Toilettenproblems«, erwiderte ich.

»Abzüglich des Toilettenproblems.« Sie lachte und sah Joss an, die neben ihr stand. »Warum haben Sie sie am Sonntag nicht zum Dinner mitgebracht?« Sie wandte sich wieder mir zu. »Sie müssen Sonntag zum Dinner kommen. Es sind Freunde und Verwandte eingeladen, und wir heißen neue Gesichter von Herzen willkommen.«

»Ja! Ich gebe meiner Mutter recht.« Die aufgeregte Stimme gehörte Prinzessin Pilar. Sie tänzelte mit einem breiten Lächeln auf dem Gesicht auf mich zu und sah erheblich besser aus als zu dem Zeitpunkt, zu dem ich sie verlassen hatte. »Sie müssen zum Sonntagsdinner kommen.«

»Pilar.« Im Ton der Königin lag eine Warnung. »Etwas gesetzter bitte.«

»Es geht mir gut, Mutter.« Man sah kaum, wie sie die Augen verdrehte, ihrer Stimme war es jedoch deutlich anzuhören.

»Also, werden Sie diesen Sonntag kommen, Addie? Darf ich Sie Addie nennen?«

»Pilar«, warnte die Königin sie.

»Sie dürfen mich definitiv Addie nennen.« Ich lächelte.

»Dann wäre das also geklärt. Wir sehen uns am Sonntag«, sagte die Königin. »Werden Sie sich ebenfalls zu uns gesellen, Madame Perla?«

»Oh, das täte ich mit Freuden, aber ich fürchte leider, es wäre nicht passend.« Meine Mutter schenkte ihr ein schwaches Lächeln.

»Unfug«, widersprach die Königin. »Überlassen wir die Politik den Männern. Um dieses hübsche kleine Ärgernis sollen die sich selbst kümmern.«

»Ich kann das wirklich nicht annehmen«, antwortete meine Mutter. »Genauso wenig wie Adeline. Es könnte ein schlechtes Licht auf Sie werfen.«

»Niemand wird davon erfahren«, sagte die Königin. »Wissen Sie, wie viele Leute uns besuchen, ohne dass die Presse etwas davon mitbekommt?«

»Adeline hat in letzter Zeit stark unter Beobachtung gestanden«, gab meine Mutter zu bedenken. Die Schande meiner Vergangenheit trübte meine Sicht mit ungeweinten Tränen. Ich blinzelte sie weg und fasste mich wieder, stand aber still da, während ich wartete. Wenn die Königin mich wegen meines Skandals doch nicht einladen wollte, würde ich es verstehen.

»Wir alle werden beobachtet«, sagte die Königin. »Wenn ich mir von der Regenbogenpresse vorschreiben lassen würde, wen ich in mein Haus einlade, hätte ich niemals Gäste.«

»Wenn das so ist …«, erwiderte meine Mutter.

Ich lächelte. »Dann sehen wir uns bald.«

»Oh! Der Ball. Wir müssen dafür sorgen, dass alle Damen sich für Elias in Reih und Glied aufstellen«, sagte die Königin.

»Ich kümmere mich darum«, versicherte Joss ihr und

drückte mir im Vorbeigehen den Arm. Prinzessin Pilar folgte ihr, und auf einmal standen meine Mutter und ich allein da.

»Du solltest nicht hingehen.«

»Du hast die Königin gehört. Ich kann doch nicht einfach wegbleiben, wenn sie mich einlädt.«

»Denk dir irgendwas aus. Fahr nach London.«

»Ich werde keine Einladung der Königin ablehnen, weil mein Vater nicht weiß, wo er die Grenze ziehen und einen Gang langsamer fahren muss«, entgegnete ich aufgebracht flüsternd.

»Dein Vater hat sein ganzes Leben in den Dienst seiner Arbeit gestellt. Du hast seinen Ruf bereits einmal in Gefahr gebracht. Willst du das wirklich noch einmal riskieren?«, fragte sie. »Denk daran, wer deine Ausbildung bezahlt hat. Denk daran, wer dir geholfen hat, Darlehen zu bekommen, als du beschlossen hast, dieses Geschäft zu gründen. Ohne ihn wärst du nichts.« Sie wandte sich zum Gehen. »Morgen reist du ab, als Allererste. Du wirst in die Villa zurückkehren, deine Sachen packen und nach London fliegen. Für die Royals bist du nichts weiter als ein Hofnarr, jemand, mit dem sie sich anfreunden und den sie dann fallen lassen können. Vergiss das nicht.«

Ich lief zur nächsten Damentoilette. Ich musste einen Moment allein sein. Das Fest ging auch ohne mich glatt über die Bühne. Das war der Vorteil, wenn man Leute engagierte, denen man vertraute. Ich ging in eine Kabine, verschloss sie, stieß den Atem aus und lehnte mich an die Tür.

Die Eingangstür wurde geöffnet, und ich hörte, wie zwei Frauen kichernd in die Kabinen neben mir gingen.

»Ich persönlich weiß nicht, wieso irgendjemand ihn würde heiraten wollen«, sagte eine der Frauen. »Meine Freundin Fergie hatte Sex mit ihm, aber er hat sie nicht mal geleckt.«

»Ja, ich hab auch schon gehört, dass er das nicht machte«, antwortete die andere. »Was für eine Verschwendung.«

Beide Toilettenspülungen wurden gleichzeitig betätigt und die Türen geöffnet. Sie traten vor die Waschbecken.

»Aber er sieht gut aus«, bemerkte eine von ihnen.

»Ich bevorzuge Aramis. Er ist dermaßen heiß.«

»Elias wirkt immer so zornig.«

»Mit Aramis kann man bestimmt richtig Spaß haben.«

Darüber lachten alle beide, dann verließen sie das Toilettenhäuschen. Es war irgendwie erfrischend zu hören, dass nicht alle hier in Elias verliebt waren. Ich dachte daran, was sie gesagt hatten, dachte an mein erstes Mal mit ihm. Er hatte es mir mit dem Mund gemacht. Er hatte es für mich getan, und er hatte mich nicht einmal gekannt, daher irrten sie sich in diesem Punkt offenbar. Ich presste die Augen zusammen, als die Erinnerungen mein Gehirn fluteten. Es war so lange her, dass man hätte meinen sollen, sie wären bestenfalls verschwommen, aber ich glaubte seine Lippen auf meiner Haut so deutlich zu spüren, als würde es in diesem Moment geschehen. Mit hämmerndem Herzen stand ich da. Vorhin hätte er mich geküsst. Er hätte mich berührt, mich geneckt. Daran hatte ich keinen Zweifel. Das Beste, was ich tun konnte, war, einen Schlussstrich zu ziehen. Ich öffnete die Augen, verließ die Kabine, wusch mir die Hände und trocknete sie ab, bevor ich hinausging.

Als ich wieder unter Leute kam, war der Ball in vollem Gang. Elias hielt eine der Damen in den Armen, während sie über die improvisierte Tanzfläche des Ballareals schwebten, das wir hergerichtet hatten. Die Musik war leise und das Licht zu einem sanften Blauton gedimmt, genau wie Madame Rose es erbeten hatte. Es sah wunderschön aus. Eines Königs würdig. Während ich zuschaute, wuchs etwas wie Eifersucht in mir. Ich hatte mir nie viel gewünscht. Ich war immer jemand gewesen, der annahm, was das Leben ihm entgegenschleuderte. Ich gab mein Bestes, meine Eltern zufriedenzustellen, und das Sexvideo war der einzige Ausrutscher, der mir je unterlaufen war – zugegeben, ein ziemlich desaströser einziger Ausrutscher. Aber jetzt wünschte ich mir plötzlich, eine dieser Frauen zu sein, denn sie konnten zumindest versuchen, den Prinzen für sich zu gewinnen. Mir stand das nicht frei.

Ich spürte, dass jemand neben mich trat, und lächelte, als ich mir klar wurde, dass es Pierre sein musste.

»Amüsieren Sie sich gut?«, fragte ich. Er nickte knapp, den Blick auf die Tanzfläche gerichtet.

»Das ist schon bemerkenswert, oder?«, fragte ich.

»Was?«

»Das alles hier.« Ich deutete auf die Tänzer vor uns. »Hier wird wirklich und wahrhaftig Geschichte geschrieben.«

»Kann sein.«

»Ich hätte niemals in dieses Date einwilligen sollen.« Ich schaute zu, wie Elias mit einer anderen Frau weitertanzte. »Alle haben mich dafür kritisiert, dass ich mich auch nur mit ihm unterhalten habe, meine Mutter eingeschlossen. Und doch komme ich irgendwie nicht dagegen an.« Ich redete einfach weiter. Pierres Schweigen war tröstlich, und ich musste irgendjemandem erzählen, was ich empfand, bevor ich platzte. »Die Zuneigung zu einem Mann, den ich niemals haben kann, fühlt sich nach einer schrecklichen Bürde an, aber es wird vorbeigehen. Ich meine, es geht immer vorbei.« Ich zuckte die Achseln und sah lächelnd zu ihm auf. »Ich gehe mich umziehen, und dann können wir unser Bier trinken gehen.«

Ich ging weg und ließ den Tanz und die Musik hinter mir. Die einzige Person, bei der ich mich melden musste, war Joss. Sie würde Fragen haben, und ich würde sie beantworten, sobald ich etwas Bequemes angezogen hatte. Im Cottage zog ich die Schuhe aus, nahm die Maske vom Gesicht, fuhr mir mit den Fingern durchs Haar, um die hochtoupierten Partien zu bändigen, und sah meine Kleider durch, um festzustellen, was noch da war. Ein Klopfen an meiner Tür schreckte mich auf. Ich ließ die Bluse fallen, die ich gerade in der Hand hatte, ging zur Tür und öffnete.

»Pierre.« Ich runzelte die Stirn. »Ich dachte, wir treffen uns …« Ich verstummte, als er die Maske abnahm, die sein halbes Gesicht bedeckte. Ich blinzelte. »Elias? Was zum … was tust du hier?«

Er hatte offensichtlich soeben das Kostüm mit Pierre getauscht. Bedeutete das, dass Pierre derjenige war, der jetzt dort draußen tanzte? Sich für Elias ausgab?

Kapitel 17

»Was hast du …«

»Ich finde nicht, dass wir uns das hier verwehren sollten.«

»Aber … vorhin …«

»Nach unserer Begegnung habe ich mit Pierre das Kostüm getauscht.«

»Warum?«

»Weil ich mit keiner dieser Frauen tanzen wollte.« Er trat vor. »Weil die einzige Frau, an die ich ständig denken muss, sich weigert, mich wiederzusehen. Und ich weiß nicht, wie ich mit einer solchen Zurückweisung umgehen soll.« Er umfasste mit einer Hand mein Gesicht. »Weil ich dich küssen und dich kosten und mit dir tun will, was immer du mir mit dir zu tun erlaubst.«

»Das ist keine gute Idee.« Ich schluckte. »Das hier wird für keinen von uns ein gutes Ende nehmen. Ganz besonders nicht für mich.«

»Lässt du dich davon aufhalten?«

»Nein, aber wir brauchen Grenzen. Regeln.«

»Ich bin nicht gut mit Regeln. Oder Grenzen.«

»Eine einzige Nacht. Heute Nacht, und das war's.«

»Nein.«

»Doch.« Ich schaute ihn forschend an. Seine Augen sahen unglaublich dunkel aus. »Ich könnte es nicht ertragen, wenn das hier mehr wäre als ein One-Night-Stand. Das würde ich nicht überleben.«

»Da stimme ich dir nicht zu.«

»Das brauchst du auch nicht. Es ist ein Take-it-or-leave-it-

Angebot. Ich werde mir nicht erlauben, mich in einen Mann zu verlieben, dessen Schicksal es ist, eine andere Frau zu heiraten.«

»Na schön. Eine Nacht.«

»Okay.«

Er drückte seine Lippen auf meine, trat ein und schloss mit dem Fuß die Tür hinter sich. Mir blieb die Luft weg, aber nur kurz, dann wich ich zurück. Sein Blick war wild, umwölkt, unsicher. Es war die Unsicherheit, die mir den Rest gab.

»Ich muss dir etwas sagen.«

»Jetzt?«

»Wir haben schon einmal miteinander geschlafen.«

»Ich weiß.« Sein Lachen war kaum mehr als ein Ausatmen, aber in seinen Augen stand ein Lächeln.

»Du weißt es?« Ich runzelte die Stirn. »Ich dachte, du erinnerst dich nicht.«

»Natürlich erinnere ich mich.« Er beugte sich wieder zu mir vor, seine Lippen auf meinem Kinn, bevor sie zu meinem Ohr weiterwanderten. Mein Herz setzte einen Schlag aus, als er flüsterte: »Ich könnte dich niemals vergessen, Adeline.«

»Du brauchst mir nichts Nettes zu sagen. Das hier wird so oder so passieren.«

Er trat einen Schritt zurück. »Mache ich auf dich den Eindruck eines Süßholzrasplers?«

»Nein.« Ich beobachtete ihn genau. Ich wusste, dass er nicht dieser Typ Mann war. Das bedeutete aber nicht, dass er immun gegen den Impuls war, unter den gegebenen Umständen etwas Nettes zu sagen.

»Du bist die einzige Frau, mit der ich je ins Bett gegangen bin, ohne dass sie wusste, wer ich war. Du hast mit mir geschlafen, weil du es wolltest, nicht wegen meines Namens, nicht wegen meines Ranges.« Er hob eine Hand und legte sie auf meine Wange, dann strich er mit dem Daumen über meine

Unterlippe. »Du wolltest mich genauso sehr, wie ich dich wollte, und entgegen aller Vernunft will ich dich jetzt sogar noch mehr.«

Ich war mir nicht sicher, ob es seine Absicht war, aber es war höchstwahrscheinlich das Romantischste, was jemals jemand zu mir gesagt hatte. Ich schlang ihm die Arme um den Hals und drückte meine Lippen auf seine, und diesmal wusste ich, dass ich nicht aufhören würde. Ich konnte nicht. Ich steckte zu tief drin, und obwohl es nur eine einzige Nacht war und ich ganz genau wusste, dass es mich umbringen würde, wenn diese Nacht vorüber war, musste ich seine Lippen spüren, seine Hände, den ganzen Mann.

»*Tu es sublime,* Adeline«, murmelte er leise, während er mich entkleidete und an den Schnüren meines Mieders zog, bis sie sich lockerten und es herunterfiel.

Er ließ sich Zeit damit, mich anzuschauen, als sei ich *anbetungswürdig*, und strich bei jedem Kleidungsstück, das er mir auszog, mit den Lippen über meine Haut. Zwischen unseren Küssen nestelte ich an seiner Kleidung, öffnete die Knöpfe. Schon bald waren wir beide nackt und staunten übereinander. Ich hatte ihn in Badehosen gesehen. Ich hatte ihn sogar nackt gesehen, in der Dunkelheit, aber das war so viele Jahre her. Der Mann, der jetzt vor mir stand, war absolut vollkommen. Nicht der perfekte Sixpack-Model-Typ, sondern ein muskulöser, kraftvoller männlicher Typ. Ein Mann, der mich mühelos überwältigte und es dabei trotzdem fertigbrachte, sanft zu sein. Ein Mann, der zweifellos mit Zunge und Fingern Verheerendes anrichten konnte, aber er sah mich an, als sei ich das Zerbrechlichste auf der Welt. Vielleicht war es aber auch der Augenblick, der sich zerbrechlich anfühlte. Es war, als könne er mit dem nächsten Wimpernschlag verflogen sein, wenn wir zu laut sprachen oder uns zu hastig berührten, und keiner von uns hätte das ertragen können.

Er drückte mich aufs Bett und bedeckte mich mit Küssen, bis er meine Oberschenkel erreichte; dort knabberte er an mir, bis ich mich wand. Als seine Zunge mein Zentrum fand und er langsam meine Klitoris leckte, stöhnte ich laut auf. Er leckte einmal, zweimal, bevor er mich wie ein Verhungernder verschlang. Es war so intensiv, dass ich nicht lange aushalten würde, obwohl er versuchte, den Moment in die Länge zu ziehen. Seine Finger gesellten sich zu seiner Zunge, und er stieß sie in mich hinein, während er an meiner Klitoris saugte. Meine Beine begannen zu zittern.

»C'est encore mieux que je ne l'imaginais.« Er löste sich für einen Moment von mir und sah mir mit seinen dunklen Augen in meine, während ich keuchte. Das war *noch besser, als er sich träumen ließ?*

Etwas in mir brach. Ich hätte ihm nicht widersprechen können, denn was ich mir vorgestellt hatte, verblasste ebenfalls angesichts der Wirklichkeit. Angesichts dieses Mannes zwischen meinen Beinen, dieses Prinzen, dieses zukünftigen Königs.

Er hob kurz das Gesicht, als lese er meine Gedanken, vergrub dann den Kopf wieder zwischen meinen Beinen. Erneut entrang sich mir ein Keuchen und kurz darauf sein Name.

Die Fessel in mir, die immer straffer zu werden schien, zerriss plötzlich, als der Orgasmus mich traf. Meine Brust hob und senkte sich. Während der Rausch langsam abebbte, knabberte sich Elias an meinem Körper hinauf, seine Zähne hinterließen winzige Spuren. Bei meinen Brüsten hielt er inne, leckte sie und saugte die Brustwarzen in den Mund, stöhnend, zog daran und ließ sie mit einem Ploppen wieder los. Mein Herz schlug erneut schneller, geradezu hysterisch, ein zweiter Orgasmus bahnte sich an, der eigentlich gar nicht sein konnte, und als Elias eine Hand zwischen meine Beine schob und plötzlich die Finger in mich hineingleiten ließ, während er weiter an meinen Brüsten saugte, wusste ich, dass es um mich geschehen war.

Ich richtete mich leicht auf, während er ein Kondom überstreifte und sich zwischen meine Beine kniete. Er hielt meinen Blick fest, eine Frage in den Augen. Ich antwortete, indem ich seine Schultern umfasste und mich aufrichtete, sodass wir beide saßen, dann schlang ich die Beine um ihn, während er mich über sich hob. Meine Nägel bohrten sich in seine Schultern, als ich mich auf ihn hinabsenkte und den Atem anhielt, während sein Schwanz mich Zentimeter für Zentimeter spreizte. Er hielt meinen Hintern fest umfangen, während er mich vögelte, mit langen, harten Stößen in mich eindrang, die alles andere als sanft waren. Er bewegte sich fiebrig, stieß zu, als wollte er mich bestrafen, sich jetzt auch körperlich so tief in mich einbrennen, wie er sich bereits in meine Seele gebrannt hatte. Wir waren auf Augenhöhe, und er lehnte sich zurück, um mich anzusehen. Ich biss mir auf die Lippen, um das Stöhnen zu unterdrücken, das jedes Mal hervorbrechen wollte, wenn sein Schwanz tief in mir war, jedes Mal, wenn er meinen Hintern drückte und mich auf sich zog und dabei meine pochende, hochempfindliche Klitoris berührte.

»Dies darf nicht die einzige Nacht sein, Adeline«, flüsterte er, während er weiter gnadenlos in mich stieß.

»Es muss die einzige sein.« Unter seinem eindringlichen Blick und der Art, wie er meinen Körper in Besitz nahm, schrie ich auf. Ich warf in Ekstase den Kopf in den Nacken und sagte seinen Namen, spürte ihn tief in mir pulsieren und hörte, wie er auf Französisch einen Fluch ausstieß, mit dieser leisen, heiseren Stimme, bei deren Klang ich gleich noch mal kam.

Kapitel 18

Ich beherzigte die Warnung meiner Mutter und packte meine Sachen, sobald ich nach Hause kam. Ich hätte es nicht getan, wäre die letzte Nacht nicht gewesen, aber es hatte diese Nacht gegeben, und das Gefühl, dass meine Magengrube mit Blei ausgekleidet war, wurde mit jeder verstreichenden Sekunde schlimmer. Doch ich lief nicht weg. Ich konnte nicht davor weglaufen. Ich musste nur zurück nach London, in mein eigenes Haus, und all meine Gedanken und Gefühle neu ordnen. Ich musste eine Schachtel in mir selbst finden, in der ich diese Dinge verschwinden lassen und deren Deckel ich schließen konnte. Oder die ich einfach verbrannte.

Trotz allem wollte ich Elias mehr, als ich sollte, und die vergangene Nacht hatte für mich alles nur noch schlimmer gemacht. Ich würde jedoch den Vorwand nutzen, dass ich nach meinem Haus sehen musste. Ich war schon eine ganze Weile fort, und meine Nachbarin, Mrs Parsons, sorgte zwar dafür, dass alles sauber blieb und sich keine Spinnweben einnisteten, aber natürlich gingen ihre Dienste nicht so weit, dass sie Rechnungen bezahlte, die bestimmt überfällig wären, wenn ich nicht bald meine Post durchsah.

Während ich packte, dachte ich an Elias und überlegte, ob ich ihm irgendetwas mitteilen sollte. Ich entschied mich dagegen. Er war ohnehin noch nicht aus Versailles zurück. Nach allem, was ich wusste, verbrachte er den Tag mit einer der Prinzessinnen, von denen er bald eine heiraten sollte. Abgesehen davon hatten wir uns auf eine einzige Nacht geeinigt, und eine einzige Nacht hatten wir gehabt. Eine Nacht, die Erinnerungen an unser erstes Mal heraufbeschwor. Ich wünschte mir von Herzen, ich hätte nicht zugestimmt, aber es war nun mal, wie es war.

Selbst wenn wir beide uns wiedersehen wollten, um herauszufinden, wohin das alles führte, kam es nicht infrage. Wie meine Mutter angemerkt hatte: Für die Königsfamilie war ich nur eine Frau aus dem gemeinen Volk. Wie Etienne gesagt hatte: Es gab keine Zukunft für uns. Ich musste besser auf jene hören, die mich liebten und das Beste für mich wollten. Ich würde mich in London neu sortieren, zurückfliegen und am Sonntag zum Abendessen in der Residenz der Königin erscheinen, und bis dahin würde ich all das hinter mir gelassen haben.

In London hatte sich nichts verändert. Nicht dass ich es erwartet hätte. Als ich meine Schlüssel aus der Tasche zog und auf mein Haus zuging, schaute ich über die Straße zum Park hinüber und lächelte beim Anblick des älteren Ehepaars, das nebeneinander auf einer Bank saß wie so oft. Ich wohnte in einem edlen alten Stadthaus in einer begehrten Straße in Kensington, das ich dank eines guten Freundes meines Vaters hatte mieten können. Mein Dad hatte eine Weile hier gelebt, als er in London als Botschafter für Frankreich tätig gewesen war. Er hatte die Stellung vier Jahre innegehabt, bevor er nach Paris zurückgekehrt war, aber seine Kontakte hatten die Zeit überdauert, und als ich beschlossen hatte hierherzuziehen, hatte er mir genau das Stadthaus sichern können, in das ich mich als Teenager verliebt hatte. Es war schick und groß, viel zu groß für mich, aber Joss war in eins der Schlafzimmer eingezogen, was ein wenig half. Als ich nach dem Collegeabschluss hierhergezogen war, hatte ich meinem Vater versprochen, die Miete zu zahlen, sobald mein Geschäft etwas abwarf, und ich hatte mein Versprechen gehalten. Joss war immer noch in Frankreich, daher wusste ich, dass das Haus leer sein würde.

Ich wollte gerade die Tür aufschließen, als ich hörte, wie sich die Tür des Nachbarhauses quietschend öffnete, und ich erblickte Mrs Parsons.

»Sie sind wieder da.« Sie musterte mich von Kopf bis Fuß. »Sie sehen mitgenommen aus.«

»Ich habe viel zu tun gehabt und wenig geschlafen«, sagte ich, als würde das meinen Zustand erklären.

Ich sah tatsächlich mitgenommen aus. Ich hatte kaum geschlafen, daher hatte ich Ringe unter den Augen. Mein Haar war zu einem wirren Knoten gebunden, für einen ordentlichen hatte ich mir nicht die Zeit genommen. Ich hatte meinen Leinenmantel nicht gebügelt, und vermutlich war meine Bluse nicht richtig zugeknöpft. Ich sah nie mitgenommen aus, zumindest nicht in der Öffentlichkeit, daher war nicht verwunderlich, dass sich Mrs Parsons um mich sorgte.

»Kommen Sie auf eine Tasse Tee herein«, sagte sie, und ihr Ton ließ keinen Platz für Widerspruch.

»Ich sollte erst einmal meine Taschen abstellen«, widersprach ich trotzdem.

»Dann lasse ich Sie erst einmal richtig ankommen. Tee morgen um zwölf Uhr.«

»Morgen um zwölf.« Ich lächelte und wartete darauf, dass sie in ihrem Haus verschwand, bevor ich in meins ging.

Sobald ich eingetreten war, streifte ich meine Kleider ab. Als Erstes schlüpfte ich aus meinen Schuhen, legte dann Schal und Mantel ab. Ich trat zu dem Häufchen Briefe auf dem Küchentresen, blätterte sie durch, sortierte die Rechnungen aus und legte Einladungen beiseite, die ich empfangen hatte. Einige Briefe waren für Joss bestimmt, die legte ich auf einen Extrastapel. Rechnungen und Einladungen nahm ich mit, ging im Erdgeschoss von Fenster zu Fenster, zog die Gardinen auf und ließ die Strahlen der Mittagssonne ins Haus. Nach oben würde ich später gehen. Fürs Erste wollte ich meine Rechnungen bezahlen, meine Wäsche erledigen und dann ein Nickerchen halten.

Das Klingeln des Telefons weckte mich. Ich tastete danach, sah Madame Meyers Nummer auf dem Display und nahm den Anruf entgegen.

»Ist alles in Ordnung?«, begrüßte ich sie.

»Nein, es ist nicht alles in Ordnung. Dieser Mann ist unerträglich, und ich werde ihm keine Körbe mehr bringen.«

»Was?« Ich richtete mich im Bett auf und blickte nach draußen. Es war dunkel. Ich musste den ganzen Tag verschlafen haben. »Was hat er gesagt?«

»Er wollte den Korb nicht annehmen. Er hat gesagt, es sei alles falsch. Ich habe sämtliche Anweisungen, die Sie mir gegeben haben, genau befolgt.« Ihre Stimme war schrill. Ich zuckte zusammen.

»Das tut mir so leid.«

»Sie brauchen sich seinetwegen nicht zu entschuldigen. Ich wollte Ihnen nur mitteilen, dass ich die Aufgabe Lucy Walters übergeben habe. Vielleicht wird es ihr besser ergehen. Schließlich sind die beiden gut miteinander bekannt.«

»Gut bekannt?« Ich runzelte die Stirn. »Ist Lucy nicht die Tochter des Pubbesitzers?«

»Gut bekannt«, wiederholte Madame Meyers. »Damit meine ich, dass sie hier und da was miteinander hatten.«

»Oh.« Mir sackte das Herz in die Kniekehlen. »Oh.«

»Ich gebe Ihre Telefonnummer an Lucy weiter. Sie wird sich morgen bei Ihnen melden.«

Madame Meyers legte auf, bevor ich einen Alternativvorschlag machen oder einwenden konnte, dass ich nicht wollte, dass Lucy Walters auch nur in Elias' Nähe kam, wenn sie früher mal miteinander geschlafen hatten. Verdammte Eifersucht, sie brachte mich noch um den Verstand.

Ich legte mein Telefon beiseite und rief Etienne an. Er meldete sich nicht. Ich rief Joss an. Sie ging beim dritten Läuten an den Apparat.

»Hast du mich vermisst?«

»Ich vermisse dich immer.« Ich wollte lächeln, aber meine Eifersucht war so gewaltig, dass ich es nur zu einem schwachen Zucken der Mundwinkel brachte. »Folgendes: Elias hat sich Madame Meyers gegenüber offensichtlich wie ein Arschloch benommen, und sie hat die Aufgabe an jemand anderes weitergereicht.«

»Aufgabe?«, fragte sie. »Du meinst den Korb?«

»Ja.«

»Na und?«

»Und die Person, an die sie die Aufgabe weitergegeben hat, ist Lucy Walters, die anscheinend irgendwann mal mit Elias geschlafen hat.«

»Okay. Und?«

»Und ich will nicht, dass sie ihm den Korb bringt.«

Joss verfiel kurz in Schweigen. »Weil du ihn magst?«

»Ja.« Ich schloss die Augen und wünschte, ich könnte meine Gefühle für ihn auslöschen. Es klappte nicht. Ich sah nichts weiter als Lucy Walters und ihn im Bett vor mir. Hastig riss ich die Augen wieder auf. »Ich mag ihn wirklich. Wenn ich ehrlich bin, es ist mehr als mögen.«

»Das ist nicht …« Sie seufzte. »Addie. Dir ist schon klar, dass er nichts für dich ist, oder?«

»Das sagen alle immer wieder, ja.« Wieder schloss ich die Augen. »Ich weiß es ja selbst. Ich bin keine Idiotin, aber wenn er nichts für mich ist und er es weiß, warum verfolgt er mich dann?«

»Weil er ein Mann ist, der wenig Rücksicht auf die Gefühle anderer nimmt. Vertrau mir, ich weiß das.«

Wieder riss ich die Augen auf. »Ihr zwei …«

»Nein. Gott, nein. Ich sage nur, dass ich Pilar lange genug kenne, um eine Menge über die Prinzen und ihre Affären zu wissen. Für Elias bist du nur eine weitere Nummer. Ein weiteres Paar Brüste.«

»Ich glaube nicht, dass es nur das ist«, antwortete ich. »So behandelt er mich nicht.«

»Er kann sehr charmant sein. Er hat so etwas an sich. Es ist eine Fassade.«

Ich verdaute diese Worte. »Ich sollte wohl am Sonntag nicht zu dem Dinner kommen.«

»Solltest du wohl.«

»Aber er wird dort sein, und ich halte es nicht für eine gute Idee, ihm jetzt zu begegnen.«

»Er wird auch in seiner Villa sein, wenn du dorthin zurückkehrst. Er wird einige Monate lang in jeder Zeitung und jedem Magazin stehen, wenn er heiratet und gekrönt wird. Du kannst ihm nicht ausweichen.«

»Ihn persönlich zu sehen wird schlimmer sein als auf dem Cover einer Zeitschrift.«

»Er bringt ein Date mit.«

»Woher weißt du das?«

»Von Pilar. Natürlich.«

»Oh.«

»Nimm auch ein Date mit.«

»Ich kann kein Date mitnehmen. Die Königin hat mich eingeladen, nicht mich plus Begleiter. Außerdem hätte ich kein Date, das ich mitbringen könnte. Ich will nicht schon wieder den armen Pierre darum bitten und ihn anschließend auf dem Trockenen sitzen lassen.«

»Nimm Thomas mit.«

»Thomas Evans?«, rief ich. »Meinen Ex-Freund?«

»Ja, du weißt schon, der, mit dem du ein Sexvideo gedreht hast. Er ist dir etwas schuldig. Ihr versteht euch immer noch gut, und es wird Elias umbringen, euch zwei zusammen zu sehen.«

»Ich will nicht solche Spielchen spielen, Joss.«

»Die Liebe ist ein Spiel. Du musst deinem Herzen zuliebe spielen.«

»Was ist das denn für ein Schwachsinn?«

»Es ist kein Schwachsinn, Addie. Die Royals spielen gern Spielchen.« Sie senkte die Stimme. »Da wir gerade von Royals sprechen, Pilar will, dass ich ihre Sekretärin werde.«

»Was?«, kreischte ich. »Du hast schon einen Job.« Ich mochte Pilar, aber das hier ging zu weit. Es war eine Sache, mich zu benutzen, aber zu versuchen, mir meine beste Freundin und beste Angestellte wegzunehmen, ging ein wenig zu weit.

»Ich habe ihr gesagt, ich würde darüber nachdenken.«

»Ernsthaft?«

»Ich will zu dieser Chance nicht einfach rundheraus Nein sagen. Sie ist für mich eine ebenso gute Freundin wie du, und es würde bedeuten, dass ich reise und Menschen kennenlerne, die ich anderenfalls niemals kennenlernen würde.«

»Ich verstehe den Glamour des Jobs, Joslyn. Es ist nur … ich will dich nicht auch noch verlieren, weißt du?«

»Ich schanze *Pirouette Events* so viele Aufträge zu, dass du so ausgebucht sein wirst, wie du es dir niemals hättest träumen lassen.«

Ich spürte, wie ich lächelte. »Ich will dich trotzdem nicht verlieren.«

»Aber dieses Schmankerl gefällt dir, hm?«

»Ja, dieses Schmankerl gefällt mir.« Ich lachte. Sie lachte ebenfalls.

»Nimm am Sonntag ein Date mit.«

»Ich denke darüber nach.«

»Halt mich auf dem Laufenden.«

Zuerst gefiel mir die Idee nicht, aber je länger ich darüber nachdachte, dass Elias mit einem Date dort sein würde, umso besser gefiel mir die Idee, selbst ebenfalls jemanden mitzunehmen. Schließlich war es besser, einen Mann dabeizuhaben, als allein aufzutauchen und es ertragen zu müssen, Elias mit einer anderen Frau zu sehen. Ich überlegte, ob er jemanden von neulich Abend ausgewählt hatte. Ich grübelte, ob dies die Frau sein würde, mit der er sich verloben würde. Ich musste mich wappnen, nur für den Fall des Falles. Als ich mein Gespräch mit Joss beendet hatte, schickte ich Thomas eine Nachricht. Es sprach viel dafür, ein freundschaftliches Verhältnis zu einem Ex zu unterhalten, selbst wenn dieser Ex der Grund war, warum man sich vor der ganzen Stadt versteckte.

Kapitel 19

Thomas griff nach meiner Hand, als wir uns den Partygästen anschlossen. Fast wäre ich bei der Berührung zusammengezuckt.

»Wenn du jemanden eifersüchtig machen willst, musst du deine Rolle spielen.«

»Ich will niemanden eifersüchtig machen«, entgegnete ich, ließ aber meine Hand trotzdem in seiner.

Er kicherte leise, als sich die riesigen Doppeltüren vor uns öffneten und meine Hand sich in seiner verkrampfte. Obwohl ich vor Kurzem eine Party im Château de Versailles geplant hatte und auch schon als Touristin dort gewesen war, betrachtete ich Versailles nicht wirklich als historisches Schloss. Das war zwar Unsinn angesichts der vielen Könige und Königinnen und Hofgesellschaften, die Versailles bereits gesehen hatte, aber irgendwie kam es mir bei meinen Besuchen trotzdem stets unecht vor, wie ein Märchenschloss.

Beim Palast von Fontainebleau war es anders: Trotz seiner Pracht fühlte er sich sehr real an. Vielleicht lag das daran, dass ich wusste, dass dies die meistbenutzte Residenz war. Von dort stammten die Weihnachts- und sonstigen Pressefotos. Dort wuchsen die Prinzen und Prinzessinnen auf. Ich versuchte, mir eine Kindheit hier vorzustellen, umgeben von solcher Pracht, und scheiterte daran. Ich konnte mir dort keine achtlos liegen gelassenen Spielzeuge vorstellen oder Kinder, die über diese Marmorböden rannten. Das Ganze wirkte unberührbar, genau wie die Bewohner. Mir wurde klar, dass das genau das war, wovor meine Mutter, Etienne und Joss mich gewarnt hatten.

Als wir durch den Flur gingen, begutachtete ich die Porträts an den Wänden. Die Könige und Königinnen der Vergangenheit schienen jeden unserer Schritte zu beobachten und zu dem Schluss zu kommen, dass wir unter ihnen standen, für jetzt und für immer. Dass die königliche Familie auf Tradition achtete, war nicht nur Schein. Sie lebte wirklich danach.

»Das ist doch verrückt«, flüsterte ich.

»Warte, bis sie uns ankündigen«, flüsterte Thomas zurück.

»Uns ankünd…?«

Bevor ich die Frage zu Ende bringen konnte, öffneten sich die Türen, auf die wir zugingen, und auf der anderen Seite stand ein Mann mit einem Blatt Papier in Händen. Ich stellte fest, dass sich mindestens dreißig weitere Personen im Raum befanden, und plötzlich hätte ich am liebsten die Flucht ergriffen und mich unter irgendeinem Stein verkrochen. Hier stand ich nun, ausgerechnet neben Thomas, mit dem so viele Menschen mich nackt gesehen hatten. Während wir gewisse Dinge taten. Ich umfasste seine Hand fester. Er erwiderte den Druck und legte auch seine andere Hand auf meine, was mich so sehr tröstete, dass ich fast in Tränen ausgebrochen wäre. Es gab mir die Kraft, mit hocherhobenem Kopf vor diesen Menschen zu stehen. Ich würde keine Rückzieher machen.

»Miss Adeline Sophia Isabella Bouchard und Sir Thomas Evans«, sagte der Mann mit klarer, lauter Stimme.

»Sir?«, wisperte ich.

»Du weißt nicht alles über mich.« Thomas kicherte.

Die im Raum Versammelten sahen uns an. Mein Blick glitt von einem zum anderen und verharrte auf der Königin, bevor ich Elias entdeckte. Seine Miene war vollkommen undeutbar, aber sein Kinn war starr, und er wirkte wütend. *Wütend auf mich?* Nein. Ich hatte ihm keinen Grund gegeben, wütend zu sein. Neben ihm stand eine hochgewachsene, schlanke Blondine mit einem warmen Lächeln und einer kleinen Tiara auf dem Kopf: die Prinzessin von Österreich. Wenn ich hätte raten müssen, hätte ich gesagt, dass sie die heißbegehrte Position der zukünftigen Königin von Frankreich gewonnen hatte. Weil ich mich angesichts all der Aufmerksamkeit so unbehaglich fühlte, versetzte mir der Gedanke keinen solch scharfen Stich wie zuvor. Sie hatte außerdem keinen Ring am Finger. *Noch nicht.*

Thomas zog mich weiter und stellte mich einigen Bekannten vor, die sich dort versammelt hatten. Ich lächelte und schüttelte Hände, und die ganze Zeit über versuchte ich, nicht daran zu denken, dass sie alle uns beim Sex gesehen hatten. Sie brauchten es nicht auszusprechen. Es stand bei der Begrüßung in allen Gesichtern geschrieben. Sie waren jedoch nicht herablassend – wenn überhaupt, war es allen Beteiligten peinlich, und seltsamerweise war ich dankbar dafür.

Wieder öffneten sich die Türen, und die nächsten Gäste wurden angekündigt: »Miss Ambrosia Agnes und Mr Benjamin Drake.«

»Heilige Scheiße«, sagte Thomas neben mir.

»Heilige Scheiße, allerdings«, pflichtete ich ihm bei. »Ich war vor Kurzem auf einer Party, die er ebenfalls besucht hat, aber ich hatte keine Gelegenheit, ihn mir in seiner ganzen Pracht anzusehen.«

Benjamin Drake war einer der besten Fußballer Frankreichs. Thomas und ich waren beide Riesenfans von ihm. Ich verfolgte seine Karriere, seit er bei unseren geliebten *Les Bleus* spielte, und ich besaß zwei Trikots von ihm, eins davon signiert, ein Weihnachtsgeschenk von Thomas aus dem vergangenen Jahr.

»Nun, die gute Neuigkeit ist, dass es dir freisteht, heute Abend mit Drake zu flirten und hoffentlich mit ihm zusammenzukommen und mich dann zum Abendessen einzuladen«, bemerkte Thomas.

Lachend warf ich den Kopf in den Nacken. Als ich wieder

nach vorn schaute, blieb mir das Lachen im Hals stecken, denn mein Blick fiel auf Elias auf der gegenüberliegenden Seite des Raums. Ich wusste, dass es eine schlechte Idee gewesen war, hierherzukommen. Ich war nicht einmal ansatzweise in seiner Nähe, und doch fühlte es sich an, als sei es *mein* Rücken, auf den er die Hand drückte, nicht der Rücken der Frau, mit der er hier war. Ich wusste nicht, was ich tun sollte. Sollte ich lächeln? Oder nicken? Oder einfach wegschauen?

Ich konnte nichts von allem tun. Ich wünschte, ich hätte ihn hassen können oder irgendetwas an ihm gefunden, das mir missfiel, aber da war eine Sehnsucht in seinen Augen, mit der ich nicht gerechnet hatte, und das machte es mir viel schwerer, etwas Negatives zu finden. Außerdem schien mein Herz sich nicht im Mindesten um meine Meinung zu scheren. Es schlug schneller und unregelmäßiger, und mit einem Mal bekam ich kaum noch Luft.

»Es ist Zeit fürs Abendessen«, sagte Thomas und griff wieder nach meiner Hand.

Ich ließ mich von ihm zu einer weiteren Doppeltür führen, aber meine Gedanken waren nach wie vor bei dem Prinzen. Die ganze Zeit.

Vor jedem Platzteller standen Namenskarten. Thomas und ich suchten die unseren und setzten uns. Ich betrachtete den Platzteller neben mir und war froh, Joslyns Namen darauf zu sehen, und Prinzessin Pilars Karte war neben ihrer. Bisher hatte ich keine der beiden Frauen bemerkt. Ich konzentrierte mich auf das Wasser, das der Butler einschenkte, gefolgt von dem Wein, mit dem er das andere Glas füllte. Das Porzellan sah so teuer aus wie alles andere hier. Als Thomas mit seinem Sitznachbarn sprach, nahm ich den Rest des Raums in Augenschein. Die Wände waren rot und golden, passend zu den Stühlen, auf denen wir saßen. Es war der pure Luxus, und ich konnte mir keine Sekunde lang vorstellen, so zu leben. Ich liebte es, mich schick anzuziehen, aber mehr als alles andere genoss ich es, in Jogginghosen, Maxikleidern und Sandalen herumzuschlumpfen, und dieser Palast vermittelte mir das Gefühl, als könne man hier nicht einmal das Schlafzimmer verlassen, ohne sich gründlich in Schale zu werfen. Es war ein absolut unerreichbarer Lebensstil. Die Worte meiner Mutter fielen mir wieder ein, und ich rief mir ins Gedächtnis, dass ich nur hier war, um zur Unterhaltung zu dienen. Eine weitere Sterbliche, die die Götter an ihre Macht erinnerte.

Joss nahm neben mir Platz. »Du hast es geschafft«, flüsterte sie.

»Hey.« Ich lächelte breit, erleichtert, meine Freundin zu sehen. Pilar setzte sich auf den Stuhl neben ihrem, und ich lächelte auch sie an. »Schön, Sie wiederzusehen.«

»Danke, dass Sie hergekommen sind. Tut mir leid, dass wir Sie haben warten lassen«, flüsterte Pilar. »Mein Reißverschluss hat geklemmt, daher musste ich mich umziehen.«

»Sie sehen wunderschön aus, also würde ich sagen, dieses Outfit ist absolut passend.« Ich betrachtete ihr schwarzes Kleid. Es war kurz, aber nicht zu kurz, mit einem verspielten Tüllrock und einem hautengen Mieder mit Spitze über ihren Schultern und ihrem Oberkörper. Vornehm und chic. Joss trug ein dunkellila Etuikleid, das an der Seite mit einem Band geschnürt war, um ihre Taille zu betonen. Ich war dankbar, dass sie für mich ebenfalls ein kurzes, schwarzes Etuikleid und goldene Riemchensandalen ausgewählt hatte. Wahrscheinlich hätte ich sonst angesichts des Anlasses, im Palast mit der Königin zu speisen, ein Ballkleid angezogen. Doch alle sahen aus, als befänden sie sich auf einer Cocktailparty. Es gab weder höchst extravagante Kleider noch groteske Hüte, obwohl ich wirklich gern selbst einen getragen hätte. Kurz durchzuckte mich der Gedanke, dass meine Mutter sich in Bezug auf die königliche Familie vielleicht irrte. Vielleicht waren sie ganz normale Menschen, die unter ungewöhnlichen Umständen lebten. Vielleicht luden sie Menschen wie uns nicht aus dem Grund zum Essen ein, dass sie uns auf unseren Platz verweisen wollten, sondern weil sie sich danach sehnten, an unserer Stelle zu sein. Es war keine allzu weit hergeholte Idee. Schließlich war das Gras auf der anderen Seite immer grüner.

Langsam füllten sich die freien Plätze am Tisch. Die Stühle uns gegenüber waren immer noch frei, und mein Herz hämmerte ein wenig heftiger bei dem Gedanken, dass vielleicht Elias dort Platz nehmen könnte. Ich war vollkommen ausgehungert, aber ich wusste, dass ich keinen Bissen herunterbringen würde, wenn er mir gegenübersäße. Mein Magen war auch so schon verkrampft. Ich richtete meine Aufmerksamkeit auf die Tür, durch die gerade Elias hereinkam, ganz vertieft in ein Gespräch mit seinem Bruder. Die Prinzessin von Österreich folgte ihnen. Und zu guter Letzt kam die Königin. Ich hielt den Blick auf sie gerichtet. Sie sah mich an, lächelte breit und winkte mir zu. Trotz meines Schrecks winkte ich zurück. Sie ließ den Stuhl am Kopfende der Tafel frei und setzte sich auf den Platz daneben. Prinz Aramis nahm direkt gegenüber von Joss Platz. Prinz Elias setzte sich mir gegenüber. Die Prinzessin von Österreich ließ sich auf den Stuhl Thomas gegenüber sinken. Ich schaute auf meinen Teller hinab, auf dem noch immer eine elfenbeinfarbene, gefaltete Serviette lag.

»Hast du Benjamin Drake gesehen?«, flüsterte Joss und beugte sich zu mir vor.

»Wie hätte ich ihn nicht sehen können?« Ich riss die Augen auf vor Aufregung. »Hast du ihn kennengelernt?«

»Noch nicht. Pilar will uns miteinander bekanntmachen.«

»Ich bin ihm bisher nur ein einziges Mal begegnet«, flüsterte Pilar und beugte sich zu uns hinüber.

»Sie sind die Prinzessin. Was macht das also schon aus?«, sagte Joss.

»Mir macht es etwas aus.« Sie errötete. »Ich bin ebenfalls ein großer Fan.«

»Thomas hat mir letztes Jahr sein signiertes Trikot geschenkt, und ich wäre fast gestorben«, sagte ich.

»Ich habe meine Brüder gebeten, mir eins zu besorgen, als sie vor Kurzem bei einem Spiel der *Les Bleus* waren, und keiner von ihnen hat daran gedacht, es auch wirklich zu tun«, wisperte Pilar.

»Mistkerle«, wisperte ich zurück.

Sie und Joss lachten.

»Er hat definitiv den tollsten Hintern aller Fußballspieler, nicht wahr?«, bemerkte Joss.

»Das möchte ich meinen.« Ich nickte.

»Auf jeden Fall«, fügte Pilar schnell hinzu.

»Worüber schwatzt ihr da unten?«, fragte die Königin. »Ich hätte mich in eure Nähe setzen sollen, damit ich auch etwas Spaß habe.«

Wir drei setzten uns aufrechter hin.

»Wir haben nur über Shorts geredet«, erklärte Pilar mit einem breiten Lächeln.

Joss drückte sich ihre Serviette an die Lippen und stieß einen Laut aus, halb Husten, halb Lachen. Ich biss mir auf die Unterlippe, um nicht ebenfalls zu lachen, dann hörte ich damit auf, als ich Elias dabei ertappte, wie er mich mit einem kleinen Lächeln auf dem Gesicht beobachtete. Mein Herzschlag kam ins Stocken. Ich riss den Blick von ihm los und sah seinen Bruder an, der neben ihm saß und mit seinem Sitznachbarn redete. Ich hatte Prinz Aramis noch nie persönlich getroffen, aber er war zauberhaft mit seiner goldenen Haut und dem kantigen Kinn. Seine Augen waren grün wie die von Elias, aber etwas heller. Sie passten gut zu seinem unverfrorenen Lächeln. Einem Lächeln, von dem ich mir sicher war, dass es die Reißverschlüsse vieler Kleider und die Haken vieler BHs geöffnet hatte. Ich lächelte, als er mich dabei ertappte, dass ich ihn betrachtete. Er verzog den Mund zu einem trägen Lächeln und erwiderte meinen Blick.

»Adeline, richtig?«

Ich nickte, immer noch lächelnd wie eine Idiotin.

»Wo leben Sie, Adeline?« Er hob sein Weinglas, nippte daran und hielt es mit emporgedrehter Hand, als sei es ein Kelch. Diese Bewegung, dazu sein Gesicht und die schmutzige Verheißung in seinen Augen – seine Anziehungskraft war unübersehbar.

»In London.«

»London.« Er zog eine Braue hoch. »Diese weite Reise haben Sie auf sich genommen, nur für dieses Dinner?«

»Nein. Ich meine, ja, aber ich bin ganz in der Nähe untergekommen. Meiner Familie gehören einige Villen in Marbella, also bin ich heute tatsächlich nicht allzu weit gereist.«

»Sie sind eine Bouchard.«

»Ja.«

»Louis Bouchards Tochter?«

»Ja.« Ich leckte mir die Lippen.

»Ah.« Er grinste. »Ihr Vater hat einige interessante Gedanken. Ich würde liebend gern Ihre hören.«

»Aramis.« Es war eine Warnung von Elias. Er sah seinen Bruder an, beugte sich vor und flüsterte ihm etwas ins Ohr. Ich konnte nicht verstehen, was er sagte, aber Aramis' Lächeln wurde noch breiter, und dann sah er mich an und kicherte.

»Wir setzen dieses Gespräch später fort, Adeline«, sagte er. »Aber keine Sorge, wir setzen es wirklich fort.«

»Ich freue mich darauf.«

Sein Lächeln blieb bestehen. Ich wandte den Blick ab, konzentrierte mich auf meinen Wein und sah nicht noch mal auf. Alle hier am Tisch verunsicherten mich.

Glücklicherweise wurde jetzt das Essen serviert – Ente,

Wachtel, Austern, Hummer. Ein königliches Mahl, buchstäblich. Mein Blick wanderte zu dem freien Platz an der Stirnseite des Tischs. Ich wusste, dass der König zu krank war, um öffentliche Veranstaltungen zu besuchen, aber ein Dinner in seinem eigenen Haus?

Thomas und Joslyn tauschten Londoner Tratsch aus, während ich zwischen ihnen saß und zuhörte. Als Joslyn sich wieder ihrer Mahlzeit zuwandte, beugte sich Thomas zu mir und flüsterte mir ins Ohr: »Wusstest du, dass das Video verschwunden ist?«

Ich drehte mich um, um ihm in die Augen zu sehen, was ein Fehler war. Mir war nicht bewusst gewesen, wie nah sein Gesicht meinen war. Unsere Stirnen stießen zusammen.

»Autsch.« Ich rieb mir den Kopf.

»Als wären wir in der Grundschule.« Er kicherte leise.

»Wie meinst du das, es ist verschwunden?«

»Gelöscht. Ich habe einen Freund bei der *Sun* gefragt, Darren, der Einzige, der das Video von der Website genommen haben konnte«, sagte er. Ich nickte. »Nun, er meinte, sie hätten einen Knebel verpasst bekommen. Er konnte mir überhaupt nichts sagen, bis auf die Tatsache, dass alle verwarnt worden sind und es gelöscht haben.«

»Was für eine Warnung könnte dieses Wunder bewirkt haben?«, fragte ich stirnrunzelnd. »Ich meine, wir haben extra Anwälte hinzugezogen, und sie konnten nicht viel ausrichten.«

»Nun, sie haben getan, was sie konnten, Addie. Von manchen Seiten ist es tatsächlich heruntergenommen worden.«

»Ja, wird wohl so sein.«

»Aber um die Frage zu beantworten, ich weiß es nicht. Ich meine, der einzige Mensch, den ich kenne und der einen solchen Einfluss hat, ist ...« Er brach abrupt ab, dann sah er mich an, als hätte er plötzlich des Rätsels Lösung gefunden. »Der König.«

Kapitel 20

Der König.

Das war natürlich unmöglich. Wie konnte der bettlägerige König dafür sorgen, dass all das sich in Luft auflöste? Und wichtiger noch, warum? Mein Blick wanderte zu Elias, der an seinem Wein nippte, als hätte er keine einzige Sorge. Er sah mir in die Augen.

Natürlich. Er hatte mir schließlich gesagt, dass er es tun würde, nicht wahr? Ich hatte ihn gebeten, sich nicht einzumischen, und er hatte es trotzdem getan. Wahrscheinlich hätte ich mich deutlich mehr darüber aufregen sollen, aber es war schwer, da ich so unendlich erleichtert war. Das Video war genauso schnell verschwunden, wie es aufgetaucht war. Es war weg, niemand durfte mehr darüber reden.

War das nicht genau das, was mein Vater an der Monarchie hasste? War das nicht genau das, wogegen er kämpfte? Er verabscheute die Macht der königlichen Familie, die Presse zum Schweigen zu bringen, ihr die Redefreiheit zu nehmen. Ich persönlich stimmte ihm zu, aber in diesem Fall kam es mir definitiv zugute. Ich war scheinheilig. Ich wusste, dass ich es war, aber ich konnte nicht dagegen an. Ich wusste nur nicht, wie ich mich Elias gegenüber verhalten sollte. Sollte ich ihm dafür danken? Ihn dafür schelten? Die Sache auf sich beruhen lassen? Er zog eine Braue hoch, und mir wurde bewusst, dass ich ihn immer noch anstarrte. Ich blinzelte und wandte den Blick ab.

Die Königin erhob sich und stieß in einer filmreifen Geste mit einem Löffel gegen ihr Glas, woraufhin alle am Tisch verstummten und sie ansahen. Sie lächelte breit, doch das Lächeln erreichte ihre Augen nicht.

»Wie viele von Ihnen wissen, hat unsere Familie derzeit eine Menge zu bewältigen, aber ich fasse mich kurz: Ich möchte mit Ihnen auf meinen Sohn anstoßen, Elias, der sich entschieden hat, Emily zu heiraten, die Prinzessin von Österreich. Auf das junge Paar. Mögen sie gesegnet sein und eine glückliche Ehe führen.« Sie hob ihr Glas noch höher. Alle im Raum schnappten nach Luft, folgten ihrem Beispiel und jubelten ihr zu: »Lang lebe die Krone.«

»Lang lebe die Krone«, wiederholten alle, mich selbst eingeschlossen.

Ich stellte mein Glas beiseite, ohne an dem Champagner genippt zu haben. Es brachte Unglück, da war ich mir sicher, aber ich mochte meinem Magen gerade keinen Champagner zumuten. Natürlich hätte ich damit rechnen müssen, aber es mit eigenen Ohren zu hören und mitzuerleben, wie es gefeiert wurde, war etwas anderes, als mir von Joss, Etienne und meiner Mutter davon erzählen zu lassen. Jetzt war es real. Und als ich endlich einen Blick in Richtung des Prinzen riskierte und sah, wie die Prinzessin von Österreich lächelnd die Hand hob, um ihren Ring vorzuzeigen, war es definitiv real.

Es kostete mich meine ganze Beherrschung, auf meinem Stuhl sitzen zu bleiben. Es kostete mich meine ganze Beherrschung, Elias in die Augen zu schauen. Er erwiderte meinen Blick mit großem Ernst, als breche die Verlobung mit einer anderen Frau auch ihm das Herz. Vielleicht war es ja sogar so. Doch es spielte keine Rolle. Trotz allem, was er über seine Pflichten gesagt hatte: Er hätte das hier verhindern können, spielte aber stattdessen weiter die Rolle der Marionette und gehorchte den Wünschen seiner Familie.

Kurz darauf erhoben wir uns alle vom Tisch, und Prinz Elias entschuldigte sich. Er gab Emily, der österreichischen Prinzessin, einen Kuss auf die Wange und winkte uns Übrigen zu, ehe er den Raum verließ. Das Geplapper hielt an. Joss und Pilar unterhielten sich mit einigen anderen Frauen, während Thomas und ich mit einer Gruppe von Investoren redeten. Irgendwann spürte ich eine leichte Berührung am Ellbogen, und als ich mich umdrehte, stand die Königin hinter mir.

»Ich konnte Sie vorhin noch nicht begrüßen«, sagte sie.

»Oh.« Ich machte einen Knicks, dann richtete ich mich lächelnd wieder auf. »Vielen Dank, dass Sie mich eingeladen haben.«

»Danke, dass Sie gekommen sind.« Sie lächelte. »Würden Sie ein Stückchen mit mir gehen?«

»Natürlich.« Ich entschuldigte mich bei den Investoren, dann drehte ich mich wieder zu der Königin um und ließ sie vorangehen.

Als wir die Tür erreichten, wurde sie uns von dem davorstehenden Mann geöffnet und hinter uns wieder geschlossen. Ich fragte mich, wann das letzte Mal irgendein royales Familienmitglied diese Tür selbst geöffnet hatte. Falls das überhaupt jemals geschehen war.

Direkt hinter der Tür blieb die Königin stehen und drehte sich zu mir um. »Ich wollte Sie fragen, ob Sie mir die Ehre erweisen würden, die Hochzeit zu planen. Sie müsste nächsten Monat stattfinden, und ich weiß, dass das extrem kurzfristig ist, aber ich bin bereit, jede Summe zu bezahlen und Ihnen das notwendige Personal zur Verfügung zu stellen. Ich muss das einfach vom Tisch haben«, fügte sie hinzu.

Irgendwo im Flur erschollen Schritte, aber ich machte mir nicht die Mühe hinzusehen – es war sicher nur ein weiterer Diener oder Angestellter, der sich um die Königin und ihre Gäste kümmerte. Sie sah mich immer noch an und wartete auf meine Antwort, und ich versuchte, alles zu verarbeiten, was sich in dieser letzten Stunde ereignet hatte.

Nach ihrer Verkündung hatte ich mein Bestes getan, alles runterzuschlucken und so zu tun, als sei es ein Scherz. Jetzt aber bat sie mich, die Hochzeit zu planen, und sagte, sie sei bereit, mich dafür mit Geld zu überhäufen. Ich hatte keine Ahnung, was ich antworten sollte. Natürlich sollte ich eigentlich Ja sagen. Wenn meine Mutter hier gewesen wäre, hätte sie mir in den Arm gekniffen. Wenn Joss hier draußen gewesen wäre und nicht im Saal gesessen und geplaudert hätte, hätte sie in meinem Namen zugestimmt. Ja war die einzige Antwort.

»Mutter. Du musst zu Vater kommen.« Die Stimme gehörte Elias.

Ich riss den Kopf herum und sah ihn näher kommen, dann wandte ich den Blick ab und schaute wieder seine Mutter an, die mich immer noch beobachtete. Ich hätte am liebsten losgeheult. Das Gefühl traf mich scheinbar aus dem Nichts, aber es war das Einzige, wonach mir im Moment zumute war. Schließlich nickte ich ihr zu.

»Sie können auf uns zählen.«

»Vielen, vielen Dank, meine Liebe.« Sie legte mir eine Hand auf den Arm. »Es wird nicht romantisch oder magisch sein, wir müssen es nur so aussehen lassen.« Sie schenkte mir ein kleines Lächeln, und ich hätte schwören können, dass sie alles sah, was mir ins Gesicht geschrieben stand, als sie meinen Arm drückte und mich wieder losließ. »Wenn Sie mich jetzt bitte entschuldigen würden. Amüsieren Sie sich. Danke noch einmal, dass Sie gekommen sind.«

Ich nickte, schluckte eine Träne hinunter und war nicht wirklich in der Lage zu sprechen. Als sie davonging, waren nur noch Elias und ich im Raum, und noch immer konnte ich es nicht ertragen, ihn anzusehen.

»Du hast zugestimmt, meine Hochzeit zu planen?«, fragte er. Sein Ton war schroff. Ich brauchte ihn nicht anzusehen, um zu wissen, dass er wütend war.

»Was hätte ich denn sagen sollen? Nein?« Ich wischte mir übers Gesicht, dankbar, dass wir einander nicht unmittelbar gegenüberstanden, obwohl er vermutlich wusste, dass ich weinte und es mir dreckig ging.

»Du hättest eine Ausrede finden können. Behaupten, deine Mutter habe für diesen Tag bereits ein anderes Event angenommen.«

»Sie hat mir nicht einmal das Datum genannt.« Ich wischte mir noch einmal übers Gesicht, holte tief Luft und wagte es endlich, mich ihm zuzuwenden. »Hast du ein Datum?«

»Die Hochzeit soll in zwei Wochen stattfinden.«

Ein Lachen entschlüpfte mir. »Zwei Wochen. Na klar.«

»Bitte, tu das nicht. Plan diese Hochzeit nicht. Geh nicht hin.«

»Warum nicht? Um mir den Kummer zu ersparen? Dafür ist es ein wenig zu spät.«

»Ich kann das nicht durchziehen, wenn du dort bist.«

»Mit deiner Verlobung hast du das recht gut hinbekommen. Du hast ungefähr zu der Zeit zugestimmt, als wir miteinander geschlafen haben. Ich würde sagen, du kriegst das hin. Alles für die Krone, nicht wahr?«

Ich wandte mich um, zog die Saaltür auf und ließ ihn stehen. Drinnen prallte ich direkt mit Thomas zusammen und sagte ihm, dass ich gehen wollte. Er warf mir einen verwirrten, aber verständnisvollen Blick zu.

»Ich begleite dich hinaus. Ich sollte wahrscheinlich ebenfalls gehen. Morgen habe ich einen langen Tag vor mir.«

»Genau wie ich.«

Ich würde meine Mutter und Joss anrufen und ihnen mitteilen müssen, dass wir jetzt die Hochzeit des Prinzen planten.

Kapitel 21

»Nun, ich kann nicht sagen, dass das keine Überraschung ist«, bemerkte Tio Antonio. »Mir ist nur noch nicht klar, ob es eine gute oder eine böse ist.«

Er war endlich von seiner Reise zurückgekehrt und stand vor der Buchhandlung. Ich hatte während der ganzen Fahrt hierher die Hände gerungen, und jetzt war mir schlecht vor Aufregung. Es war in Ordnung – im schlimmsten Fall würde ich einfach behaupten, meine Mutter sei an allem schuld. Sie war nicht hier, und mit ihr konnte er sich deswegen nicht herumstreiten. Ich biss mir auf die Unterlippe, während er das Haus betrachtete, das nicht wiederzuerkennen war. Es war ganz anders, als er es hinterlassen hatte.

»Gefällt es dir?«

»Ich … ich denke, dass ich es mit der Zeit ins Herz schließen werde.« Er sah mich an. »Können wir hineingehen?«

»Es ist deine Buchhandlung.« Ich lachte.

Ich hakte ihn unter und setzte mich in Bewegung, sodass ihm nichts anderes übrig blieb, als mitzukommen. Dann ließ ich ihn los, schloss die Tür auf und wartete darauf, dass er voranging.

»Addie!« Er schnappte nach Luft und sah mich an. »Wie viel hat dich das gekostet?«

»Mach dir darüber keine Gedanken. Gefällt es dir oder nicht?«

»Du hast sogar dort oben aufgeräumt.« Er lachte und schaute zu dem kleinen Bereich im ersten Stock hinauf.

»Ich dachte, du könntest dort ein winziges Café einrichten

oder zumindest Tee und Kaffee anbieten.« Ich zuckte die Achseln. »Du müsstest jemanden einstellen, aber ich kenne eine Menge Menschen in dieser Stadt, die das sehr gern tun würden.«

»Zunächst einmal brauche ich Leute, die hier hereinkommen.«

»Du wirst genug Kunden haben. Du musst nur bessere Werbung für den Laden machen.« Ich ging zum Fenster, in dessen Auslage Selbsthilfebücher, Reiseberichte, Liebesromane, Biografien und literarische Titel arrangiert waren. Ich griff nach dem ersten Band. »Und die hier musst du alle paar Wochen austauschen. Wir haben bereits eine Tonne davon an Touristen verkauft, die nach Strandlektüre suchten.«

»Strandlektüre?«, wiederholte Tio Antonio. »Was betrachten die Leute als Strandlektüre? Leichte Bücher?«

»Nicht zwangsläufig. Etwas, das sie am Strand lesen können, ist Strandlektüre. Es kann alles Mögliche sein, weshalb du hier oben nicht nur Reisebücher haben kannst. Viele Leute verbringen hier ihren Urlaub, und es sind nicht alle wie du und suchen noch an ihrem gegenwärtigen Urlaubsort schon nach dem nächsten Reiseziel.«

»Ich habe seit Jahren keinen Urlaub mehr gemacht.« Er warf mir einen Blick zu.

»Und jetzt willst du hundert Urlaube machen.«

»Stimmt.« Er kicherte. »Mich hat das Reisefieber gepackt.«

»Gut. Dann musst du jemanden für den Laden einstellen, damit du dich amüsieren kannst.«

»Ich denke, das werde ich tun.« Er nickte und sah sich um. »Aber heute bleibe ich wohl den ganzen Tag hier. Es sieht wirklich toll aus.« Er bedachte mich mit einem Lächeln. »Vielen Dank, Addie.«

»Jederzeit gern.« Ich lächelte.

Er schüttelte den Kopf, immer noch grinsend. »Aber heute Abend lieferst du doch trotzdem einen Korb ab, oder?«

»Ich werde so viele Körbe abliefern, wie du willst, aber vergiss nicht, dass ich bald fortgehe. Ich muss in die Wirklichkeit zurückkehren.«

»Bist du dir sicher, dass du gefahrlos dein Versteck verlassen kannst?«

»Es muss sein.«

»Hast du mit deinem Vater gesprochen?«

»Nein.« Ich biss mir auf die Unterlippe und wandte den Blick ab. Obwohl ich meinem Vater nie wirklich nahegestanden hatte, schmerzte es mich sehr, dass er nach unserem Zerwürfnis nicht einmal auf meine Textnachrichten geantwortet hatte.

»Er wird sich schon besinnen. Wir alle machen Fehler.«

»Einige öffentlicher als andere.«

»Nun ja.« Er presste die Lippen aufeinander. »Aber du hast dich lange genug versteckt. Er kann nicht erwarten, dass du in der Versenkung bleibst, vor allem nicht mit deiner gutgehenden Firma. Deine Mutter hat mir erzählt, dass du den Ball für den Prinzen in Versailles geplant hast.«

»Das stimmt.«

»Das war eine Riesensache.«

»Das war es. Das ist es.«

Er runzelte die Stirn. »Was treibt dich um?«

»Nichts. Es ist …« Ich schüttelte den Kopf. »Mir geht eine Menge im Kopf herum.«

»Nun, du sollst wissen, dass ich stolz auf dich bin. Dein Vater ist ebenfalls stolz auf dich, auch wenn er es nicht aussprechen will.« Tio Antonio legte mir eine Hand auf die Schulter. »Manchmal wollen Eltern die Erfolge ihrer Kinder nicht feiern, weil sie denken, ohne Lob könnten sie härter arbeiten. Das hat mein Vater mir auf dem Totenbett gesagt, und ich habe es nie vergessen. Er hat es bereut.« Er zuckte die Achseln. »Natürlich zu spät. Zu dem Zeitpunkt waren dein Vater und ich bereits geprägt. Und dein Vater ist ihm sehr ähnlich. Das ist nicht zwingend etwas Schlechtes, aber trotzdem … er wiederholt dir gegenüber den Fehler unseres Vaters. Er wird sich schon besinnen.«

»Ja, wahrscheinlich wenn er auf seinem eigenen Totenbett liegt.« Ich wischte mir eine Träne vom Gesicht. Mein Vater würde niemals zugeben, dass er sich geirrt hatte. »Aber egal. Ich brauche die Anerkennung meines Vaters nicht.«

»Das ist die größte Lüge, die wir uns selbst erzählen.« Onkel Antonio lachte. »Und dann landen wir alle bei einem Therapeuten.«

»Du bist wirklich witzig.« Ich streckte ihm die Zunge heraus, obwohl ich wusste, dass er nicht gescherzt hatte, weder in Bezug auf den Therapeuten noch in Bezug auf irgendetwas anderes. »Wie dem auch sei, es freut mich, dass der Laden dir gefällt. Ich habe mir doch ein klein wenig Sorgen gemacht. Ich habe keine Pläne geschmiedet, den Laden wieder zu öffnen, weil ich fand, dass du von hier an übernehmen solltest.«

»Weil du fortgehst.«

»Ich kehre in die Gesellschaft zurück, erinnerst du dich?« Ich lächelte.

»Vielleicht kannst du zur großen Wiedereröffnung zurückkommen.«

»Vielleicht.« Ich näherte mich der Tür. »Ich richte jetzt mal diesen Korb her. Lass mich wissen, wenn du irgendwelche Fragen hast.«

Die Haustür zu seiner Villa wurde geöffnet, noch bevor ich sie erreichte. Ich blieb stehen, und bei seinem Anblick wurde mir schwer ums Herz. Ich war früher als gewöhnlich gekommen, denn nach der gestrigen Ankündigung seiner Verlobung hatte ich gehofft, die Begegnung mit ihm vermeiden zu können. Vermutlich eine dumme Idee, denn, wie Joss bemerkt hatte: Selbst weit entfernt von diesem malerischen kleinen Küstenstädtchen würde ich ihn immer noch überall sehen – in den Nachrichten, in der Zeitung. Die Macht seiner Krone reichte nicht bis nach London, aber die Gerüchte sehr wohl. Und selbst wenn mich die Nachrichten nicht verfolgen würden, konnte ich ihn nicht abschütteln, ganz gleich, wo ich hinging, denn die Zeit, die ich mit ihm verbracht hatte, würde immer ein Teil von mir sein.

»Hey«, sagte er und fuhr sich mit einer Hand durchs Haar.

»Hey.« Ich hob den Korb, in der Hoffnung, dass mir das helfen würde, meine Nerven zu beruhigen, aber meine zittrigen Hände verrieten mich.

Elias musste es gesehen haben, sagte aber nichts. Ich beobachtete, wie sein Adamsapfel auf und ab hüpfte, als er durch die Tür und auf die Vortreppe trat und auf mich zukam. Er legte die Hände auf den Griff des Korbs, und seine Finger streiften meine. Mein Puls raste. Ich ließ den Korb los, als hätte ich mir die Hände verbrannt, und wandte mich ab. Dem Drang wegzurennen gab ich zwar nicht nach, aber ich wollte auch keine Sekunde länger mit ihm verbringen als nötig.

»Addie, warte.«

Wie erstarrt blieb ich stehen. Ich schloss die Augen, atmete aus, schluckte und öffnete die Augen wieder, wandte ihm aber weiter den Rücken zu, denn ich brauchte noch eine Sekunde, um mich zu fassen.

»Es tut mir leid.«

»Weißt du, was ich finde?« Ich drehte mich zu ihm um. Er drückte sich den Korb an die Brust und wartete darauf, dass ich weitersprach. »Von jetzt an sollten wir unsere Gespräche auf ein Minimum beschränken.«

»Was? Warum?«

»Du weißt, warum.« Ich warf ihm einen Blick zu.

»Was soll ich denn tun? Im Haus bleiben?«

»Es ist nicht so, als wärst du sonst groß herausgekommen, aber es spielt ohnehin keine Rolle. Ich komme morgen nicht.«

»Was? Warum nicht?« Er trat vor, und der Korb war immer noch zwischen uns. »Fährst du weg?«

»Noch nicht, aber mein Onkel ist zurück. Er kann das hier garantiert besser regeln als ich.«

»Du kannst nicht einfach … ich werde den Korb nur von dir entgegennehmen.«

Ich blinzelte. »Du klingst wie ein Kind.«

»Ja, nun, das ist mir egal.«

»Manchmal vergesse ich, wie verwöhnt du bist.« Ich verdrehte die Augen. »So oder so, es ist vorbei. Ich kann so nicht weitermachen.«

»Bitte, Adeline.« Seine Stimme war leise, und er suchte meinen Blick, als wolle er mich anflehen. »Bitte. Das ist der einzige Lichtblick meines Tages.«

»Verstehst du denn nicht, wie weh mir das tut?«, flüsterte ich. »Ich muss deine Hochzeit mit einer anderen Frau planen. Das ist alles zu viel.«

»Dann tu es nicht. Ich habe es dir bereits gesagt: Übernimm die Hochzeitsplanung nicht. Lass das jemand anders übernehmen.«

»Mir diese Chance entgehen lassen? Es geht nicht nur um mich, es geht um meine Firma, es ist mein Traumevent.« Meine Stimme war immer lauter geworden. Ich riss mich zusammen und fügte leiser hinzu: »Außerdem würde meine Mutter mich umbringen.«

»Deine Mutter. Du planst also meine Hochzeit, als wäre nie etwas zwischen uns gewesen, nur wegen deiner Mutter.«

»Ja. Ich habe meine Eltern letztes Jahr schon genug verletzt.

Ich werde nicht zulassen, dass mir noch mal ein Mann vorschreibt, wie ich mein Leben lebe.«

»Ich schreibe dir nicht …« Er holte tief Luft und umfasste den Korb noch fester. »Ich versuche nicht, dir dein Leben vorzuschreiben. Ich versuche, dir Kummer zu ersparen.«

»Tja, dafür ist es etwas zu spät, Elias.« Ich schluckte meine Gefühle runter und drehte mich um, außerstande, ihm noch länger in die Augen zu sehen. »Bitte, folg mir nicht.«

Kapitel 22

Ein Geräusch riss mich aus dem Schlaf. Langsam öffnete ich die Augen und sah mich in der Dunkelheit um. Mein Blick fand die Uhr auf meinem Nachttisch; es war zwei Uhr dreiunddreißig. Als ich das Geräusch noch einmal hörte, rieb ich mir die Augen. Es war die Haustür. Das Herz schlug mir bis zum Hals. Es konnte mein Onkel sein, immerhin war er wieder im Lande, aber er würde nicht zu dieser Zeit einfach hier hereinspazieren. Ich kletterte aus dem Bett, verfing mich dabei fast in der Decke und griff nach dem Stock neben der Schlafzimmertür. Ich wusste nicht einmal, wozu der überhaupt da war. Vielleicht zur Dekoration. So oder so, er würde genügen müssen. Ich trat hinaus, schaltete das Flurlicht ein und lief die Treppe hinunter. Der Eindringling hatte den Arm gehoben, um seine Augen gegen das Licht zu beschirmen.

»Was zum Teufel machst du hier?«

»Ich musste dich sehen.«

»Wie bist du überhaupt reingekommen?«

»Hiermit.« Er klapperte mit dem Schlüssel in seiner Hand. Ich runzelte die Stirn, aber dann erinnerte ich mich, dass er ihn mir nach der Party nicht zurückgegeben hatte.

»Bist du betrunken?« Ich blinzelte. Ich hatte Elias noch nie betrunken gesehen.

»Ein wenig. Vielleicht. Ich weiß nicht.« Er versuchte, den Schlüssel auf das Tischchen neben sich zu werfen. Der Schlüssel fiel zu Boden.

»Du bist offensichtlich betrunken.«

»Vielleicht.« Er stieß die Luft aus und rieb sich das Gesicht.

Als er die Hand wieder sinken ließ, sah er mich an, die Augen trüb und rot. »Meine Mutter hat gerade angerufen. Ich … gerade war ich noch bei ihm, und jetzt ist er … mein Vater ist tot.«

»Was?« Ich hielt den Atem an, mein Gehirn spulte rasch alles ab, was es in einem solchen Augenblick zu tun oder zu sagen gab, und dann ging mir auf, dass er nicht mehr Prinz Elias war, begehrenswerter Junggeselle. Er war jetzt König Elias, wenn er diesen Namen beibehielt. Ich machte einen Knicks.

»Tu das nicht.« Seine Stimme klang todunglücklich, als versuche er, nicht zu weinen. Ich schaute zu ihm auf. »Bitte nicht. Nicht du.«

Sein Anblick zerriss mir das Herz. Zerzaust und traurig, sah er aus wie ein einsamer Junge, den man sich selbst überlassen hatte, und in gewisser Weise stimmte das ja auch. Ich schob das Wissen um seinen Rang beiseite und trat auf ihn zu. Nah genug, um ihn zu berühren, klug genug, um es bleiben zu lassen.

»Es tut mir so schrecklich leid, Eli«, flüsterte ich.

Er nickte ein paar Mal, im Einklang mit dem Auf- und Abhüpfen seines Adamsapfels. In Ermangelung von Worten leckte er sich die Lippen und nickte nur immer wieder vor sich hin. Er sah völlig verloren aus, und der Anblick tat mir weh. Mein eigener Kummer stieg an die Oberfläche und verwandelte sich in Tränen, aber ich weinte nicht um mich, sondern um ihn, um seine Mutter, um seine Geschwister, um das Land. Er holte tief Luft, stieß den Atem wieder aus und hob eine Hand an meine Wange. Bei der Berührung zuckte ich fast zusammen, aber dann spürte ich zu meiner Verwirrung, wie er mir eine Träne vom Gesicht wischte.

»Du empfindest so viel, Addie. Zu viel. Selbst für Männer, die du verabscheust«, flüsterte er.

»Ich verabscheue ihn nicht. Ich habe ihn nicht einmal gekannt.« Ich schluckte. »Dich kenne ich. Um deinetwillen tut es mir leid.«

»Gott.« Er atmete aus, trat vor und presste meinen Kopf an seine Brust. »Du bist zu gut, um wahr zu sein. Zu gut für irgendjemanden. Definitiv zu gut für mich.«

Ich erlaubte ihm, mich in den Armen zu halten, und atmete seinen Duft ein, während er das sagte. Ich war nicht zu gut, um wahr zu sein. Ich war nur eine Frau, die versuchte, ihren Platz im Leben zu finden.

Ich hatte gedacht, ich hätte das Glück gefunden, als ich mit meiner Firma losgelegt hatte und als ich einen Mann gefunden hatte, an dessen Seite ich mich wohlfühlte, oder als ich endlich für die großen Events engagiert wurde, von denen ich immer geträumt hatte. All das hatte mich eine Weile glücklich gemacht. Aber wie sich herausgestellt hatte, war Glücklichsein ein harter Kampf. Gut zu sein war nicht alles. Gut zu sein half mir gar nichts, was Elias betraf. Ich würde mich mit Häppchen und Momenten wie diesem zufriedengeben müssen. Nach einer Weile, die sich wie eine Ewigkeit anfühlte, zog ich mich zurück, ließ aber die Hände auf seinen Armen liegen.

»Warst du schon im Palast? Um deinem Vater deinen Respekt zu zollen?«

»Ich bin hierhergekommen.« Er blinzelte und schüttelte den Kopf. »Woanders mag ich jetzt nicht sein.«

»Gott, Elias. Du sagst solche Dinge …«

»Es ist die Wahrheit. Ich spreche die Wahrheit. Nachdem ich mit meiner Mutter, meinem Bruder und meiner Schwester geredet hatte, wollte ich am dringendsten dich sehen. Nur dich, sonst niemanden.«

»Wann musst du fort?«

»Morgen früh.«

»Komm. Ruh dich ein wenig aus.« Ich zog ihn an der Hand

die Treppen hinauf und in mein Schlafzimmer und knipste das Licht aus.

Ich wusste nicht, warum er gekommen war oder warum ich die Erste gewesen war, an die er gedacht hatte. Ich wusste nicht, ob er mit mir schlafen oder einfach nur neben mir liegen wollte. Mit Bestimmtheit wusste ich nur, dass sein Leben sich nach dem heutigen Tag drastisch verändern würde und unsere Chancen, einander wiederzusehen, gering waren. So gering, dass mir bei dem bloßen Gedanken daran das Herz noch mehr wehtat.

Ich verdrängte diesen Gedanken, schloss die Tür hinter uns und führte ihn zu meinem Bett. Er streifte seine Schuhe ab, zog das leichte Sweatshirt über den Kopf und warf es auf den Boden. Ich ging auf meine Seite des Bettes und beobachtete, wie er auf die andere ging. Bekleidet war ich mit einer winzigen, pinkfarbenen Seidenshorts und einem passenden Seidentanktop, er lediglich mit grauen Baumwolljogginghosen und einem schwarzen T-Shirt, das sich um seinen muskulösen Torso spannte. Komplett angekleidet stieg er ins Bett. Ich kam ihm auf halben Weg entgegen und legte meinen Arm um ihn, während er seinen um mich schlang.

»Es wird alles gut«, flüsterte ich, und er schmiegte den Kopf in meine Halsbeuge.

»Woher weißt du das?« Sein Atem kitzelte mich, und ich wandte den Kopf, um ihm in die Augen zu schauen, obwohl ich in der Dunkelheit kaum etwas sah.

»Ich weiß es nicht, aber ich habe das allergrößte Vertrauen in dich.«

»Wie kommt das? Nach allem.«

»Nach was denn?« Ich hob eine Hand und strich ihm das Haar aus der Stirn. »Ich wusste, worauf ich mich einlasse. Ich wollte es trotzdem.«

»Adeline.« Er schloss die Augen und seufzte. »Was gäbe ich

nicht dafür, wenn die Dinge anders wären. Wenn ich ein normaler Bürger wäre und dich haben könnte.«

»Du hast mich jetzt.«

»Ich will dich für immer.« Er öffnete die Augen. »Das ist das Problem. Und ich will kein solcher Mistkerl sein, dass ich etwas vorschlage, das schon andere vor mir getan haben und das ich niemals tun wollte, wenn ich heirate, aber jetzt verstehe ich diese anderen. Ich verstehe ihr Verlangen danach, sich eine Mätresse zu nehmen. Die Frau, die sie liebten, während sie mit der verheiratet waren, der sie verpflichtet waren.«

Ich spürte förmlich, wie mir das Herz stehenblieb. Ich hatte Gerüchte über seinen Vater und all die Könige vor ihm gehört. Ich hatte Gerüchte über so viele von ihnen gehört, aber das Wort *Liebe* war mir nie zu Ohren gekommen, und das war das, worauf ich mich konzentrierte.

»König George IV. hat heimlich geheiratet«, fuhr er fort und schob sein Bein zwischen meine, sodass es keinen Körperteil gab, an dem wir den anderen nicht berührten.

»Und dann hat er öffentlich eine andere Frau geheiratet. Ich kenne die Geschichte. Sie hat für alle Beteiligten ein schlechtes Ende genommen.«

»Es heißt, als er beerdigt wurde, trug er ein Medaillon mit einem Foto von ihr.«

»Richtig. Nach einem langen Leben ohne sie.« Ich schaute ihm forschend in die Augen. Er konnte mich nicht ernsthaft bitten, seine Mätresse zu sein.

»Ich brauche dich, Addie.«

»Das könnte ich nicht, Eli«, flüsterte ich und blinzelte, als sich frische Tränen in meinen Augenwinkeln stauten. »Ich könnte nicht deine Mätresse sein und danebenstehen und zusehen, wie du mit einer anderen Frau Kinder zeugst. Kinder, die ich mit dir würde haben wollen.«

»Scheiße.« Er schloss die Augen und holte tief Luft. Als er

sie wieder ausstieß, roch ich Whiskey in seinem Atem. Er sah mich wieder an, sein Blick war schrecklich traurig, und ich wünschte, ich könnte seiner Bitte zustimmen, aber tief im Innern wusste ich, dass ich das nicht konnte. »Es tut mir leid.«

»Hör auf, dich zu entschuldigen.«

»Ich fühle mich nur frei, wenn ich bei dir bin.« Er kam langsam näher, und mit einem Mal war sein Mund nur Zentimeter von meinem entfernt. »Ich fühle überhaupt nur irgendetwas, wenn ich bei dir bin. Das will ich nicht aufgeben. *Je ne veux jamais que cela s'arrête.*«

Ich wünschte, das würde niemals enden. Bei seinem Eingeständnis brach mir das Herz. Ich wollte auch, dass es niemals endete. Ich antwortete nicht. Nicht mit Worten. Ich würde seinem Wunsch nicht stattgeben, nur weil er mir leidtat oder weil seine Worte in mir Gefühle weckten, die ich nicht beherrschen konnte. Das war schon einmal passiert, und es hatte damit geendet, dass ich über alle sieben Berge verschwunden war. Statt etwas zu sagen, beugte ich mich vor und küsste ihn. Es war ein sanfter und zaghafter Kuss, den er erwiderte. Er schob die Hände unter mein Tanktop und erkundete mich, während unser Kuss immer leidenschaftlicher wurde. Die Sanftheit seiner Berührung würde mein Untergang sein. Ohne Worte zeigte ich ihm, dass auch ich nur dann etwas fühlte, wenn er bei mir war, dass wir beide dasselbe empfanden. Das Wissen, dass er eine andere Frau heiraten musste, brachte mich ganz langsam und in aller Ruhe um. Während wir uns auszogen und küssten und berührten und einander bedächtig erforschten, weinte ich, weil ich wusste, dass es das letzte Mal sein würde. Dies war das Ende für uns, und wir wussten es beide. Elias ließ sich Zeit, selbst mit dem Überstreifen des Kondoms. Er wandte den Blick keine Sekunde von mir ab, seine Hände erkundeten jeden Zentimeter meiner Haut, und als er sich endlich zwischen meine Beine schob und mich liebte, geschah es so sanft, dass es mir den Atem raubte. Jeder Stoß war langsamer als der vorangegangene. Jedes Stöhnen tiefer. Jedes Ziehen an meinen Haaren stärker. Jeder Kratzer tiefer, dem Schmerz entsprechend. Ich liebte Elias. Daran hatte ich keinen Zweifel. Und weil ich ihn liebte, musste ich ihn gehen lassen.

Kapitel 23

Als ich aufwachte, war er fort. Damit hatte ich gerechnet, aber das linderte nicht den Schmerz. Ich schaltete den Fernseher ein und sah zu, wie die Nachrichtensprecher über den Tod des Königs berichteten. Sie bewahrten nur mühsam die Fassung, und mir wurde bewusst, wie vielen Menschen die Royals wirklich am Herzen lagen. Vielleicht lag es daran, dass ich nicht hier aufgewachsen war und mein Vater allem, was die Krone tat, immer kritisch gegenübergestanden hatte. Aber ich hätte eigentlich immer gedacht, dass alle auf König Alexandres Tod warteten, damit sie die Geschicke des Landes selbst in die Hand nehmen konnten. Das war nicht der Fall, oder zumindest wirkte das Geschehen auf dem Bildschirm nicht so.

Mein Handy klingelte, und als ich Etiennes Namen auf dem Display sah, nahm ich das Gespräch an.

»Hast du es schon gehört?«, fragte er.

»Ja. Ich sehe mir gerade die Nachrichten an.«

»Ich habe versucht, Aramis zu erreichen, aber er hat nicht reagiert. Ich nehme an, Eli ist im Moment auch nicht in der Villa.«

»Nein, ich glaube nicht.« Unwillkürlich schaute ich zum Fenster, obwohl ich von meinem Platz aus nichts sehen konnte. »Ich habe heute noch nicht einmal nach draußen geschaut.«

»Ich schätze, dein Korbdienst ist vorbei.«

»Das vermute ich ebenfalls«, erwiderte ich geistesabwesend. Auf dem Fernsehbildschirm erschien ein neuer Kommentator, der draußen vor dem Flügel des Palasts stand, wo sich das Kabinett traf. Mein Vater stand neben ihm. Es hätte kein Schock sein sollen, ihn dort zu sehen, aber es war einer.

»Monsieur Bouchard sieht elegant aus«, bemerkte Etienne.

»Und alt.«

»Er wirkt wirklich älter. Hast du mit ihm gesprochen?«

»Nein.«

»Es muss seltsam sein, ihn im Fernsehen zu sehen.«

»War nicht anders zu erwarten.«

»Addie.« Er seufzte.

»Es ist, wie es ist.« Ich zuckte die Achseln, obwohl er es nicht sehen konnte.

Als ich meinen Vater betrachtete, verspürte ich nicht die erwartete Traurigkeit. Stattdessen verspürte ich Zorn. Dieser Mann sollte mich bedingungslos lieben, aber ein einziger Ausrutscher hatte genügt, und schon tat er so, als hätte er überhaupt keine Tochter. Ich wusste, dass er viel um die Ohren hatte, aber das entband ihn nicht von seinen väterlichen Pflichten.

»Ich werde zu der Beerdigung gehen müssen«, bemerkte Etienne nach einem Moment. »Willst du mich begleiten?«

»Klar. Ich sollte der Familie meinen Respekt erweisen, wenn ich kann. Das wird bestimmt ein Tollhaus.«

»Wahrscheinlich. Ich halte dich auf dem Laufenden und sag Bescheid, sobald ich mehr weiß.«

Wir legten auf, und ich stellte den Fernseher lauter. Mein Vater wurde immer noch interviewt, und ich war neugierig, was er sagen würde. Bekundete er sein Beileid, oder beschimpfte er wie üblich die Krone?

»Es ist natürlich noch zu früh, um das zu sagen«, sagte mein Vater als Antwort auf irgendeine Frage. *»Aber wir erwarten, den König bald zu sehen und zu erfahren, was er jetzt vorhat.«*

»Denken Sie, dass er das Kabinett mehr einbeziehen will als sein Vater?«

»Ich kann nicht für die Krone sprechen. Ich habe keine Ahnung, was er vorhat, aber ich freue mich darauf, mit der königlichen Familie zusammenzuarbeiten, um bessere Zustände im Land zu erzielen.« Er winkte in die Kamera. *»Vielen Dank. Bald gibt es sicherlich mehr zu sagen.«*

Die Kamera blieb noch kurz auf ihn gerichtet, bevor der Reporter wieder auf dem Bildschirm erschien. Es wurde weiter darüber gesprochen, was das alles für Frankreich bedeutete. Ich aber fragte mich, was es für Elias bedeutete. Er hatte gestern Nacht so beunruhigt, so traurig gewirkt. Ich wünschte, ich hätte etwas unternehmen können, um ihm zu helfen, aber ich wusste, dass ich nichts für ihn tun konnte. Morgen würde ich nach London zurückkehren und alles, was hier geschehen war, hinter mir lassen. Er würde nicht hierher zurückkommen. Nicht morgen, nicht im nächsten Sommer, nicht im übernächsten. Seine entspannten Jahre waren vorüber, zumindest fürs Erste. Mir wurde bewusst, dass das alles war, was er seit seiner Ankunft getan hatte: sich entspannen. Er hatte eine einzige Party veranstaltet und ansonsten kaum seine Villa verlassen. Ich hatte ihn als faul und langweilig beschimpft, aber rückblickend war das wohl einfach genau das, was er hatte sein wollen.

Kapitel 24

So etwas wie diese Beerdigung hatte ich noch nie zuvor erlebt, und dabei waren wir noch nicht einmal in der Basilika von Saint-Denis. Ich fragte mich, warum die Königin mich gebeten hatte, die Hochzeit zu planen, obwohl es offensichtlich ein gut ausgearbeitetes Protokoll für derlei Ereignisse gab. Ich wandte mich Etienne zu, der neben mir stand, und fragte ihn danach. Er zuckte die Achseln und sah mich an.

»Meine Vermutung ist, dass sie will, dass die Hochzeit mehr wie die Soiree ist, die du für die Brautschau organisiert hast, und weniger wie das hier.« Er deutete mit dem Kopf auf die Kirche, auf die wir zugingen. »Weniger steif.«

»Tja, das ist eine Beerdigung. Die sollte steif sein.«

»Hängt davon ab, wessen Beerdigung es ist.«

»Das Gleiche kann man von Hochzeiten sagen.«

»Genau.« Etienne lächelte. »Gott behüte, dass man Elias die Planung überlässt. Dann wäre es so steif, wie man es sich nur vorstellen kann.«

»Er ist nicht steif.« Ich runzelte die Stirn. »Seine Partys sind verrückt.«

»Aramis' Partys sind verrückt. Elias findet sie langweilig, hast du das schon vergessen?« Er feixte.

Ich verdrehte die Augen. Wir erreichten die Kirchentür, Etienne öffnete sie, und ich ließ seinen Arm los. Niemand drehte sich bei unserem Eintritt um, was gut war, da der Priester bereits mit seiner Rede begonnen hatte. Wir setzten uns auf die ersten freien Plätze, die wir finden konnten, ganz hinten, in der Nähe der Tür, und hörten zu, während der Priester über

Leben und Tod sprach. Ich starrte auf den überlebensgroßen Sarg. Darüber war ein roter Umhang drapiert, auf dem eine rotgoldene Krone prangte. Sie passte zu den üppigen Blumenarrangements, die den langen Gang säumten. Ich beugte mich vor in der Hoffnung, einen Blick auf Elias zu erhaschen, aber in dem Meer aus Anzügen und Kleidern konnte ich ihn nicht entdecken. Das Wissen, dass ich mich im selben Raum mit ihm befand, musste mir für den Moment genügen. Mir wurde das Herz schwer. Würde es von jetzt an immer so sein? Würde ich schon froh sein müssen, nur die gleiche Luft wie er zu atmen, ohne in seiner Nähe zu sein?

Es sollte keine Rolle spielen. Ich lebte nicht einmal in diesem Land. Aber es spielte eine Rolle. Meine Mutter hatte einen Anruf vom königlichen Sekretariat erhalten, in dem man ihr mitteilte, dass die Hochzeit verschoben worden sei, aber ein Datum hatte man ihr nicht genannt, und wir hatten unter den gegebenen Umständen nicht nachhaken wollen. Nicht einmal Joss hatte es gewagt, Pilar danach zu fragen, daher nahmen wir einfach an, dass sie uns Bescheid geben würden, wenn es so weit war. Ich persönlich hoffte, dass sie die Hochzeit ganz absagen würden. Aber wozu? Damit er eine andere Prinzessin finden konnte, die er in einigen Jahren heiratete?

Ich musste aufhören, an ihn zu denken, als sei er ein Mann, der einfach schwer zu kriegen war, und mich mit der Tatsache abfinden, dass ich ihn niemals bekommen würde.

Die Messe schien sich eine Ewigkeit hinzuziehen. Als sie endete, standen alle auf und schauten zu, wie der Sarg durch den Gang gerollt wurde. Alle drehten sich zu ihm und verneigten sich als Zeichen ihrer Ehrerbietung, als er vorbeiglitt. Endlich erblickte ich Elias. Mein Puls beschleunigte sich. Ich hatte ihn seit einer Woche nicht gesehen, und ich hatte zwar gewusst, dass ich ihn vermisste, aber erst jetzt wurde mir bewusst, wie sehr. Ich wünschte mir nichts sehnlicher, als das

Protokoll zu missachten, zu ihm zu laufen und ihn zu umarmen.

Er ging auf einer Seite des Sargs, Aramis auf der anderen. Beide trugen stoische Mienen zur Schau. Ein himmelweiter Unterschied zu dem Elias, der vor einer Woche in meiner Villa aufgetaucht war. Als er vorbeiging, trafen sich unsere Blicke, und er hielt meinen lange fest. Ich hätte schwören können, Erleichterung oder vielleicht Dankbarkeit in seinen Augen zu sehen, obwohl sich sein Gesichtsausdruck kaum veränderte. Vielleicht sah ich nur, was ich sehen wollte. Wie dem auch sei, ich hatte das Gefühl, dass er mich wahrnahm, und das genügte.

»Wohin bringen sie ihn jetzt?«, fragte ich Etienne.

»Er wird hier begraben. Ich nehme an, sie bringen den Sarg in eine Kapelle, und beim eigentlichen Begräbnis ist nur die Familie anwesend. Sein Herz wird anderswo begraben.«

Ich blinzelte und sah Etienne an. »Was?«

»Sein Herz. Seine Organe wurden …« Er hielt inne und sah mich stirnrunzelnd an. »Hast du das nicht in der Schule gelernt?«

»Ich habe ein Internat in Connecticut besucht. Dort haben wir etwas über den Unabhängigkeitskrieg und Rosa Parks gelernt.«

»Ich weiß über den Unabhängigkeitskrieg und Rosa Parks ebenfalls Bescheid.« Er verdrehte die Augen. »Typisch Amerika, nur amerikanische Geschichte zu lehren.«

»Würdest du mir bitte die Sache mit dem Herzen erklären?«

»Allen Königen werden die Organe entnommen. Ihre Herzen werden begraben, wo immer sie es in ihrem Testament festlegen, aber stets an einem Ort, der ihnen wichtig ist. Es ist eine letzte Möglichkeit, ihren politischen Fußabdruck im Land zu hinterlassen.«

»Mit ihrem Herzen?« Ich zog die Brauen hoch. »Warum lassen sie nicht einfach eine Skulptur errichten oder so?«

»Das tun sie auch, aber das hier ist etwas anderes.«

»Also haben sie alle das getan?«

»Nicht alle, aber ich weiß, dass es sein Wunsch war.«

»Woher weißt du das?« Wieder sah ich Etienne in die Augen.

Er lächelte, hob die Hand und wedelte mit dem Papier, das er festhielt. »Weil es in der Broschüre steht, genau wie alles andere, das ich vorgetragen habe.« Er legte den Kopf schräg. »Hast du etwa wirklich geglaubt, ich hätte in Geschichte gut aufgepasst?«

»Wahrscheinlich gerade genug, um andere mit Wissensbröckchen zu verärgern.« Ich nahm ihm die Broschüre aus der Hand.

Später machten wir uns auf den Weg zum Palast. Zuerst wollte ich nicht mitgehen, aber Etienne bestand darauf, und ich wusste, dass Joslyn dort sein würde, was den Ausschlag für mich gab. Ich hatte nicht erwartet, Emily zu sehen, die Prinzessin von Österreich, aber sie war dort, in all ihrer hübschen Pracht. Sie begrüßte Etienne, und da ich neben ihm stand, auch mich. Es war das erste Mal, dass wir überhaupt direkt miteinander redeten. Als sie Etienne die Hand schüttelte, betrachtete ich den Ring an ihrem Finger und konzentrierte mich darauf, mir nichts anmerken zu lassen.

»Es ist alles so schnell gegangen – ich glaube, wir hatten noch gar keine Gelegenheit, uns offiziell kennenzulernen«, sagte sie zu mir. »Ich bin Emily.«

»Adeline.« Ich schüttelte ihre Hand.

»Ich habe gehört, dass Sie die Hochzeit planen werden.« Sie lächelte. Sie sagte *die* Hochzeit, nicht *unsere* Hochzeit.

»Haben Sie vor, sich in die Planung einzubringen?«, fragte ich.

»Ich weiß nicht, ob ich das kann oder sollte. Die Königin weiß, was sie tut. Bestimmt wird alles geregelt.«

»Aber es ist Ihre Hochzeit«, wandte Etienne ein. »Ich kann mir kaum vorstellen, dass ich vor der einzigen Frau auf der Welt stehe, die sich nicht für Hochzeiten interessiert.«

»Nun, vermutlich doch. Ich habe nie viel darüber nachgedacht.« Immer noch lächelnd zuckte sie die Achseln. »Die Hochzeit wird bestimmt prachtvoll und wunderschön, ganz egal, was ich dazu beisteuere. Wir sehen uns sicher später noch mal, ihr beiden.«

»Gib es zu, du findest sie nett«, sagte Etienne.

»Sie ist nett, aber ich mag sie trotzdem nicht. Das ist doch erlaubt, oder?«

Joss stieß zu uns. »Hey«, machte sie sich bemerkbar.

»Wo bist du gewesen?«, fragte ich und zog sie kurz an mich, bevor sie zu Etienne hinüberging.

»So hier und da. Mit Pilar. Die Ärmste ist schrecklich traurig.«

»Sie wirken alle ziemlich gefasst«, widersprach ich. »Die Königin habe ich noch gar nicht gesehen.«

»Sie wirkt genauso stoisch wie der Rest der Familie, aber sie sind alle traurig.«

»Vielleicht sollten sie es ein klein wenig mehr zeigen«, flüsterte ich. »Wäre das nicht gut? Für die Menschen?«

»Das passt nicht zu ihnen, und das weißt du. Sie zeigen gerade so viel Gefühl, wie es sich nicht vermeiden lässt, und das ist nicht besonders viel.« Sie zuckte die Achseln, dann hob sie eine Hand, um eine Strähne meines Haares zu zwirbeln, die schon jetzt nicht mehr gelockt war. »Wie geht es dir? In diesem ganzen Durcheinander sind wir uns ja nicht mal zu Hause über den Weg gelaufen.«

»Du bist die meiste Zeit hier gewesen«, rief ich ihr ins Gedächtnis.

»Ich war Mittwoch in unserer Wohnung, und du warst nicht da.«

»Ich habe zusammen mit meiner Mutter einiges erledigt. Mittwoch ist nur ein einziger Tag in der Woche, weißt du.«

»Ich habe verschiedentliche Angelegenheiten mit Pilars Noch-Sekretärin besprochen.«

Klar. Ich biss die Zähne zusammen, weil ich nicht darüber reden wollte, dass ich auch sie an die Krone verlieren würde. Nicht jetzt.

»Hast du mit ihm gesprochen?«, fragte Joss kurz darauf.

Ich schaute schnell auf, und in der Sekunde landete mein Blick auf Elias, und ich stellte fest, dass er mich direkt ansah. Ich spürte, wie meine Wangen heiß wurden, und zwang mich wegzuschauen.

»Nein. Nicht heute. Aber ich sollte ihm mein Beileid aussprechen. Ihnen allen«, fügte ich hinzu und zog eine Braue hoch, damit Etienne und Joss wussten, dass ich nicht nur Elias meinte.

Etienne griff nach meiner Hand und machte Anstalten, mich Richtung Elias zu ziehen. Ich war mir nicht sicher, ob er versuchte, meinen Bluff auffliegen zu lassen, oder ob er nur hinübergehen wollte, um sein Beileid auszusprechen, aber ich hätte ihn am liebsten geohrfeigt, weil er mich zum Mitkommen zwang. Ich hätte eigentlich eine weitere Stunde oder fünf Jahre gebraucht, um mich darauf vorzubereiten, Elias in der Öffentlichkeit gegenüberzutreten. Allein mit ihm war alles in Ordnung, aber wenn Menschen um uns herum waren, lief es nicht gut. Aus vielen Gründen. Diesmal zum Beispiel war ein Fotograf in unmittelbarer Nähe, als wir bei ihm und Aramis ankamen. Ich schüttelte zuerst Aramis die Hand, und als ich ihm mein Beileid aussprach, hörte ich das Klicken der Kamera.

Als ich vor Elias stand, schüttelte ich ihm ebenfalls die Hand, aber mein Inneres verwandelte sich in Pudding, und Wärme breitete sich in meinem ganzen Körper aus. Ich tat, als wäre alles normal, und hielt den Blick auf Elias gerichtet.

Er beugte sich vor, brachte den Mund dicht an mein Ohr. »Danke, dass du hier bist.«

»Selbstverständlich.«

»Meine Krönung ist in drei Tagen angesetzt. Wirst du auch dabei sein?«

»Falls ich eingeladen werde. Ich hatte es eigentlich nicht vor.«

Er trat einen Schritt zurück, aber meine Hand war noch in seiner, und es brauchte mir niemand zu sagen, dass dies definitiv der längste Händedruck des Abends war und ich mit Sicherheit in den Abendnachrichten erwähnt werden würde. Mein Vater würde toben. Ich wusste nicht, wie ich es ihm erklären sollte, und das bedeutete einen weiteren Rückschlag für unsere Beziehung. Kümmerte mich das? Ich wusste es nicht. Einerseits würde mir die Beziehung zu meinem Vater immer wichtig sein, aber andererseits war mir noch wichtiger, dass Elias meine Hand nie wieder losließ. Zum Teufel mit der Tradition.

»Hattest du Zeit, über das nachzudenken, worüber wir gesprochen haben?«, fragte er.

Ich ließ seine Hand los und lächelte traurig. »Ich kann nicht. Du weißt, dass ich das nicht kann.«

Ich spürte eine Hand an meinem Rücken und zuckte fast zusammen, bevor ich begriff, dass es nur Etienne war. Er musterte mich, dann drehte er sich zu Elias um und schüttelte ihm die Hand.

»Ihr zwei lasst euch viel zu viel Zeit, es hat sich schon eine Schlange gebildet«, murmelte er leise.

»Es ist immer eine Schlange da«, warf Elias ein. »Ich unterhalte mich nur mit einer alten Freundin.«

»Einer alten Freundin, die in den Schlagzeilen landen wird, wenn ihr zwei nicht sofort aufhört zu flirten.«

»Wir flirten nicht«, antwortete ich halblaut. Wir flirteten nicht.

»Nun, die Hälfte der Frauen hier ist jetzt schwanger allein von den Blicken, die Elias dir während der letzten zwei Minuten zugeworfen hat, also, gern geschehen.«

Mir klappte der Unterkiefer herunter. Elias' Mund bewegte sich unmerklich, und ich wusste, dass er versuchte, ein Lächeln niederzuringen, was dazu führte, dass ich mir in die Innenseite meiner Wangen biss, um auch nicht zu lächeln. Es war ein Desaster.

»Ich muss gehen«, stellte ich fest.

»Ja. Ich bringe dich nach Hause, nachdem du dich von Pilar und der Königin verabschiedet hast«, entschied Etienne.

Elias und ich wechselten noch einen weiteren Blick, erfüllt von Traurigkeit und so viel Sehnsucht, dass ich keine Ahnung hatte, was ich damit anfangen sollte. Also ging ich weg.

Kapitel 25

Elias

Das Wort »Chaos« genügte nicht, um den momentanen Zustand meines Lebens zu beschreiben, und irgendwie dachte ich ständig an sie.

Doch es durfte nicht sein. Das sagte ich mir immer und immer wieder. Ich hatte zugestimmt, Emily zu heiraten, und Adelines Eventagentur plante die ganze Sache. Die Hochzeit selbst war ein Kalkül, ein Ablenkungsmanöver; sie sollte die Gedanken der Leute vom Tod meines Vaters weglenken, hin zum ewigen Eheglück. Aus diesem Grund wollte Pierre öffentliche Auftritte mit Emily und mir anberaumen. Aber wegen Adeline vermied ich solche Auftritte zugunsten anderer Anlässe.

Ein wenig hatte ich das Gefühl, dass ich die Hochzeit hinauszögern könnte, dass ich Zeit schinden könnte, um alles zu verzögern und heimlich mit Addie durchzubrennen. Aber das Datum ragte in unmittelbarer Nähe vor uns auf, und mit ihm die Last, die ich für den Rest meiner Tage schultern musste. Zeiten wie diese waren es, in denen ich mir wünschte, mein Vater hätte noch gelebt – nicht nur, damit er weiter regieren konnte, sondern damit er mir in der Angelegenheit einen Rat geben konnte. Ich wusste nicht, an wen ich mich sonst hätte wenden sollen, und am Ende landete ich beim unwahrscheinlichsten Adressaten von allen, wenn es um Ratschläge in Liebesdingen ging – Aramis.

»Spuck's schon aus«, verlangte Aramis. Er saß mir gegenüber; wir tranken im Teezimmer des Palasts Scotch. Die teure

Sorte, dazu bestimmt, Schluck für Schluck ausgekostet zu werden. Wir hatten lange an unseren Gläsern genippt. Lang genug für mich, um den Mut zu finden, das hier laut zuzugeben.

»Ich glaube, ich bin in eine Frau verliebt, und es ist nicht Emily.«

»Das habe ich jetzt nicht erwartet.« Er zog die Brauen hoch und ließ sein Glas langsam sinken. »Wer ist sie?«

»Adeline.«

»Bouchard?« Er richtete sich auf. »Bist du verrückt geworden?«

»Keine Ahnung. Vielleicht.« Ich seufzte, stellte mein Glas ab, legte mir die Hände vors Gesicht und schloss die Augen.

An den meisten Tagen stellte ich mir selbst genau dieselbe Frage. War ich wahnsinnig? Ich musste wahnsinnig gewesen sein, mich in eine Frau zu verlieben, die ich nicht nur aus traditionellen Gründen nicht haben konnte, sondern auch deshalb, weil es gut sein konnte, dass man ihr die Schuld am Niedergang der Krone geben würde, wenn wir unsere Beziehung öffentlich machten und alles schiefging. Das war der Grund, warum ich nicht widersprochen hatte, als sie verlangte, dass unser Date im privaten Raum stattfinden sollte, und auch der Grund dafür, dass ich froh war, dass sie nichts dagegen hatte, sich nur hinter geschlossenen Türen mit mir zu treffen.

»Sie könnte das Ende bedeuten, das weißt du, oder?« Aramis wedelte mit einer Hand. »Das Ende von alldem hier.«

»Daran träfe sie keine Schuld.« Ich schaute zu ihm auf. »Und so weit kommt es nicht.«

»Eli. Ich kenne dich.« Er warf mir einen ernsten Blick zu. »Wenn du das schon dir selbst und auch mir gegenüber eingestehst, dann deshalb, weil du bereits den Punkt erreicht hast, an dem du es nicht länger für dich behalten kannst. Und ich will ehrlich sein – da du in dieser Familie der Verantwortungsbewusste bist, macht mir das eine schreckliche Angst.«

Ich holte tief Luft und atmete schwer aus. »Ich sage ja nicht, dass etwas daraus werden wird.«

»Du sagst auch nicht, dass nichts daraus wird.« Er zog eine Braue hoch, lehnte sich in seinem Sessel zurück und griff nach seinem Glas. »Was sagt *Maman* dazu?«

»*Maman* weiß nichts davon.« Bei dem bloßen Gedanken an die Enttäuschung meiner Mutter stockte mir der Atem. Sie hatte aus schierem Pflichtgefühl in Spanien alles aufgegeben, um meinen Vater zu heiraten. Wenn sie Wind davon bekam, dass ihr eigener Sohn nicht in der Lage war, es ihr gleichzutun, würde sie eine Menge dazu zu sagen haben, und nichts davon würde gut sein.

»Also, wie soll es weitergehen?«, fragte Aramis nach einem Augenblick. »Nimmst du dir also eine Mätresse? Ist es das, worauf es hinausläuft?«

»Das wird sie nicht akzeptieren.«

Seine Augen weiteten sich. »Du hast sie gefragt?«

»Ich musste es wissen.«

»Du bist ein echtes Arschloch.« Er schüttelte den Kopf. »Ich würde das niemals von jemandem verlangen.«

»Ich weiß.«

»Und du liebst diese Frau?« Er runzelte die Stirn. »Ich könnte mir nicht vorstellen, eine Frau, die ich liebe, darum zu bitten, meine geheime Affäre zu sein.«

»Du würdest es tun, wenn du keine andere Wahl hättest.« Meine Stimme klang überlaut in dem ansonsten stillen Raum.

»Ich tue nur meine Meinung kund.« Er hob seine freie Hand und nahm noch einen Schluck Scotch. Ich hatte meinen kaum angerührt.

»Meinst du, ich würde sie darum bitten, wenn ich glaubte, ich könnte das in Ordnung bringen?«, fragte ich kurz darauf. »Ich will sie nicht verlieren.«

»Eli«, sagte er, und der Ernst in seiner Stimme zwang mich,

ihm erneut in die Augen zu sehen. »Du hast sie längst verloren.«

»Wie um alles in der Welt willst du das wissen?«

»Dein Aufstieg hat bereits stattgefunden. Gegenwärtig wird deine Krönung vorbereitet. Danach ist die Sache erledigt. Du kannst sie geradeso gut gleich vergessen.«

Das alles wusste ich natürlich bereits, aber seine Worte trafen mich trotzdem. Ich griff nach dem bisher unbeachteten Scotch und leerte das Glas in einem Zug. Welchen Sinn hatte es, etwas Exquisites zu genießen, wenn man keine Chance hatte, es zu behalten?

Kapitel 26

Adeline

»Ich habe dir prophezeit, dass du ihn überall sehen wirst«, sagte Joslyn.

Ich legte die Klatschzeitung beiseite und sah Joslyn an. Sie warf mir einen Blick zu, den ich zu meiden gehofft hatte – voller Mitgefühl, Freundlichkeit und einer Prise *Ich hab's dir ja gesagt*. Sie hatte es mir tatsächlich gesagt, und die Wirklichkeit war viel schlimmer als befürchtet. Elias mit einer anderen Frau zu sehen war das Schmerzhafteste, was ich je hatte ertragen müssen.

Gegenstand eines Sexskandals gewesen zu sein und zu wissen, dass alle mein Video gesehen hatten, war gar nichts dagegen. Die Geringschätzung meines Vaters für seine in Schande gefallene Tochter – ein Fliegenschiss. Das hier war mit Abstand das Schlimmste, was ich je erlebt hatte. Der Moment, in dem ich begriffen hatte, dass ich Elias liebte, war ziemlich genau derselbe Moment gewesen, in dem ich ihn mit einer anderen Frau sah. Da wurde plötzlich alles kristallklar. Ich wollte nicht, dass er sich krönen ließ. Ich wollte, dass er auf die Tradition schiss und mit mir durchbrannte. Ich wollte, dass er jahrhundertealte Geschichte aufgab, weil er mich mehr wollte als die Regentschaft.

Ich konzentrierte mich auf die Waren auf dem Laufband vor mir, und als alles fertig eingepackt war, bezahlte ich.

»Zumindest kannst du jetzt weiterziehen.« Joss griff sich den Einkaufswagen und schob ihn nach draußen.

»Ich weiß, du meinst es gut, aber halte jetzt ganz dringend die Klappe«, sagte ich, steckte Portemonnaie und Quittung ein und ging neben ihr her. »Ich kann nicht einfach weiterziehen. So funktioniert das nicht. Ich muss mental darauf vorbereitet sein, und das bin ich nicht. Ich will ihn. Ende der Geschichte.«

»Ich wünschte, du wolltest ihn nicht.«

»Glaubst du etwa, ich nicht?«

»Ich glaube, du wartest immer noch darauf, dass ein Wunder geschieht.«

»Vielleicht ist das so.« Ich zog eine Schulter hoch. »Nur weil er mit Emily zusammen ist, bedeutet das nicht …« Ich brach mitten im Satz ab und runzelte die Stirn.

Kam das wirklich gerade aus meinem Mund? Glaube ich das wirklich? Joss wartete, während ich mich mühte, meinen Satz zu beenden, meine Gedanken. Ich öffnete den Kofferraum und lud die Einkaufstüten ein. Joss brachte den Einkaufswagen weg und kam zurück, als ich gerade den Kofferraum schloss. Als wir beide im Wagen saßen und uns angeschnallt hatten, wandte sie sich mir zu.

»Du weißt so gut wie jeder andere, dass die Sache vorbei war, sobald sie sich dafür entschieden hatten, die Verbindung öffentlich zu machen«, sagte sie. »Es tut mir leid, aber so ist es nun mal.«

»Ich weiß. Es ist nur …« Ich schloss die Augen und schüttelte den Kopf. »Es ist alles so beschissen.«

»Hey, du hast dich in ihn verliebt.« Sie legte ihre Hand auf meine. »Das ist total verständlich.«

»Ich wünschte, ich könnte alles zurückdrehen.« Ich öffnete die Augen und sah sie an.

»Mit der Zeit wirst du das schon schaffen.« Sie lächelte traurig und zog die Hand zurück. »Ich habe ein mieses Gefühl dabei, dich ihretwegen zu verlassen. Vor allem jetzt.«

»Du brauchst dich nicht mies zu fühlen. Wir haben darüber

geredet. Es ist eine tolle Chance für dich. Persönliche Sekretärin der Prinzessin von Frankreich, wer kann das noch von sich behaupten?« Ich lächelte. »Du wirst sicher ein ganz süßes Briefpapier bekommen.«

Sie lachte. »Wenn ich für irgendjemand anderen arbeiten würde, würde ich dir sagen, dass niemand heutzutage mehr Briefpapier hat, aber das Königshaus benutzt definitiv welches.«

»Du musst mir unbedingt einen Brief schreiben.« Mein Lächeln verblasste und verschwand vollkommen, als die Traurigkeit mich erneut überfiel. »Ich freue mich für dich. Wirklich. Ich werde dich nur so sehr vermissen.«

Mitten im Satz rannen mir auf einmal Tränen übers Gesicht. Joss beugte sich vor, schlang die Arme um mich und drückte mich fest an sich. »Du schaffst das schon, Addie. Du hast eine unglaubliche Firma aufgebaut, du hast alle Beziehungen, die du brauchst, und alle wollen dich engagieren. Außerdem sieht Seth gar nicht so übel aus«, fügte sie hinzu. Seth war ihr Ersatzmann, der letzte Woche, als sie endgültig ausschied, ihre Aufgaben übernommen hatte. Ich lachte unter Tränen, löste mich von ihr und wischte mir die Wangen ab.

»Er ist attraktiv.« Ich schniefte. *Und schwul. Und verheiratet.* Es war nicht nötig, es laut zu sagen, Joss wusste das alles bereits. »Er bringt nächste Woche seinen Ehemann mit ins Büro.«

»Darüber musst du mich auf dem Laufenden halten.« Sie lächelte, setzte sich etwas aufrechter hin und legte die Hände aufs Lenkrad. »Lass uns die Einkäufe wegbringen und uns etwas zum Mittagessen machen.«

Auf der Fahrt drehten sich meine Gedanken weiter um all die Veränderungen, die in meinem Leben vor sich gingen. Joss zog am Wochenende aus und ging nach Paris, um bei Prinzessin Pilar einzuziehen. Ich musste mich entscheiden, ob ich mir eine andere Mitbewohnerin suchte oder das Haus gegen eine kleinere Wohnung eintauschte. Ich hatte am Samstag eine Hochzeit, auf der Seth bereits Joss' Arbeit übernehmen würde – bei der königlichen Hochzeit allerdings würde sie uns noch helfen, das hatte sie versprochen. Allein bei dem Gedanken hätte ich am liebsten geweint, aber ich würde es mir verkneifen. Ich musste ihn loslassen.

Kapitel 27

Die Einladung in meiner Hand fühlte sich schwer an. Ich las sie zum dritten Mal durch, dann legte ich sie auf die Theke und sah Joss an.

»Vielleicht war sie für dich bestimmt.«

»Ich habe meine eigene Einladung.« Sie hob den elfenbeinfarbenen Umschlag hoch. »Die ist für dich, und das ist ja auch sinnvoll. Schließlich planst du die Hochzeit.«

»Ich glaube nicht, dass ich es ertragen kann, da hinzugehen.« Ich schaute wieder auf die Einladung hinab. »Emily wird bei ihm sein.«

»Sie war auch am Sonntag beim Dinner mit ihm zusammen.«

»Zu dem Zeitpunkt war ihre Verlobung noch nicht offiziell.« Ich kaute auf meiner Unterlippe.

»Es war ihr Verlobungsdinner. Das war offiziell genug.« Joss zog eine Augenbraue hoch. »Du hast zugestimmt, ihre Hochzeit zu planen, Addie.«

»Das ist alles so scheiße.« Ich seufzte tief, griff nach meinem Handy und begann eine Textnachricht zu tippen. »Ob Etienne wohl da sein wird?«

»Er ist bestimmt eingeladen.«

»Was meinst du, wie verärgert die Königin wäre, wenn ich die Planung der Hochzeit abgebe?« Ich sah Joss an, deren Augenbrauen noch höher gerutscht waren.

»Sehr wütend, aber nicht so wütend wie deine Mutter.«

»Du hast recht.« Ich schüttelte den Kopf. »Ich kann mir von

dieser Geschichte, was immer es auch war, nicht weiter in meine Karriere reinpfuschen lassen.«

»Ganz meine Meinung.«

»Ich gehe zur Krönung. Ich werde mir selbst beweisen, dass ich das fertigbringe.«

»Gut.«

»Und ich werde seinem Charme nicht mehr erliegen. Erst recht nicht in der Öffentlichkeit.«

»Sehr gut.« Joss stand von dem Barhocker mir gegenüber auf. »Lass uns shoppen gehen. Wir müssen einer Krönung beiwohnen.«

Kapitel 28

Elias

»Es fühlt sich so stickig hier drin an.« Ich zog am Kragen meines Hemdes.

»Das liegt an deiner Anwesenheit.« Aramis kam grinsend auf mich zu.

»Sehr witzig.«

»Bist du nervös?«

»Was glaubst du denn?« Ich warf ihm einen Blick zu.

Ich hätte liebend gern gesagt, dass ich mich mein ganzes Leben lang auf diesen Moment vorbereitet hatte, aber das wäre eine Lüge gewesen. Obwohl ich für dieses Leben erzogen worden war, hatte mein Vater sich immer so benommen, als wäre er unsterblich. Als würden wir alle auf ewig unter seiner Regentschaft stehen. Und jetzt fühlte ich mich in dieser Rolle völlig verloren.

Ich wusste, wie ich mich während der Krönung zu verhalten hatte. Am Ende musste ich mich den Mitgliedern des Kabinetts stellen, und ich hatte eine Rede dafür vorbereitet, aber alles, was das mit sich brachte, und alles, was man nach dem heutigen Tag von mir erwarten würde? Nein, dafür war ich nicht bereit. Mir war noch nie ein Monarch begegnet, der gesagt hatte, er sei wahrhaft darauf vorbereitet gewesen.

»Dies wird die erste im Fernsehen übertragene Krönung sein seit …« Aramis stieß einen Pfiff aus. »Nun, seit Königin Elisabeth II.« Er kicherte. »Nur kein Druck.«

»Du bist wirklich ein Mistkerl, weißt du das?« Ich atmete

aus, nestelte weiter an meinem Kragen und sah Pierre an. »Wie viele Personen werden anwesend sein?«

»Mehrere Milliarden Menschen werden zusehen.« Er konnte sein Lachen nicht verbergen. Ich hätte sie am liebsten beide umgebracht. Pierre räusperte sich und fügte hinzu: »Innerhalb der Palastmauern werden es zweitausendvierhundertunddreißig sein. Außerhalb der Palastmauern wahrscheinlich ganz Frankreich, wenn ich raten müsste.«

»Sie werden wahrscheinlich in Erwartung des Untergangs des Throns jubilieren«, murmelte ich leise.

»Nun, zumindest weißt du, was dich erwartet«, witzelte Aramis.

Ich funkelte ihn abermals an. Das alles war durch und durch lächerlich. Als ich in den Spiegel schaute, sah ich meinen Bruder hinter mir stehen und fragte mich, wie es ihm als König ergehen würde. Wir sahen uns so ähnlich, dass niemand mit der Wimper zucken würde, wenn er heute dort hinaufginge und die Krone annahm. Als spürte er meine Gedanken, schüttelte er den Kopf, ein trauriges Lächeln auf dem Gesicht.

»Ich würde niemals in dieser Position sein wollen. Es tut mir leid, dass du es sein musst.«

»Mir auch.«

»Miss Adeline hat ihre Teilnahme bestätigt«, bemerkte Pierre.

Im Spiegel begegnete ich dem Blick meines Bruders. »Du hast sie eingeladen?«, fragte er.

»*Maman* hat sie eingeladen. Weil sie die Hochzeit plant.«

»Adeline?« Aramis fiel die Kinnlade herunter. »Das ist so verkorkst.«

»Extrem verkorkst«, pflichtete Pierre ihm bei und räusperte sich, als ich ihn ansah. »Addie ist liebenswürdig, aber sie hat einen starken Willen. Wenn sie sich etwas vornimmt, bekommt sie es auch hin.«

»Wie überaus traditionell von dir, die Frau, die du liebst, an dem Ereignis teilnehmen zu lassen, das sie endgültig vertreibt oder zu deiner Mätresse macht«, sagte Aramis.

»Zum Teufel mit dir. Du weißt, dass das nicht meine Absicht ist.« Ich drehte mich zu ihm um. »Ich will nicht mal, dass sie die Hochzeit plant. Es wäre mir lieber, wenn sie überhaupt nicht käme.«

»Und doch ist sie hier.«

»Nicht weil ich es so wollte.«

»Aber du bist jetzt König. Kannst du nicht Nein zu deiner eigenen Mutter sagen? Hat sie dich so sehr im Griff?«

»Gott. Du benimmst dich kindisch.« Ich schloss die Augen und fuhr mir mit den Fingern durchs Haar. »Gefällt es dir, mich am wichtigsten Tag meines Lebens zu ärgern?«

»Mir war nicht klar, dass das wichtig für dich ist.«

»Es werden Milliarden zuschauen.« Ich zeigte auf das Fenster. »Ganz Frankreich ist hier.«

»Es gibt da noch etwas, das Sie wissen sollten«, warf Pierre ein.

»Ja?«

»Im Innenhof findet eine Frauendemo statt. Sie ist aber bereits unter Kontrolle, die Damen werden gerade nach draußen eskortiert.«

»Eine Demo? Wie sind sie hier hereingekommen?« Ich blinzelte. »Worüber beschweren sie sich?«

»Hereingekommen sind sie mithilfe eines ehemaligen Wachpostens, der gefeuert wurde, und soweit ich weiß, beschweren sie sich über die steigenden Lebensmittelpreise.«

»Scheiße.« Ich seufzte tief und ging zum Schreibtisch hinüber, wo all die Papiere von meinem Treffen mit dem Kabinett verstreut lagen.

Ein Kabinett, bestehend aus fünf Leuten, die mich alle hassten. Zu ihrer eigenen Bestürzung handverlesen von meinem

Vater, der an die Theorie glaubte, dass man seine Feinde in seiner Nähe behalten sollte. Sie hatten kaum Entscheidungsbefugnisse, da unterm Strich alles der Entscheidung des Souveräns oblag, aber ihr Urteil drang natürlich an die Öffentlichkeit. Ich schlug den Wirtschaftsordner auf und blätterte ihn durch. Wegen unseres gegenwärtigen Deals mit den Saudis war alles teurer geworden. Bedauerlicherweise wurde Erdöl wie Gold gehandelt, und wir hatten selbst keins. Ich klappte den Ordner mit einem dumpfen Knall zu. Die Proteste waren gerechtfertigt, aber mir waren die Hände gebunden. Ich würde in ein Flugzeug steigen und mich selbst mit dem saudischen Kronprinzen treffen müssen, um die Angelegenheit zu regeln.

Ich sah meinen Bruder und Pierre an. »Ich soll gleich in eine Kutsche steigen und von hier bis zur Basilika fahren, während die Leute rebellieren? Man hat bereits einmal versucht, mich zu töten. Wer sagt, dass es nicht wieder passieren wird?«

»Das würden wir niemals zulassen, Ihre Majestät.« Das war Pierre.

»Hör jetzt mal auf mit diesem Ihre-Majestät-Mist, wenn wir unter uns sind.« Ich drehte mich wieder zum Spiegel um, löste schnell meine Krawatte und warf sie beiseite.

»Willst du eine andere Krawatte?«, fragte Pierre.

»Ich will gar keine Krawatte.«

»Das hier ist dein Krönungsgewand.« Pierre zeigte auf die extravagante Robe auf dem Bett. »Der Smoking ist für die Party danach. Vielleicht solltest du jetzt das erste Outfit anlegen, ich kümmere mich um den Kragen.«

»Verdammt, ich hasse Partys.« Ich schlüpfte aus dem Smoking, warf ihn aufs Bett und ging zu der Robe.

Sie sah aus wie eine Klamotte aus *König Lear*, aber sie würde der Sache Genüge tun. Sie glich dem Gewand, das mein Vater bei seiner Krönung getragen hatte, das wiederum dem geähnelt hatte, das sein Vater getragen hatte, und die Liste setzte sich fort. Ich konnte mich nicht als Erster einfach verweigern. Von mir wurde erwartet, dass ich diesen Palast und seine Stellung erhielt. Sicher, ich würde versuchen, alles ein wenig zu modernisieren, aber heute war nicht der richtige Zeitpunkt dafür. Heute würde ich mich fügen, wie man es von mir erwartete. Morgen, bei meinem Treffen mit dem Kabinett, würde ich versuchen, für mehr Zusammenarbeit zu sorgen. Etwas, das mein Vater vernachlässigt hatte, wofür er immer kritisiert worden war.

Die Kutschfahrt hätte ich niemals freiwillig auf mich genommen. Ich hatte das bisher nur ein einziges Mal mitgemacht, als ich ein Kind gewesen war. Meine Familie griff nicht oft auf Kutschen zurück, und darüber war ich froh. So traditionell wir auch waren, entschieden wir uns bei Ausflügen im Allgemeinen doch für Autos statt für Pferde und Kutschen, aber in diesem Fall hielten wir an der Tradition fest. Auf dem Weg von Versailles zu der Basilika von Saint-Denis mussten wir dreimal wegen aufrührerischer Menschenmengen anhalten, alle drei Stopps nutzten die Pferde, um zu äppeln, und der Gestank zog in die Kutsche. Mit Sicherheit hätte die Menschenmenge die Scheiße liebend gern aufgelesen und nach mir geworfen. Soweit ich erkennen konnte, war der Empfang ambivalent. Eine Hälfte der Leute liebte das Spektakel, und die andere Hälfte saß auf dem Boden, während die vergoldeten Räder an ihnen vorbeirollten. Da waren Menschen mit Schildern, auf denen stand: *Je t'aime, Roi Elias!, Vive le Roi Elias!* Und somit wäre alles in Ordnung gewesen, wäre diesen Transparenten nicht ein *A bas la monarchie!* gefolgt.

Nieder mit der Monarchie also. Ich hatte gewusst, dass es kam, hatte aber nicht erwartet, dass es so offensichtlich sein würde, so schnell. Sie rebellierten nicht nur wegen der Wirtschaft. Sie wollten, dass der Thron Schaden nahm. Es war, als gäben sie mir keine Chance, ihnen zu beweisen, dass ich ein besserer Herrscher sein konnte als mein Vater. Sie zogen voreilige Schlüsse. Vielleicht hatten sie recht damit. Schließlich hatte ich mich nur ein einziges Mal mit dem Kabinett getroffen. Aber im Gegensatz zu meinem Vater glaubte ich, dass es dem Volk gestattet sein sollte, Forderungen zu stellen, wenn es sich Ungerechtigkeiten gegenübersah.

Das allerletzte Schild, kurz bevor die Kutsche in dem nichtöffentlichen unterirdischen Parkbereich der Basilika verschwand, trug die Aufschrift: *Ich hoffe, du verhungerst.* Es waren nicht die Worte, die mich mitten ins Herz trafen, sondern eher die Person, die das Schild hochhielt – ein Mann mit fettigem, langem Haar, hochgewachsen und schlaksig, der nur aus Haut und Knochen bestand. Ich hatte nicht die leiseste Ahnung, wann er seine letzte Mahlzeit zu sich genommen haben mochte. Und als sei das nicht genug, stand neben ihm ein Kind, das sein Spiegelbild war.

Ich drehte mich zu Pierre um. »Finde heraus, wer dieser Mann ist und wo seine Familie lebt.«

»Schon dabei.« Pierre drückte auf den Schalter an dem Knopf in seinem Ohr und gab die Anweisung an seine Kollegen vom Sicherheitsdienst weiter. Als er damit fertig war, drehte er sich zu mir um. »Vielleicht sollten wir gleich eine Handvoll Adressen heraussuchen lassen. Du könntest die Leute gemeinsam mit Emily besuchen. Sie sehen lassen, dass es anders werden wird.«

»Das machen wir.« Ich nickte. Es schien ein handfester Plan zu sein.

»Ob die Menschen, die du so verzweifelt zu beeindrucken wünschst, das nicht einfach als Publicitynummer betrachten?« Aramis auf der gegenüberliegenden Bank ließ sein Telefon in die Tasche gleiten und sah mich an.

Eine berechtigte Frage, auf die ich keine Antwort hatte. Ich sah Pierre an, der neben ihm saß. Ich war so weit entfernt von alldem, dass ich keine Ahnung hatte, wie die Menschen mich überhaupt wahrnahmen. Meine Gedanken wanderten zu Adeline. Adeline, die süß und freundlich war, aber auch feurig. Adeline, die mich Dinge hinterfragen ließ, weil sie mich hinterfragte, ohne meine Reaktionen zu verurteilen. Sie bedrängte mich auf eine Weise, wie niemand anders es wagte. Selbst mein Bruder, der ständig sagte, was immer ihm gerade im Kopf herumging, hatte eine Grenze. Adeline nicht. Sie war einfach, wie sie war. Grenzenlos.

»Erde an Eli.« Aramis schnippte mit den Fingern. Ich blinzelte. »Was war das eben, verdammt?«

»Ich habe nur an etwas gedacht.«

»An jemanden«, warf Pierre ein und zog missbilligend die Mundwinkel herunter.

»Was?«

»Du siehst sie heute Abend, und ich habe Angst, was du dann tun könntest«, antwortete Pierre. »Angst vor dem, was ich morgen in Ordnung bringen muss, und das hat sie nicht verdient – etwas zu sein, das ich in Ordnung bringen muss. Zieh sie nicht in diesen Schlamassel mit hinein, Eli.«

»Das habe ich nicht vor.« Die Falte zwischen meinen Brauen vertiefte sich. »Ich bin kein Monster.«

»Monster halten sich selbst selten für Monster.«

Die Worte kamen von meinem Bruder, und ich sah mich außerstande, ihm zu widersprechen. Je mehr Zeit ich mit Adeline verbrachte, umso mehr ertappte ich mich bei dem Wunsch, alles auf den Kopf zu stellen und das Falsche zu tun, denn in meinem Kopf und in meinem Herzen war sie die Richtige, für die man das Falsche tun musste.

Kapitel 29

Adeline

Die Luft war wie aufgeladen. Es hatte noch nicht angefangen, aber trotzdem erfüllte mich gespannte Erwartung. Der verstorbene König hatte niemanden bei seiner Krönung zugelassen. Ich wusste nicht einmal, ob er überhaupt gekrönt worden war. Seine Mutter hatte ihre Krönung hinter verschlossenen Türen abgehalten. Elias hingegen ließ das Ereignis vom Fernsehen übertragen, hatte die Tür der Außenwelt geöffnet, indem er Menschen wie mich einlud, eine Frau aus dem gemeinen Volk.

Es war so still, dass man eine Stecknadel hätte fallen hören, und als die Türen geöffnet wurden und ein Kirchenlied erklang, beugte ich mich vor. Der Erzbischof kam herein, gefolgt von einer Reihe Bischöfe – einer hielt ein Schwert in der Hand, ein anderer eine große, goldene, mit Edelsteinen besetzte Krone, einer trug einen Kelch, wieder ein anderer ein Kissen mit einem Ring darauf. Wir alle blieben stehen, so wie wir standen, seit wir hereingekommen waren, besorgt, dass wir etwas versäumen könnten. Ich hatte weder Elias' Mutter noch Prinzessin Pilar gesehen, auch nicht Prinz Aramis oder Emily, die Prinzessin von Österreich, aber sobald ich Elias erblickte, der zwischen den Bischöfen schritt, beinahe überlebensgroß und attraktiv wie nur je in königlichem Rot und Gold, hatte ich das Gefühl, als würde die Luft aus dem Raum gesogen.

Von beiden Seiten griff jemand nach meiner Hand und drückte sie. Ich richtete meine Aufmerksamkeit erst nach rechts, wo Etienne stand, dann nach links, wo Joslyn stand, und erwiderte den Druck ihrer Hände, dankbar für ihren Trost. Dann wanderte mein Blick zu Elias zurück. Er sah niemanden an, schaute nur nach vorn, gemessenen Schrittes, den Kopf hoch erhoben. Er wirkte nicht einmal nervös, aber ich konnte mir nicht vorstellen, dass er es nicht war. Der langen Schleppe seines roten Umhangs folgte sein Bruder Aramis, und hinter ihm seine Schwester und seine Mutter. Emily war noch immer nirgends zu sehen. Ich war dankbar dafür. Zumindest würde sich dies nicht in eine überraschende königliche Hochzeit verwandeln. Vorerst zumindest.

Sobald sie außer Sicht waren, nahmen wir alle Platz. Die Basilika war riesig, und wir waren zu weit entfernt, um die königliche Familie von unseren Plätzen aus zu sehen. Wir konnten kaum ausmachen, was gesprochen wurde, aber wir folgten den Handzetteln, mit denen man uns ausgestattet hatte.

Dann fragte der Erzbischof: *Sind Ihre Majestät bereit, das Gelübde abzulegen?*

Wir hörten Elias antworten: *Ich bin bereit.*

Der Erzbischof sprach weiter: *Werdet Ihr mit Eurer Macht dafür sorgen, dass die Bürger Frankreichs und der Überseedepartements, die rechtlich zu Frankreich gehören, gemäß ihrer jeweiligen Gesetze und Verträge regiert werden?*

Elias erwiderte: *Ja, das werde ich.*

Der weitere Fortgang der Zeremonie war an mich verschwendet. Die Lieder, die Gebete, die Hymnen. Er hatte sein Gelübde geleistet. Er hatte die Krone gewählt. Ich hatte gewusst, dass er das tun würde, aber die Leere, die es in mir hinterließ, traf mich unerwartet. Nach der Zeremonie wurden wir alle aus der Basilika nach draußen beordert. Als ich die Kirche verließ, schaute ich über meine Schulter und sah Elias von dem Stuhl aufstehen, auf dem er gesessen hatte, dann folgte er den Bischöfen in den hinteren Teil der Kirche. Ich ließ ihn nicht aus den Augen, bis sie verschwanden, und als seine Mutter, seine Schwester und sein Bruder sich erhoben, bemerkte ich, dass Emily doch dort war, und auch sie verschwand nach hinten. Es war keine Überraschungshochzeit, aber es hätte geradeso gut eine sein können, denn mein Herz fühlte sich an, als zersplittere es in meiner Brust.

Die Fahrt nach Versailles verlief ruhig. Ich war dankbar dafür. Etienne und Joss schienen zu verstehen, dass ich Schweigen brauchte, um alles zu verarbeiten. Doch die Autofahrt dauerte eine ganze Stunde, und ich wusste, dass die Stille nicht von langer Dauer sein würde. Joslyns Handy vibrierte als Erstes. Sie suchte kurz meinen Blick, bevor sie den Anruf entgegennahm, und ich wusste sofort, dass sie mit Pilar sprach, die offensichtlich wissen wollte, wo ihre persönliche Sekretärin steckte. Sobald Joss ihr versichert hatte, dass sie auf dem Weg nach Versailles sei, hörte Pilar auf, Fragen zu stellen, und Joss beendete das Telefonat mit einem tiefen Seufzer.

»Sie sind nicht weit hinter uns.«

»Addie?«, fragte Etienne. Ich schaute zu ihm auf. Er saß auf dem Fahrersitz, ich war auf dem Rücksitz allein. »Alles klar bei dir?«

»Ja. Bestens.« Ich zwang mich zu einem beruhigenden Lächeln. Er runzelte die Stirn, schüttelte den Kopf und konzentrierte sich wieder auf die Straße.

»Ich finde, wir sollten der Königin sagen, dass du die Hochzeit nicht planen kannst.«

»Das geht nicht.« Ich schloss die Augen und drückte den Kopf gegen den Sitz. »Meine Mutter würde mich umbringen.«

»Da wir gerade von Eltern sprechen, hast du deinen Vater gesehen?«, erkundigte Joss sich.

»Nein.« Ich riss die Augen auf. »Du etwa?«

»Als wir hineingegangen sind.«

»Wo hat er gesessen?« Mein Herz schlug schneller.

»Ein paar Reihen hinter uns.«

»Er wird bei der Feier sicherlich zugegen sein«, warf Etienne ein. »Das Kabinett wird zu offiziellen Anlässen immer eingeladen.«

»Noch so eine Sache, die ich in meinem Leben gerade gar nicht gebrauchen kann«, murmelte ich.

»Irgendwann musst du mit ihm sprechen.« Das kam von Joss, in ermutigendem Tonfall und mit hoffnungsvollen, strahlenden Augen.

Ich funkelte sie an. »Ich bin nicht der Grund, warum wir nicht miteinander reden.«

»Nun, im Prinzip schon«, sagte Etienne. Ich beugte mich vor und kniff ihm in die Schulter.

»Autsch! Was soll das, Adeline?«

»Behalt deine Kommentare für dich, es sei denn, du willst mich unterstützen.«

»Ich unterstütze dich ja. Du bist der Grund, warum ich anderthalb Stunden entfernt von meiner behaglichen Wohnung im Auto sitze.«

Joss lache spöttisch. »Na klar, anderenfalls wärst du überhaupt nicht hier.«

»Vielleicht wäre ich wirklich nicht hier.«

Joss und ich lachten. »Du lebst für solche Gelegenheiten.«

»Wobei mir etwas einfällt. Wo ist Mira?« Joss zog eine Braue hoch. »Du hast sie überhaupt nicht erwähnt.«

»Wir machen eine Pause.«

»Eine Pause?« Mir klappte der Unterkiefer herunter. »Wir lieben Mira. Was ist passiert?«

»Das Leben. Ihre Arbeit führt sie im einen Monat nach Spanien und im nächsten nach Rom, und ich habe die Fernbeziehung satt.« Er zog eine Schulter hoch. »Wenn es so sein soll, ist es eben so.«

»Trotzdem. Das ist echt traurig.« Ich schürzte die Lippen.

Ich hatte mit Bestimmtheit gedacht, dass Etienne Mira in

diesem Jahr einen Heiratsantrag machen würde, statt sich von ihr zu trennen. Wenn die beiden es mit ihrer Beziehung nicht hinbekamen, wer dann?

Ich wusste, dass wir fast das Schloss erreicht hatten, als die Autos vor uns das Tempo drosselten, während sie durch die Sicherheitskontrolle rollten. Zu unserer Linken befand sich eine Reihe von Demonstranten. Ich überlegte, was Elias von ihnen hielt.

»Es ist ihm wahrscheinlich egal«, bemerkte Etienne.

»Es darf ihm nicht egal sein«, widersprach Joss. »Ich werde Pilar danach fragen.«

»Was denkst du, Addie?« Etienne sah mich im Rückspiegel an. Joss beäugte mich über ihre Schulter hinweg.

»Woher soll ich das wissen?« Ich runzelte die Stirn. »Ich rede schließlich nicht mit ihm.«

»Ach nein?« Etienne zog eine Braue hoch.

»Nein. Ich habe ihm erklärt, dass er mich nicht mehr anrufen soll, und er hat damit aufgehört.«

»Hm.«

»Wann?« Joss drehte sich so weit um, wie ihr Kleid es zuließ. »Warum? Davon hast du mir nichts erzählt!«

»Neulich abends. Wir haben kurz über die Krönung gesprochen, und ich habe ihn gebeten, nicht mehr anzurufen, weil ich glaube, dass ich es nicht ertragen könnte, mit ihm befreundet zu sein.«

»Hab ich's dir doch gesagt.« Etienne schüttelte den Kopf. »Lass mich raten, er hat dich gefragt, ob du seine Mätresse sein willst.«

»Nein.« Ich verschränkte die Arme vor der Brust und schaute aus dem Fenster. Das hatte er nicht getan. Jedenfalls nicht direkt. Aber im Prinzip schon, oder?

»Er ist ein verdammtes Arschloch.« Etienne schlug auf das Lenkrad, und mich durchlief ein Ruck.

»Es spielt keine Rolle. Ich würde nie einwilligen, und ja, er ist ein Arschloch, aber er ist trotzdem ein freundlicher Mensch. Wenn ich also raten müsste, würde ich sagen, dass diese Zurschaustellung von Hass draußen vor unseren Fenstern auf dem Weg zum Palast ihm das Herz bricht.«

»Nun, was mich betrifft, ich hoffe, er registriert es und nimmt einige größere Veränderungen vor«, warf Etienne ein.

»Ja, weil deine Familie am Hungertuch nagt.« Joss verdrehte die Augen.

»Natürlich nicht, aber ich kenne Menschen, deren Familien sehr zu kämpfen haben. Und das ohne guten Grund.«

»Vielleicht solltest du das einmal mit ihm besprechen, ihr seid schließlich Freunde«, sagte ich.

»Vielleicht mach ich das auch.«

Zum Glück für uns alle wurde unser Gespräch durch die Ankunft am Tor beendet. Die Wachen überprüften Wagen und Ausweispapiere, überzeugten sich davon, dass wir eingeladen waren, und ließen uns schließlich weiterfahren. Erinnerungen an den Ball, den ich hier geplant hatte, stiegen in mir auf. Erinnerungen an Elias und unser erstes Beisammensein nach gut fünf Jahren. Erinnerungen an sein Geständnis und die Warnungen meiner Mutter. Ich umklammerte den Rock meines Kleides, als die Tür für mich geöffnet wurde und ich aus Etiennes Landrover stieg. Heute Abend würde ich mich bedeckt halten, würde die ganze Zeit am anderen Ende des Raums bleiben und keinen Blickkontakt mit ihm herstellen. Wenn Etienne und Joss recht damit hatten, dass mein Vater anwesend war, wollte ich ihm auf keinen Fall noch mehr Gründe liefern, mit bösem Tratsch über mich zu meiner Mutter zu rennen.

Kapitel 30

Elias

Ich brauchte nicht lange, um mir einen Plan zurechtzulegen. Zuerst sprach ich mit Pierre und Aramis darüber und beschloss, meine Mutter und Pilar einzuweihen, bevor der Ball begann. Ich befand mich in meinen Gemächern und zog den Smoking an, den Pierre für mich bereitgelegt hatte, da hörte ich es klopfen. Meine Mutter wartete nicht auf eine Reaktion, bevor sie hereingestürmt kam, und ihre Absätze klapperten bei jedem Schritt über den Marmorboden. Hinter ihr folgte Emily, deren Schritte ein wenig leichter waren. Ich wünschte, ich hätte der Typ Mann sein können, der sich in dieser Situation mies fühlte, aber Emily war nur Kollateralschaden. Sie würde zum nächsten Prinzen weiterziehen, vielleicht zu meinem Bruder oder dem griechischen Prinzen Aros, der ebenfalls bald eine Frau brauchte. Ich kannte Emily fast mein Leben lang und wünschte ihr immer alles Gute, aber was sie auch zu tun beschloss, spielte keine Rolle für mich.

»Wovon redet dieser Pierre?« Wenige Schritte vor mir blieb meine Mutter stehen. Emily stand schweigend neben ihr. »Du löst deine Verlobung mit Emily, um eine Frau aus dem gemeinen Volk zu umwerben?«

»Es wird gut für unser Image sein.« Ich beschäftigte mich weiter mit meinen Manschettenknöpfen und schaute zu Emily hinüber. »Es tut mir leid, dass du es auf diese Weise erfahren musstest. Ich hatte vor, es dir zu erzählen, sobald ich hier oben fertig bin, aber anscheinend hat mein Sekretär beschlossen, das für mich zu übernehmen.«

Wie aufs Stichwort kam Pierre herein. »Ihre Majestät. Ihre Mutter hat mit angehört, worüber Aramis und ich gesprochen haben.«

»Es ist in Ordnung.« Ich hielt den Blick auf Emily gerichtet. »Du wirst jemanden finden, der besser zu dir passt.«

»Ich wollte dich.« Sie runzelte die Stirn. »Wir wären zusammen perfekt gewesen.«

»Eine Weile. Um des äußeren Anscheins willen«, stimmte ich ihr zu, »aber das wäre nicht lange so geblieben.«

»Der äußere Anschein ist das Einzige, was zählt«, stellte meine Mutter fest. »Der äußere Anschein ist alles.«

»Nicht alles.« Ich zog eine Braue hoch und wandte mich wieder meiner Krawatte zu. »Wie sieht denn dein Plan aus? Warum dieser plötzliche … Sinneswandel?«, hakte meine Mutter nach.

»Ich muss morgen einige Menschen besuchen. Arme Menschen. Hungernde Menschen. Wie würde es aussehen, wenn ich mit einem weiteren reichen Monarchenspross dort auftauche?«

»Was sie sagen, spielt keine Rolle«, bemerkte Emily. »Die Öffentlichkeit wird das als Zeichen von Schwäche werten.«

»Die Öffentlichkeit wird es so werten, wie wir es ihnen verkaufen.«

»Und wo willst du diese Frau aus dem gemeinen Volk finden?«, fragte meine Mutter.

Ich schwieg. Wo ich sie finden würde, war nicht die Frage. Die Frage war, ob sie mich immer noch nehmen würde oder nicht. Sie brauchte nichts von den Hintergedanken zu erfahren. Zum Teufel, die Hintergedanken scherten mich nicht einmal; soweit es mich betraf, waren sie allerhöchstens das Tüpfelchen auf dem i. Ich war einfach froh, wenn ich sie bei mir behalten konnte.

»Wir haben sie bereits gefunden«, schaltete Pierre sich um meinetwillen ein. »Sie ist perfekt. Sie brauchen sich um nichts Sorgen zu machen, Ihre Majestät.« Er verneigte sich vor meiner Mutter, als wolle er sie hinauskomplimentieren, und sie merkte es. Sie sah ihn durchdringend an, bevor sie sich an mich wandte.

»Ich hoffe, du weißt, was du tust, Elias. Die Zukunft dieser Monarchie ruht auf deinen Schultern.« Sie griff nach Emilys Hand und zog sie aus dem Raum wie ein Kind.

Als die Tür hinter ihnen zuschlug, stieß ich den Atem aus und sah Pierre an. »Gut gerettet.«

»Irgendjemand musste etwas sagen.« Pierre reichte mir mein Jackett. »Was wirst du jetzt tun?«

»Ich muss sie heute Abend fragen.« Ich schlüpfte in das Jackett. »Und ich hoffe, dass sie meinen Antrag annimmt.«

»Sie müsste für dich ihr ganzes Leben aufgeben. Das ist es, worum du sie bittest«, sagte Pierre. »Ihr Leben ist in London, und anders als Emily hat Adeline eine eigene Firma. Sie würde viel aufgeben, wenn sie zustimmt.«

»Ich weiß.« Ich holte Luft und atmete wieder aus. Es war viel verlangt. Ich war nicht blind.

»Ich erstelle eine Namensliste für den Fall, dass sie Nein sagt.« Pierre ging zur Tür.

»Nein.« Meine Stimme hallte laut durch den Raum.

»Nur für den Fall des Falles.« Er drehte sich zu mir um. »Du brauchst einen Plan B.«

»Ich will keine Liste. Wenn Addie mich nicht heiraten will, werden wir einen anderen Weg finden.«

»Eli, du brauchst einen Plan.«

»Gib mir ein paar Tage Zeit. Dann werde ich einen haben.«

Er nickte, ging davon und ließ mich allein zurück. Ich war

nie gern in Versailles gewesen und hatte nie davon geträumt, in den Gemächern des Königs zu schlafen. Mein Vater hatte es geliebt. Er hatte gesagt, er fühle sich dort seinen Wurzeln näher, dem Sonnenkönig, und es erinnere ihn daran, warum er hier sei und was er vollbringen müsse. Ich hingegen fühlte mich verfolgt von diesem Erbe, nicht inspiriert.

Als ich fertig angekleidet war, verließ ich den luxuriösen Raum. Pierre saß direkt draußen vor der Tür, mit meiner Krone und meinem königlichen Cape. Ich legte beides an, schaute in den Spiegel und begegnete meinem eigenen gequälten Blick. Wenn ich Adeline bekäme, würde ein großer Teil dieser Qual von mir abfallen, das spürte ich tief in den Knochen. Voller Entschlossenheit, sie für mich zu gewinnen, machte ich mich auf den langen Weg zum Spiegelsaal, wo die Feierlichkeiten stattfinden sollten.

Kapitel 31

Adeline

Ich beobachtete, wie Prinz Aramis sich näherte, den Blick fest auf mich gerichtet. Er sah seinem älteren Bruder so ähnlich, dass mein Herz einen Moment brauchte, um sich zu fangen.

»Adeline.« Er neigte leicht den Kopf, als er mich erreichte.

»Prinz Aramis.« Ich neigte ebenfalls den Kopf, unsicher, ob ich auch vor ihm einen Knicks machen musste oder nicht. Seine Mundwinkel zuckten leicht in die Höhe, als lese er meine Gedanken.

»Ich bin nicht der König.«

»Gut zu wissen.« Ich lächelte zittrig. »Ich bin mir in diesen Situationen nie sicher, was ich tun soll.«

»Das wird alles umso interessanter machen.« Er zwinkerte mir zu, ging weiter und blieb einige Schritte von mir entfernt an einer Bar stehen. Stirnrunzelnd musterte ich ihn. Was sollte das denn heißen? Redete er über meine Reaktion auf Elias und Emily? Bei dem Gedanken drehte sich mir der Magen um. Gerade als ich in Erwägung zog, einfach zu kneifen und hier zu verschwinden, verstummte die leise Jazzmusik der Band, und eine Trompete erscholl. Die Türen am Ende des Saals öffneten sich.

»Elias Francis, gekrönter König von Frankreich«, verkündete der Herold. »Lang lebe der König!«

Alle, mich selbst eingeschlossen, wiederholten den Satz: »Lang lebe der König.« Als Elias eintrat, waren alle Augen im Saal auf ihn gerichtet. Mein Herz setzte einen Schlag aus. Ich wusste, dass ich ihn vermisste. Ich dachte in jeder wachen Sekunde des Tages an ihn, seit wir auseinandergegangen waren, aber als ich ihn jetzt sah, explodierte die Sehnsucht in mir. Ich versuchte mit Macht, sie zu verdrängen, sie mit dem Gedanken daran zu verscheuchen, welchen Ärger ich in wenigen Minuten empfinden würde, wenn Emily, die Prinzessin von Österreich, sich zu ihm gesellte, aber es half nicht. Im Gegenteil, der Ärger machte mir nur umso deutlicher bewusst, wie sehr ich ihn wollte.

Alle Gäste bildeten einen Kreis für ihn, damit er von einem zum anderen gehen und alle begrüßen konnte. Ich beobachtete, wie ein Mann nach dem anderen sich verneigte, während er ihnen die Hand schüttelte, und die Frauen knicksten, wenn er ihren Handrücken küsste. Ich hasste jede Hand, die er berührte, weil es nicht meine war. Als er nur sechs oder sieben Leute von mir entfernt war, zog ich mich einen Schritt zurück, in der Absicht, den Raum zu verlassen, aber ich prallte mit jemandem zusammen, der hinter mir stand. Verwirrt drehte ich mich um und sah Pierre, der mich anlächelte.

»Sie dürfen den Raum nicht verlassen, bevor er Sie begrüßt hat«, flüsterte er.

»Oh.« Ich riss die Augen auf. Was würde passieren, wenn ich der Regel trotzte?

Ich fragte es mich immer noch, auch als ich mich wieder umdrehte und meinen ganzen Mut zusammennahm, um zu bleiben, wo ich war. Als Elias sich bis auf drei Personen genähert hatte, die noch vor mir dran waren, schaute er auf, und unsere Blicke trafen sich. Während er weiter Hände schüttelte und Hände küsste, sah er mich an. Als er endlich vor mir stand, war mir, als ob mein Herz nicht mir gehörte, sondern stattdessen irgendwie einen Platz in seiner Brust eingenommen hatte. Er hob meine Hand, und ich riss den Blick von ihm los und schaute zu Boden, während ich knickste. Statt meine

Hand loszulassen wie bei allen anderen, hielt er sie fest. Es gelang mir, ihm wieder in die Augen zu sehen. Mein Puls beschleunigte sich, als er sich vorbeugte und die Lippen an mein Ohr brachte.

»Wir müssen reden.«

»Du solltest mich nicht ansprechen, während du die Gäste bei Hof begrüßt.«

»Ich glaube, dem König ist es gestattet, zu tun, was immer er beliebt.«

»Eli«, flüsterte ich.

»Ich vermisse dich.«

»Bitte. Nicht hier.« Das Herz klopfte mir bis zum Hals.

Er konnte nicht in der Öffentlichkeit so mit mir sprechen und von mir erwarten, dass ich gefasst und stoisch blieb. Überall waren Fotografen, die alles auf Fotos festhielten. Es waren Journalisten anwesend, die bereit waren, ihn für jeden falschen Schritt in Stücke zu reißen. Ich löste mich von ihm und trat einen Schritt zurück, mit einem Lächeln um der Presse willen, und ließ seine Hand los. Er sah mich noch eine Sekunde länger an, bevor er zu Pierre weiterging, der jetzt neben mir stand. Als er weit genug entfernt war, stieß ich einen Atemzug aus, bewahrte aber die Fassung, denn ich hatte gelernt, wie die Reporter arbeiteten. Ich wusste, dass ihre Objektive auf mir verweilen würden, auch wenn ich dachte, sie wären schon längst weitergeschwenkt. Als Elias alle begrüßt und sich bei ihnen bedankt hatte, applaudierten die Anwesenden abermals und brachen in Jubel aus, und endlich gelang es mir auszuatmen.

»Sie haben wahrscheinlich fotografiert, wie er das getan hat«, sagte ich zu Pierre, so leise ich konnte.

»Sie haben es definitiv fotografiert.« Er wandte den Blick von mir ab und sah sich kurz um, dann lächelte er plötzlich breit. »Im Moment fotografieren sie uns beide. Lächeln oder lachen Sie.«

»Ich werde morgen auf Seite eins auftauchen.« Ich lachte. Das Lachen klang falsch, aber glücklicherweise ließen sich Geräusche nicht auf Fotos bannen. »Was hat er sich nur dabei gedacht?«

»Komisch, dass Sie das fragen. Sie müssen mich begleiten, wenn das hier vorbei ist.«

Mein Lächeln verrutschte. »Wohin?«

»Ins königliche Gemach.«

»Weshalb?« Mein Puls beschleunigte sich.

Ich wusste nicht, was das königliche Gemach war, nahm aber an, dass es sich dabei um ein Schlafzimmer handelte. Elias hatte doch wohl nicht vor, mich an seinem Krönungstag zu verführen, wenn Emily anwesend war? Ich schaute zur Tanzfläche, die größtenteils leer war, abgesehen von einem ältlichen Ehepaar in der Ecke. Alle anderen schienen mit ihren Drinks in den Händen durch den Saal zu spazieren. Emily erregte meine Aufmerksamkeit. Sie stand in der Ecke und sprach mit Elias. Oder stritt mit ihm. Ja, es sah aus, als würden sie streiten. Er wirkte nicht sehr glücklich. Ich riss den Blick von den beiden los und sah wieder Pierre an.

»Weshalb? Warum muss er mich unter vier Augen sprechen? Können wir nicht hier darüber reden?«

»Ich rate davon ab.«

»Seit wann geben Sie mir überhaupt Ratschläge?« Ich verschränkte die Arme vor der Brust, hob eine Hand an die Lippen und kaute an meinem Fingernagel.

»Zeigen Sie ihnen nicht, dass Sie nervös sind.«

Ich ließ die Hände wieder sinken und blinzelte ihn an. »Ich habe ihm bereits gesagt, dass ich nicht bereit bin … Sie wissen schon.«

»Seine Mätresse zu sein«, ergänzte Pierre mit einem ernsten Nicken. »Ich bin froh, dass Sie das Angebot abgelehnt haben.«

Ich sah ihn einen Moment lang an. War er froh, dass ich

abgelehnt hatte, weil er dachte, es könnte immer noch etwas zwischen ihm und mir laufen? Nein. Ich bildete mir ein, Pierre gut genug zu kennen, um zu wissen, dass er Elias zu ergeben war, um wieder mit mir anzubandeln. Vielleicht hatte er mein bestes Interesse im Auge.

»Also, worüber müssen wir reden?«, fragte ich noch einmal, zu ungeduldig, um abzuwarten. Pierre setzte zu einer Antwort an, aber dann blickte er über meine Schulter und zwang sich zu einem raschen Lächeln. »Wir sehen uns später, Adeline.«

Ich öffnete den Mund, um ihm eine Frage zu stellen, als ich direkt hinter mir die Stimme meines Vaters hörte.

Kapitel 32

»Ich habe nicht erwartet, dich hier zu sehen«, sagte er.

Mein Herz setzte einen Schlag aus. Ich drehte mich zu ihm um. Meine stoische Fassade vor meinem Vater aufrechtzuerhalten würde sich als viel schwieriger erweisen als bei Elias. Dies war der Mann, der mich großgezogen hatte. Der erste Mann, den ich geliebt hatte. Außerdem der Mann, der mich ohne zu zögern in die Verbannung geschickt hatte, als ich zum ersten Mal in meinem Leben etwas vermasselte. Und doch konnte ich bei dieser Begegnung von Angesicht zu Angesicht den Zorn nicht heraufbeschwören, den ich empfinden sollte.

Er hatte dunkle Schatten unter den Augen, sein schwarzes Haar wurde langsam dünner, und er bekam eine Stirnglatze. Seit unserer letzten Begegnung waren fast acht Monate vergangen, und in dieser Zeit schien er um ein Jahrzehnt gealtert zu sein.

»Vater«, sagte ich.

»Wessen Freundin bist du?« Er musterte mich. »Pilars?«

»Nein. Ich meine, ja, wir sind befreundet, aber ich glaube nicht, dass Pilar jemanden zu diesem Anlass einladen darf.«

»Hm.« Seine Augen wurden eine Spur schmaler. Es kostete mich meine ganze Kraft, nicht den Kopf einzuziehen. »Dann die Mutter des Königs. Deine Mutter hat mir erzählt, dass du einen Ball für sie geplant hast.«

»Mutter hat den Ball ebenfalls geplant. Wie du weißt, gehört ihr die Hälfte der Firma.«

»Zumindest verwendet sie das Geld von der Trennung für

einen guten Zweck.« Er lachte spöttisch, schob eine Hand in die Tasche seines Smokings und wippte leicht auf den Fersen.

»Japp.« Ich betonte das *P* und wich seinem forschenden Blick aus.

»Die Krone ist ein Witz«, stellte er fest.

»Warum bist du dann hier?« Ich blickte ihn wieder an.

»Man hat mich eingeladen.«

»Ja, und weshalb bist du gekommen? Um dein Urteil über einen König zu fällen, der noch nicht einmal eine Gelegenheit hatte zu beweisen, wozu er fähig ist?«

»Wenn er auch nur die geringste Ähnlichkeit mit seinem Vater hat, wissen wir genau, wozu er fähig ist.«

»Denkst du, dass er so ist? Wie sein Vater?«

»Es ist noch zu früh, um das zu erkennen.« Mein Vater zog eine Schulter hoch. »Er ist noch nicht geprüft worden.«

»Überall finden Unruhen statt. Lauter Menschen wie du, die lieber die Monarchie ganz demontieren wollen, als ihm eine Chance zu geben.«

»Eine von denen bist du also.« Er schürzte kopfschüttelnd die Lippen.

»Eine von denen?«

»Eine der Frauen, die denken, wir sollten ihm eine Chance geben, weil er gutaussehend und charmant ist.«

»Das ist nicht wahr.« Ich runzelte die Stirn.

»Wenn man vom Teufel spricht«, höhnte Vater abermals und sah jemandem entgegen, der auf uns zukam. Ich folgte seinem Blick und entdeckte zu meiner Überraschung, dass es Elias war. Ich verspürte das plötzliche Verlangen, ihn vor dem Urteil meines Vaters zu schützen.

»Anscheinend haben Sie die Zustimmung meiner Tochter. Nicht dass es für Ihre Zukunft viel zu bedeuten hätte.«

»Sie wären überrascht, wie viel es mir bedeutet«, antwortete Elias, ohne den Blick von mir abzuwenden.

»Also haben Sie beide sich kennengelernt«, sagte mein Vater.

»Das ist richtig. Und jetzt, Monsieur, werde ich Adeline zum Tanz auffordern, wenn Sie nichts dagegen haben.«

»Sie wollen sie zum Tanz auffordern? Auf keinen Fall.«

»Ich denke nicht, dass Adeline ihren König hängenlassen würde.« Elias bot mir seinen Arm. Einen Herzschlag lang starrte ich darauf hinunter.

»Ihren König.« Wieder lachte mein Vater spöttisch. »Was für ein Spiel spielen Sie? Haben Sie sie die ganze Zeit über beobachtet? Sie gestalkt? Ist das alles eine Verschwörung, um sich an mir zu rächen, weil ich Ihnen damals keine Auskunft über sie geben wollte?«

Ich riss die Augen auf. »Was für eine Auskunft? Wann?«

»Ein Tanz, Addie«, sagte Elias mit strenger Stimme. »Ich werde dir alles erklären.«

»Komm diesem Mann nicht zu nahe, Adeline. Ich erkenne einen guten Mann, wenn ich einen sehe, und er ist keiner.«

»Oh?« Ich blinzelte. »Hast du in letzter Zeit mal in den Spiegel geschaut? Was siehst du darin?«

»Ich habe meine Fehler, aber ich bin kein schlechter Mann. Der da, dieser König« – mein Vater zeigte auf Elias –, »er ist kein guter Mann. Ich habe über seine und seines Bruders Eskapaden mehr als genug Gerüchte gehört, und auch über die Kinder, die sie dabei womöglich gezeugt haben, ohne sich weiter darum zu scheren.«

Mir wurde schwer ums Herz. Natürlich hatte ich diese Gerüchte ebenfalls gehört, aber ich konnte mir nicht vorstellen, dass sie der Wahrheit entsprachen. Nicht nachdem ich Elias kennengelernt hatte. Nicht nach … allem.

»Ein einziger Tanz, Adeline.« Elias räusperte sich. Ich schluckte. Mir war klar, dass die Leute uns beobachteten und ich ihm eine Antwort geben musste, und ein Tanz wäre die perfekte Gelegenheit, ihm Fragen zu stellen.

»Nun. Es liegt mir fern, einem König einen Tanz zu verwehren.« Ich knickste und legte meinen Arm in den von Elias, dann sah ich meinen Vater ein letztes Mal an. »Auf Wiedersehen, Vater. Pass auf dich auf. Und wisch den Spiegel sauber, wenn du das nächste Mal hineinblickst.«

Elias legte die freie Hand fest auf meinen Arm und führte mich auf die Tanzfläche. Als wir sie erreichten, drehte er mich zu sich um und legte mir eine Hand auf den Rücken, während er meine Hand mit der anderen hochhielt. Dann zog er mich an sich, sodass mein Oberkörper sich an seinen drückte und mir keine andere Wahl blieb, als mich mit ihm zu bewegen. Er senkte den Kopf, und seine Nase streifte meine Wange und schließlich mein Ohr.

»Ich vermisse dich, Addie. Das habe ich nicht nur so dahingesagt.«

»Die Leute werden über uns reden«, antwortete ich mit zusammengebissenen Zähnen, während ich ein Lächeln aufsetzte. »Das hier wird kein gutes Ende nehmen. Die Medien werden einen Festtag haben.«

»Das schert mich nicht. Schert es dich?«

»Ja.« Ich zog mich leicht zurück und sah ihm in die Augen. »Und dich sollte es ebenfalls scheren.«

»Das Einzige, was mich schert, ist dieser Augenblick, mit dir in meinen Armen.«

»Eli.« Ich seufzte, und mein Körper sank gegen seinen. Rasch drückte ich ihm eine Hand auf die Brust und brachte etwas Abstand zwischen uns, weil mir klar war, wie das aussehen würde. »Wir können das nicht in aller Öffentlichkeit tun.«

»Ich bin der König. Ich kann tun, was immer ich will.«

»Solches Gerede wird die Menschen dazu bringen, dich zu hassen. Ich meine es ernst.«

»Und du willst nicht, dass sie mich hassen.« Er lächelte sanft, ließ die Hand auf meinem Rücken, während er meine Hand freigab und seine an seine Wange legte. »Du hast das schönste Herz, dem ich je begegnet bin.«

»Was hat mein Vater gemeint, als er sagte, du hättest ihn damals um Auskunft gebeten?«, versuchte ich auf neutralen Boden zurückzukehren.

»Nichts weiter.« Er ließ mein Gesicht los und griff wieder nach meiner Hand, während wir Walzer tanzten.

»Ich will es wissen.«

Er stieß einen tiefen Seufzer aus. »Es ist lange her.«

»Ich will es trotzdem wissen.«

»Du musst versprechen, nicht wütend zu werden.« Er hielt meinen Blick fest.

»Ich weiß nicht, ob ich das kann.« Ich spürte, wie sich die Falte zwischen meinen Augen vertiefte. »Warum sollte ich wütend werden?«

»Ich … vor einigen Jahren habe ich eine Frau kennengelernt, ein Mädchen eigentlich, und wir hatten eine unglaubliche Nacht zusammen. Erderschütternd. Intensiv. Real.«

»Du hast recht. Ich will nichts darüber hören.« Ich riss den Blick von ihm los und schaute weg, mein Lächeln schwand. Ich konnte nicht so tun, als sei es in Ordnung, mir etwas über seine Nacht mit einer anderen Frau anzuhören.

»Das Mädchen warst du.« Wieder legte er mir eine Hand auf die Wange und drehte meinen Kopf zu seinem. »Du bist noch vor der Morgendämmerung verschwunden, aber du hattest mir erzählt, dass deine Villa nebenan sei, also habe ich mich auf die Suche gemacht, sobald ich bemerkt hatte, dass du fort warst. Du warst bereits in die Staaten abgereist. Etienne hat dich zum Flughafen gefahren, aber dein Vater war zu Hause. Er hat sich geweigert, mir deine Kontaktdaten zu geben. Er hat gesagt, ich sei eine Schande und er könne nicht glauben, dass seine Tochter jemals mit meinesgleichen zusammen sein würde.«

»Das hat er gesagt?« Ich hörte auf zu tanzen und nahm die Hand von seiner Schulter.

»Das war der Grund, warum ich dir bei unserem ersten Wiedersehen nicht gleich gesagt habe, dass ich dich erkenne. Dass ich nach dir gesucht habe.«

»Warum sollte er mich vor dir verstecken?«

»Ich war ein Playboy.« Er zuckte die Achseln. »Das war es jedenfalls, was er sah, wenn er mich erblickte. Sommer für Sommer.«

»Darüber will ich nicht nachdenken. Was ist mit dem Kind? Stimmt es, dass du eine Frau geschwängert und nicht zu ihr gestanden hast?«, fragte ich. Ich hatte es immer für ein Gerücht gehalten, aber jetzt war ich mir nicht mehr so sicher. Als er nicht sofort antwortete, wand ich mich, bis er den Arm von meinem Rücken nahm und ich zurückweichen konnte.

»Können wir woanders darüber reden?«

Ich erstarrte. Sah mich zum ersten Mal um und bemerkte die Fotografen, die Leute, die tuschelnd zu uns herüberschauten, durch die vielen Spiegel ringsum vervielfacht, und die Panik, von der ich gedacht hatte, ich hätte sie hinter mir gelassen, als das Sexvideo mit meinem Ex verschwunden war, schlich sich wieder an. Ich war mir nicht sicher, ob Elias es spürte oder nicht, aber er griff nach meiner Hand und zog mich aus dem Spiegelsaal hinaus in den Raum auf der anderen Seite des Flurs.

Er zog die Tür hinter uns zu und hängte seinen bodenlangen, roten königlichen Umhang über den Stuhl neben der Tür. »Alles okay?«, fragte er.

Ich sah zu, wie er die riesige Krone vom Kopf nahm und sie ebenfalls auf dem Stuhl ablegte, und ich bezweifelte, dass er das tun sollte, aber es war mir nicht wichtig genug, um etwas zu sagen. Ich holte tief Luft und schaute mich um. Der Raum war riesig und troff nur so von Opulenz. Definitiv kein Raum, in den man mit jemandem ging, der nicht überwältigt werden wollte. Ehrfürchtig schlenderte ich umher und vergaß kurz, warum wir überhaupt hier waren und was uns dazu veranlasst hatte, den Saal zu verlassen, aber dann fiel es mir plötzlich wieder ein, und ich blieb stehen.

»Nein, nichts ist okay.« Ich drehte mich zu ihm um. »Du hast meine Frage nicht beantwortet.«

»Nein, das habe ich nicht. Ich war immer vorsichtig, wenn ich mit einer Frau zusammen war, und ich habe niemals mit einer der einheimischen Frauen geschlafen. Nur mit dir. Er fuhr sich mit der Hand über sein zurückgebürstetes Haar. »Ich schwöre es bei allem, was mir etwas bedeutet, Addie. Ich habe niemals ein Kind gezeugt.«

»Also ist es nur ein Gerücht?«

»Natürlich. Für was für einen Mann hältst du mich, dass ich mein eigenes Kind nicht anerkennen würde, ganz gleich, welche Konsequenzen das hätte?«

»Ich glaube dir.« Ich stieß den Atem aus. »Es tut mir leid. Ich hatte einfach einen schlimmen Abend.«

»Ich habe noch mehr für dich, das du verarbeiten musst.« Elias kam langsam auf mich zu. »Und ich hoffe, dass du dich diesmal nicht von mir abwendest.«

»Was?« Mein Herz hämmerte. Ging es um die Hochzeit? Ging es um die Mätressengeschichte? Seine Nähe, nachdem ich ihn lange nicht um mich gehabt hatte, würde es mir viel schwerer machen, jetzt Nein zu sagen.

»Ich habe meine Verlobung mit Emily gelöst.«

»Was?«

»Ich werde sie nicht heiraten.« Er griff nach meiner Hand. »Ich will mit dir zusammen sein.«

»Aber ich bin keine Adlige.« Ich runzelte die Stirn.

»Ich bin jetzt der König, Addie. Ich mache meine eigenen Regeln.« Seine Mundwinkel zuckten leicht in die Höhe. »Wirst du das mit mir durchziehen?«

»Ich ...«

»Ich bitte dich nicht, mich zu heiraten. Ich bitte dich, das hier einfach mit mir auszuprobieren. Ich weiß, es ist viel verlangt, und du wirst eine Menge aufgeben müssen, wenn du dich dafür entscheidest, langfristig zu mir zu gehören, also betrachte dies als ... meine Werbung um dich. So wie ich es schon den ganzen Sommer hätte tun sollen.« Er strich mir mit dem Daumen über den Handrücken. »Bitte.«

»Wer bin ich, meinem König etwas zu verwehren?«, flüsterte ich, und ein schwaches Lächeln umspielte meine Lippen.

Elias' Augen leuchteten auf, und er lachte. »Wirklich? Du wirst es versuchen?«

»Ich werde es versuchen.« Ich konnte nicht verhindern, dass mein Lächeln breiter wurde. Ihn so glücklich zu sehen bedeutete mir alles.

»Danke.« Er grinste, umfasste mit beiden Händen mein Gesicht und küsste mich.

»Also, hier schläfst du im Moment?«, fragte ich, löste mich von ihm und sah mich wieder um.

»Nein. Ich bin immer noch in meiner Wohnung in Paris.« Als ich ihm in die Augen sah, blickte er mich nach wie vor an.

»Hey, Eli.« Ich griff nach den Aufschlägen seines Smokings.

»Ja?« Er zog eine Braue hoch.

»Ich finde, du solltest mir den Weg zu deinen Schlafgemächern zeigen.«

Sein Gelächter hallte von den Wänden wider. Mir war schwindlig, und ich fragte mich, wie viele Könige in diesem Raum schon gelacht und es ehrlich gemeint hatten. Mir blieb jedoch nicht viel Zeit für derlei Erwägungen, denn Elias griff nach meiner Hand und ging schnell in die Richtung, in der ich die Schlafgemächer vermutete. Die Zimmerfluchten wirkten endlos, aber ich wusste, dass wir unser Ziel erreicht hatten, als er eine unfassbar große, goldene Tür öffnete und mich hindurchführte. Ich blieb direkt dahinter stehen und ließ seine Hand los.

»Du kannst einfach … es ist dir erlaubt, hier drin etwas zu berühren?«

»Natürlich.« Verwundert sah er mich an. »Das ist jetzt mein Schlafzimmer, falls ich mich dafür entscheiden sollte, es zu benutzen.«

»Wirst du es tun?«

»Ich weiß es nicht, Addie. Du hast mich gebeten, dich hierherzubringen. Werde ich es benutzen?«

»Ich meine, um zu schlafen.« Ich lächelte und verdrehte die Augen. »Wirst du heute Nacht hierbleiben?«

»Wirst du hierbleiben?«

»Ich glaube nicht.« Ich lachte. »Etienne und Joss wollten mich nach Hause bringen.«

»Lass dich stattdessen von mir nach Hause fahren.« Er hob die Hand und küsste sie. »*Mon trésor.*«

Schmetterlinge flatterten tief in meinem Bauch mit den Flügeln. Ich hätte in dem Moment nachgeben können, hätte nachgeben sollen, aber ich hatte Fragen, und die würden nicht weggehen, bevor ich Antworten bekam.

»Wirst du denn jetzt hier leben?«

»Nein.« Er ließ meine Hand sinken, schob aber seine Finger zwischen meine und hielt sie fest, während er sich umschaute. »Es ist irgendwie unheimlich, nicht wahr?«

»Und protzig.«

»Und protzig.« Er kicherte, dann verstummte er und sah mir forschend in die Augen. »Wozu hast du Lust?«

»Ich will, dass du im Bett von König Louis XIV. mit mir schläfst.«

»Du meinst, in meinem Bett.« Er leckte sich die Lippen, und seine Augen verdunkelten sich, während er aus seinem Jackett schlüpfte und es beiseitewarf. Bevor ich reagieren konnte, hob er mich hoch, und ich schlang automatisch die Beine um seine Hüften. Er beugte sich vor, biss mir in die Unterlippe und saugte sie in seinen Mund. »Sag es, Addie.«

»Sag was?« Es fiel mir schon jetzt schwer zu atmen, und dabei hatten wir noch nicht einmal angefangen.

»Du willst, dass dein König dich vögelt. Du willst, dass ich mich tief in dieser feuchten kleinen Pussy vergrabe.«

»Gott.« Ich stöhnte und warf den Kopf in den Nacken. Sein Mund war auf meinem Hals, er leckte und saugte und drückte seinen harten Schwanz durch die Kleider gegen mich. »Bitte.«

»Sag die Worte, Adeline.« Er biss mir seitlich in den Hals. »Sag es.«

»Ich möchte von meinem König gevögelt werden, bitte.« Meine Stimme war zittrig, unsicher.

Elias trug mich zum Bett hinüber und warf mich darauf. Es war nicht im Mindesten bequem, aber aller Komfort war vergessen, sobald Elias' Lippen meine berührten. Wir küssten uns wie hungrige Teenager und bettelten mit jeder Berührung unserer Zungen, jedem Aufeinanderprallen unserer Zähne um mehr, bissen, knabberten.

»Bitte, Eli.« Ich zog mich einen Moment zurück und hielt sein Gesicht umfasst. »Bitte. Ich kann nicht viel mehr davon verkraften.«

»Wie sehr hast du mich vermisst?«, hauchte er dicht an meinem Gesicht, den Blick ernst auf mich gerichtet, als hinge sein Leben von meiner Antwort ab.

»Mehr, als du jemals wissen wirst.«

»Gut.« Er löste sich von mir und knöpfte seine Hose auf, dann zog er sie hinunter, bis er mir entblößt gegenüberstand.

Er verschwendete keine Zeit damit, mir das Kleid auszuziehen, riss nur meinen Slip herunter und warf ihn schnell beiseite. Ich wusste, dass dies keine lange, genießerische Nacht werden würde, sondern eine schnelle, hastige Befriedigung. Wir waren beide außer uns, sehnten uns zu verzweifelt nacheinander, um es in die Länge zu ziehen.

»Sag es mir noch einmal, Addie.« Er schob sich zwischen meine Beine. »Sag mir, dass du mich vermisst hast.«

»Ich vermisse dich immer, wenn ich nicht bei dir bin.« Ich streichelte ihn einmal, zweimal, und genoss es, wie er den Kopf in den Nacken warf und stöhnte. »Ich will nicht ohne dich sein …« Ich biss mir auf die Unterlippe und brach mitten im Satz ab, als er den Blick wieder auf mich richtete und ich das Glühen in den Augen sah.

»Sag es mir.« Seine Stimme war leise, kehlig. »Sag mir, was du willst, Adeline.«

»Ich will so mit dir zusammen sein.« Ich streichelte ihn abermals. Er biss sich kräftig in die Unterlippe.

»Ohne Kondom?«

Ich nickte. Wenn er Nein sagte, wäre das für mich vollkommen in Ordnung gewesen.

»Ich habe das noch nie mit einer Frau gemacht.« Seine Lippen zuckten, und seine Lider waren halb geschlossen, als ich die Hand abermals bewegte. »Vertrauensprobleme.«

»Es ist okay, wenn du nicht …«

»Mit dir will ich es.« Er beugte sich vor, drückte seine Stirn auf meine und zwang meine Hand herunter, während er seine Lippen auf meine drückte. »Dir vertraue ich.«

»Ich bin gesund«, flüsterte ich dicht an seinen Lippen.

»Ich weiß.« Dann küsste er mich, presste grob den Mund auf meinen und teilte meine Lippen mit der Zunge. Hob die Hüften und spreizte meine Schenkel noch weiter. »Sag mir noch einmal, wie sehr du mich vermisst hast.«

»Ich habe dich so sehr vermisst.« Ich schrie auf, als er eine

Hand an der Innenseite meiner Schenkel hinaufwandern ließ und an meiner Klitoris innehielt. »So sehr.«

Einen Moment lang sah er mir in die Augen, bevor er seine schloss. Dann atmete er aus, zog mich an sich und drang mit einem langen, tiefen Stoß in mich ein, bis er mich zur Gänze ausfüllte. Ich hob die Hüften, bettelte um mehr, verlangte mehr. Er zog mein Kleid herunter, um an meinen Brustwarzen zu zupfen, während er sich weiter in mir bewegte. Mit der anderen Hand griff er zwischen uns und rieb in Kreisen meine Klitoris.

»Verdammt, das fühlt sich gut an.« Er warf den Kopf in den Nacken, und seine Hände bewegten sich mit der gleichen Gnadenlosigkeit, mit der er in mich hineinstieß.

Ich war so nah dran. So nah. Ich spürte, wie sich tief in mir der Orgasmus aufbaute und darum bettelte, herausgelassen zu werden. Elias sah mich an, seine Augen umwölkt, verführerisch und voller Lust, dann ließ er meine Brustwarze los, legte mir eine Hand um den Nacken und zog mich in einen tiefen Kuss. Seine Zunge erkundete wild meinen Mund, und er bewegte sich in mir, seine Finger auf meiner Klitoris. Das war alles, was ich brauchte, um zu kommen, und er folgte dicht hinter mir. Wir waren beide atemlos, und unsere Oberkörper bebten, während wir dalagen, im Schlafgemach des Königs, wo so viele vor uns Liebe gemacht und Geschichte geschrieben hatten. Es war berauschend und furchteinflößend gleichzeitig.

Kapitel 33

Elias

»Hast du das gesehen?« Pierre kam in mein Büro und legte einen Stapel Zeitungen vor mich hin.

Ich blickte auf die erste Überschrift. *Der Playboykönig.* Ich legte die Zeitung beiseite und nahm mir die nächste vor: *Königlicher Schürzenjäger. Der sündige König macht weiter. Ist der Thron in Gefahr?* Und als Nächstes: *Die erste Mätresse des Königs taucht auf.* Alle Fotos zeigten mich und Adeline bei der Party gestern Abend, andere die Beerdigung meines Vaters, wo ich mit Emily gewesen war, aber ganz offenkundig nicht hatte aufhören können, Addie anzusehen. Ich legte alle Zeitungen beiseite und sah Pierre an, dann stand ich auf.

»Scheiße.«

»Ich nehme an, Adeline schläft noch?«

»Ja.« Ich ließ mich mit einem tiefen Seufzer wieder auf meinen Stuhl sinken.

Gestern Abend waren wir nicht zu dem Fest zurückgekehrt. Stattdessen hatten wir das Schloss durch einen privaten Eingang verlassen und uns von meinem Chauffeur zu meiner Wohnung in Paris fahren lassen. Ich würde überall mit Adeline schlafen, wo sie es mir erlaubte, aber ich wusste nicht, ob ich mich jemals wirklich wohl dabei fühlen würde, es in einem fast vierhundert Jahre alten Palast zu tun.

Die Bürotüren öffneten sich, und Pierre und ich drehten uns um. Adeline stand in der Tür, bekleidet mit einem weißen Baumwollmorgenmantel, ihr Haar zu einem wirren Knoten hochgesteckt. Sie wedelte mit ihrem Handy herum. Ich stand wieder auf.

»Hast du das gesehen?«

»Pierre hat es mir gerade gezeigt.« Ich ging um den Schreibtisch und nahm sie in die Arme. »Es tut mir leid, Addie. Wir wollten gerade darüber reden, was wir jetzt tun sollen.«

»Ich wusste, dass das passieren würde.« Sie löste sich von mir, schlug die Hände vors Gesicht und begann im Raum auf und ab zu gehen. »Sie werden mich als Sündenbock hinstellen. Ich werde diejenige sein, die eine Verlobung auseinandergerissen hat. Oder man hält mich für deine Mätresse, wenn du weiter öffentliche Auftritte mit Emily absolvierst.«

»Es wird keine Auftritte mit Emily mehr geben.« Ich ging zu ihr hinüber und trat vor sie hin, sodass sie in ihrem Auf und Ab innehalten und mich ansehen musste. »Hey, du und ich sind ein Paar. Ein echtes Paar. Es gibt keine Emily mehr.«

»Ja, aber das weiß die Presse nicht.« In ihren Augen stand eine Frage, die sie offensichtlich nicht aussprechen wollte. Ich war mir nicht sicher, ob es an mir oder Pierre lag, aber so oder so hatte ich keine Antwort für sie.

»Wir müssen uns an die Öffentlichkeit wenden.« Ich drehte mich zu Pierre um. »Ich brauche ein Kamerateam und vertrauenswürdige Reporter, um live eine Pressekonferenz zu geben.«

»Bei allem gebotenen Respekt, aber wir haben noch nie Reporter oder sonst jemanden aus der Außenwelt in die private Residenz eines Monarchen eingeladen«, sagte Pierre. »Das können wir in Versailles machen oder auf dem Gelände eines anderen Palasts.«

»Ich will es hier machen. Ich will kein steifes Interview. Ich will, dass sie sich bei mir wohlfühlen. Ich will, dass die Öffentlichkeit sich bei mir wohlfühlt.« Ich schaute zwischen Pierre und Adeline hin und her. »Ich möchte außerdem zusammen mit Adeline einige Demonstranten bei ihnen zu Hause aufsuchen.«

»Mit mir?«

»Wir sind jetzt ein Team, erinnerst du dich?«

Sie nickte langsam und kaute auf ihrer Unterlippe. Wie sich ihr Blick umwölkte, bereitete mir Unbehagen. Würde sie kneifen, um sich vor den Medien abzuschirmen? Ich würde ihr keinen Vorwurf daraus machen. Die Presse hatte ihr in London schon einmal arg zugesetzt.

»Würdest du uns bitte entschuldigen, Pierre?«, sagte ich, ohne den Blick von Adeline abzuwenden. Ich wartete, bis die Tür sich geöffnet und wieder geschlossen hatte, bevor ich sie zu mir heranzog. »Rede mit mir.«

»Was wird aus meiner Firma? Ich habe Klienten, die ich nächstes Wochenende in London treffen muss.« Forschend sah sie mir in die Augen. »Kann ich mich mit ihnen treffen?«

»Natürlich.« Ich legte ihr die Hände auf die Schultern, um sie zu beruhigen. »Ich werde heute das Interview geben. Morgen besuchen wir einige Leute. Am Freitag fliege ich selbst für ein Meeting nach London, also können wir zusammen reisen.«

»Okay.«

»Wirst du hierbleiben?« Ich zog ein wenig den Kopf ein, sodass wir auf einer Augenhöhe waren. Sie wirkte immer noch unsicher, nickte aber trotzdem. Ich stieß den Atem aus und küsste sie behutsam auf die Lippen. »Ich finde es wunderschön, dich hierzuhaben.«

»Ich bin gern hier. Ich verstehe, warum dir deine Wohnung besser gefällt als Versailles. Sie ist erheblich weniger opulent.« Sie lächelte. »Darf ich es wagen zu sagen … normal?«

Ich lachte. »Sie ist normal.«

»Ich meine, bis auf die irrsinnige Profiküche.« Sie biss sich auf die Lippen, um nicht über meine Grimasse zu lachen. Die Küche war nicht irrsinnig. »Und die riesigen Schlafzimmer, die aussehen wie Miniappartements. Und die Tatsache, dass es kein Appartement ist, sondern ein dreistöckiges Penthouse im teuersten Wohnviertel von Paris.«

»Addie.« Erheitert legte ich den Kopf schräg. Niemand hatte mich jemals auf eins dieser Details hingewiesen. »Für mich ist das normal.«

»Vielleicht ist das, was für dich normal ist, für alle anderen unerreichbar.«

»Du bist für mich unerreichbar.«

Ihr Gesichtsausdruck wurde weicher, und sie strich mir übers Gesicht. »Ich bin jetzt hier.«

»Und ich habe vor, dafür zu sorgen, dass jede Sekunde …« Gerade als ich den Kopf senkte, um sie zu küssen und eine Hand in ihren Morgenmantel zu schieben, wurde die Tür geöffnet. Ich sog scharf die Luft ein und zog mich zurück. Was war los mit den Leuten, dass sie nicht anklopften?

»Nun denn. Ich schätze, das beantwortet meine Frage«, sagte meine Mutter und schaute zwischen mir und Adeline hin und her.

»Was machst du hier, *Maman?*«

»Ich wollte dich fragen, ob etwas an alldem dran ist.« Sie hob die Zeitungen. »Aber ich sehe, es ist wahr. Du trittst die Tradition mit Füßen, und das wegen einer Frau aus dem gemeinen Volk. Wegen dieser Frau, die dich wahrscheinlich benutzt, weil du König bist und sie das aufregend findet.«

»Vielleicht solltest du zurückkommen, wenn du bereit bist, dich zu unterhalten, ohne dabei mit dem Finger auf unschuldige Menschen zu zeigen und sie zu bezichtigen, etwas zu tun, was sie gar nicht machen.« Ich trat vor und schirmte Adeline gegen meine Mutter ab. Sie legte mir eine Hand auf den Rücken.

»Ist schon gut«, flüsterte sie.

»Nein, ist es nicht. Meine Mutter kann zurückkommen, wenn sie ein paar Manieren gelernt hat.«

»Ich gehe nirgendwohin.« Meine Mutter trat vor und setzte sich auf das Zweiersofa in meinem Büro. Sie schlug die Beine übereinander und faltete die Hände auf dem Schoß. »Vielleicht solltet ihr beide Platz nehmen und mich darüber ins Bild setzen, was ihr wegen dieses Schlamassels unternehmen werdet.«

Ich drehte mich zu Adeline um und versuchte, ihre Reaktion auf diesen Vorschlag abzuschätzen. Sie zuckte lässig die Achseln, ging an mir vorbei und setzte sich meiner Mutter gegenüber auf das andere Sofa. Dabei ahmte sie ihre Pose nach, als sei auch sie von Kopf bis Fuß in Chanel gekleidet, statt eine der winzigen, baumwollenen Pyjamashorts meiner Schwester zu tragen und dazu ein weißes T-Shirt sowie einen weißen, flauschigen Bademantel. Es war ein verblüffendes Bild: zwei Frauen, die, wenn es nach mir ging, die gleiche Position innehaben würden, aber von vollkommen unterschiedlicher Herkunft waren. Ich folgte ihrem Beispiel, nahm rechts neben Adeline Platz und legte eine Hand auf ihr entblößtes Knie.

Ich liebte meine Mutter sehr und respektierte sie außerordentlich, aber ich hatte keine Angst vor ihr. Ich hatte eine ganze Reihe von Nannys gehabt, vor denen ich gekuscht hatte, aber für Adeline wäre ich gegen sie alle in den Krieg gezogen, ohne zu zögern. Meine Mutter atmete tief durch und sah Adeline an.

»Es tut mir leid, dass ich Sie so attackiert habe. Das war nicht fair. Ich würde gern noch einmal von vorn anfangen, wenn Sie es mir erlauben.«

»Danke für Ihre Entschuldigung. Ich würde sehr gern noch einmal von vorn anfangen«, sagte Adeline, ihr Tonfall ernst, aber sanft.

»Sie müssen meinen Sohn wirklich mögen.« Es war eher eine Feststellung als eine Frage.

Adeline verkrampfte sich unter meiner Hand. Sie riss ihre Aufmerksamkeit von meiner Mutter los und sah mich an. »Das trifft zu.«

»Und Sie waren bereit, seine Hochzeit mit einer anderen Frau zu planen?« Meine Mutter räusperte sich.

»Meine Mutter hätte mich umgebracht, wenn ich das Angebot abgelehnt hätte. Wie die Dinge liegen, wird sie jetzt allerdings angesichts dieser neuen Entwicklungen ohnehin furchtbar zornig auf mich sein.« Adeline biss sich auf die Unterlippe und sah mich flüchtig an. »Ich muss sie anrufen, bevor du diese Pressekonferenz gibst.«

»Adeline hat mich nie gebeten, Emily nicht zu heiraten. Ich habe ihr den Vorschlag gemacht, dass wir einander heimlich treffen könnten, und das hat sie abgelehnt.«

»Wie lange geht das schon mit euch?« Meine Mutter sah uns beide an.

»Ein Leben lang.« Ich legte Addie einen Arm um die Schultern. »Es fühlt sich wie ein ganzes Leben an.«

»Das muss aufhören.« Meine Mutter deutete auf uns. »Ein Rang wie der unsere bringt mitunter den Verzicht auf gewisse kleine Privilegien mit sich, und dazu gehören Berührungen.« Sie hielt kurz inne und fuhr fort: »Ich lasse dir eine Liste von Dingen zukommen, die du als König definitiv nicht tun darfst. Du wirst dich niemals vor ihr verbeugen. Dein Vater hat sich nie vor mir verbeugt, und ich war von Rechts wegen Königin. Stell dir vor, was die Leute erst sagen werden, wenn du dich vor jemandem verbeugst, in dessen Adern kein königliches Blut fließt. Zurschaustellung öffentlicher Zuneigung steht ebenfalls auf dieser Liste.«

»Warum denn das?«, fragte ich. »Weil es uns menschlich erscheinen lässt?«

»Weil es dich schwach erscheinen lässt. Die Öffentlichkeit

würde sich sehr bald fragen, ob du wohl all deine Entscheidungen mit deinem Schwanz triffst.«

Hart, aber ich verstand es. Adeline holte tief Luft und stieß sie mit einem Nicken aus.

»Deine Mutter hat recht. Für genau so etwas wird mein Vater dich ans Kreuz nageln, wann immer er vor ein Mikrofon tritt.«

»Ein weiterer wichtiger Punkt«, sagte meine Mutter. »Weiß Ihr Vater darüber Bescheid?«

»Nein.«

Sie lächelte bedächtig. »Das könnte gut für uns sein. Könnte ihn ein wenig zurechtstutzen. Stellen Sie sich sein Gesicht vor, wenn er den Fernseher einschaltet und seine Tochter neben dem Mann sitzen sieht, den er hasst, und sie ihre Gefühle füreinander kundtun.«

»*Maman*«, wandte ich tadelnd ein.

Adeline lachte. Meine Mutter lächelte.

»Ich finde, das ist eine hervorragende Idee«, fügte Adeline hinzu. »Aber ich denke nicht, dass ich bei der Pressekonferenz neben Elias stehen sollte.«

»Aber natürlich, meine Liebe. Es heißt alles oder nichts«, erwiderte meine Mutter.

»Ich versuche, sie behutsam in ihre neue Position einzuführen. Ich will sie nicht verschrecken.«

»Sie wird verschreckt werden, so oder so, Elias. Sie muss wissen, worauf sie sich einlässt und was sie aufgibt.« Meine Mutter sah Adeline an. »Was machen Sie mit Ihrer Firma, wenn Sie heiraten?«

»Heiraten?« Addie richtete sich auf. »Er hat nicht … wir haben nicht …« Sie blinzelte und sah mich an. »Wir haben nicht über eine Heirat gesprochen.«

»Das hier ist keine gewöhnliche Beziehung, Adeline, bei der Sie warten können bis zur letzten Minute, um über bedeutende

Lebensveränderungen zu diskutieren. Von jetzt an werden Sie jeden Gedanken, jede Entscheidung, jeden Toilettengang mit jemandem vom Hauspersonal absprechen müssen.«

»Ich verstehe.« Adeline nickte.

»Das glaube ich nicht, meine Liebe.« Meine Mutter schenkte ihr ein mitfühlendes Lächeln. »Ich bin für diese Position erzogen worden, und ich verstehe vieles immer noch nicht. Mein Sohn ist aufgewachsen mit der Vorstellung, eines Tages König zu werden, und er hat offensichtlich große Probleme damit, dabei hat seine Herrschaft kaum begonnen.«

»Wir werden unseren eigenen Weg finden.« Ich griff nach Addies Hand und drückte sie. »Ich werde immer an ihrer Seite sein.«

»Gott steh euch beiden bei.« Meine Mutter erhob sich. »Ich fahre nach Luxemburg, es sei denn, du brauchst mich hier.«

»Wir kommen schon klar.« Ich stand auf. »Ich begleite dich hinaus.«

»Es war schön, Sie zu sehen«, sagte Adeline und machte einen leichten Knicks vor meiner Mutter. »Trotz der Umstände und meiner Aufmachung.«

»Kopf hoch, meine Liebe.« Sie zwinkerte ihr zu und ging davon.

»Ich bin gleich wieder da.« Ich küsste Addie auf die Stirn.

Kapitel 34

Adeline

Mein Magen war vollkommen verkrampft, als sie die Kameras in Elias' Büro aufbauten und den Ton überprüften. Ich stand in einer Ecke neben Pierre und Aramis. Keiner der beiden bot mir Trost, sie schienen genauso nervös zu sein wie ich – Pierre schaute alle zwei Sekunden auf sein Handy, und Aramis wippte auf den Fersen. Er trug Trainingskleidung, mit einem seitlich geschlitzten T-Shirt, das seine muskulösen Arme und den definierten Oberkörper entblößte. Die Royals standen definitiv auf Fitness.

»Das dauert zu lange«, beschwerte sich Aramis.

»Hast du eine andere wichtige Verabredung?« Pierre schob sein Handy in die Innentasche seines Anzugs.

»Nein, aber das hier macht mich höllisch nervös.«

»Mich auch«, sagte ich.

»Nun ja, Sie sind der Hauptgrund, warum wir hier sind.« Aramis sah mich an und zog eine Braue hoch.

»Erinnern Sie mich nicht daran. Ich sage mir immer wieder, dass das hier mit mir oder ohne mich passiert wäre.«

»Ja, klar.« Aramis lachte. »Mein Bruder hätte sich niemals träumen lassen, dass so etwas passieren würde. Glauben Sie mir. Seine erste Priorität war immer die Krone.«

»Das ist nach wie vor seine erste Priorität.« Ich runzelte die Stirn. »Nur weil er mit einer Außenstehenden zusammen ist, bedeutet das nicht, dass es nicht seine Priorität wäre.«

»Manch einer wird das anders sehen«, sagte Aramis. »Ich bin manch einer.«

»Nun, tut mir leid, dass Sie so empfinden.«

»Nein, Sie missverstehen mich.« Aramis drehte sich zu mir um. »Es gefällt mir. Er ist glücklich. Er war noch nie glücklich.«

»Das ist doch bestimmt nicht wahr.« Ich lachte spöttisch.

»Wir sind Schauspieler, Adeline. Wir gaukeln der Öffentlichkeit vieles vor. Wir lächeln, wir lachen, wir stolzieren vor den Kameras umher, um dafür zu sorgen, dass der Steuerzahler nicht auf die Idee kommt, dass wir zwar nicht finanziell, aber dafür emotional zu kämpfen haben. Die Leute finden, reiche Menschen hätten nicht das Recht auf Schmerz, weil sie ja schließlich Geld haben. Man redet uns das so oft ein, dass wir es irgendwann wirklich glauben.« Er lächelte nonchalant. »Aber trotzdem sind wir auch nur Menschen.«

Ich schaute ihn ein Weilchen an, diesen Mann, der seinem Bruder so ähnlich sah, und verdaute seine Worte. Natürlich ergab das, was er sagte, für mich Sinn. Es war nur kaum zu fassen, wie offen er es aussprach.

»Ich mag Sie.« Ich legte ihm eine Hand auf den Unterarm.

»Gut.« Er lächelte breit. »Ich mag Sie auch.«

Wir drehten uns wieder zu Elias um, der hinter seinem Schreibtisch saß, gekleidet in einen dunkelblauen Anzug mit einem weißen Hemd darunter. Er hatte sich dagegen entschieden, eine Krawatte zu tragen, und stattdessen den Kragen geöffnet. Sein dunkles Haar war zurückgebürstet, und sein Gesicht wies einen Bartschatten auf. Er sah so verdammt attraktiv aus, und während sein Bruder, Pierre und ich die reinsten Nervenbündel waren, wirkte Elias vollkommen gefasst.

»Bereit?«, fragte der Kameramann. Hinter ihm standen drei Reporter, alle mit gezückten Notizblöcken und Stiften, ihre Gesichter voller Eifer und Ehrfurcht.

»Bereit«, bestätigte Elias. Er sah mich an und zwinkerte mir zu. Ich lächelte, war mir aber nicht sicher, ob es glaubwürdig rüberkam, so nervös wie ich war.

»Lassen Sie uns loslegen«, sagte der Kameramann.

Wir drei hielten den Atem an, als Elias zu sprechen begann.

»Guten Abend«, begann er auf Französisch. »Sie fragen sich vielleicht, weshalb ich beschlossen habe, heute eine Pressekonferenz zu geben, und das so kurzfristig, und ich werde gleich noch darauf zu sprechen kommen. Wie Sie wissen, hat sich mein Vater in Bezug auf öffentliche Verlautbarungen stets zurückgehalten, und ich hoffe, dass das nicht das Einzige sein wird, was ich jetzt, da ich König bin, anders handhaben werde.« Er hielt kurz inne.

»Als ich heute Morgen aufgewacht bin, wurde in einer ganzen Reihe Boulevardzeitungen über mein Privatleben spekuliert. Das ist nichts Ungewöhnliches. Über mein Privatleben, ebenso wie das meines Bruders und meiner Schwester, werden Mutmaßungen angestellt und Urteile gefällt, seit ich denken kann. Es stört uns nicht, weil wir daran gewöhnt sind. Was mich stört, ist, wenn ein Unschuldiger ins Kreuzfeuer gerät, und in diesem Fall ist die betreffende Unschuldige zufällig eine Frau, für die ich viel empfinde.«

Die Reporter schauten zu mir herüber und dann wieder zu Elias. Anscheinend fragten sie sich noch immer, worauf das alles hinauslaufen sollte.

»Ich habe meine Verlobung mit Emily, der Prinzessin von Österreich, gelöst. Nicht weil sie nicht die perfekte Ehefrau für mich gewesen wäre, sondern weil es ihr gegenüber ebenso wenig fair gewesen wäre wie mir selbst gegenüber. Ich konnte keine Verbindung eingehen, von der ich nicht vollkommen überzeugt war. Es ist so: Ich treffe mich schon seit einer ganzen Weile mit einer anderen Frau. Sie entstammt keiner langen Linie von königlichem Blut oder einer Familie von Rittern. Sie arbeitet hart und ist, wie einige Leute sagen würden, eine Frau aus dem gemeinen Volk, aber es ist nichts Ordinäres an ihr, ebenso wenig wie an Ihnen.«

Die drei Reporter schnappten nach Luft. Sie sahen mich an, dann Elias und dann wieder mich, bevor sie etwas auf ihre Notizblöcke kritzelten. Mein Magen krampfte sich zusammen. Aramis drückte meinen Arm, und Pierre trat solidarisch an meine andere Seite.

»Sie hat mir die Augen geöffnet für Tatsachen, denen ich anderenfalls nicht ausgesetzt gewesen wäre. Für sie bemühe ich mich darum, ein besserer Mensch zu werden, und sie weist mich auf meine Fehler hin, damit ich sie beheben kann. Mit ihr an meiner Seite werde ich einige Menschen besuchen, die von der Wirtschaftskrise betroffen sind, mit der wir es gegenwärtig zu tun haben, und mit ihr gemeinsam hoffe ich zu heilen, was in unserem gegenwärtigen System krank ist.« Er lächelte schwach. »Und obwohl ich meinen Thron nicht aufgeben oder auf die Krone verzichten werde, wie einige von Ihnen es sich vielleicht erhoffen, bete ich, dass sie mir hilft, zu einem König zu werden, auf den Sie stolz sein können.« Er nickte knapp. »*Dieu te bénisse.* Wir werden bald wieder miteinander reden.«

Der Kameramann zählte von zehn bis eins herunter, bevor er »Schnitt!« sagte und die Kamera ausschaltete. Er verließ bereits den Raum, als die drei Reporter vortraten. Pierre ging zu ihnen hinüber.

»Sie können jetzt Ihre Fragen stellen«, teilte er ihnen mit, »aber behalten Sie dabei im Kopf, dass der König das Recht hat, die Antwort auf jedwede Frage zu verweigern, die er nicht beantworten will.«

»Dürfen wir ihr Fragen stellen?«, fragte die einzige Frau unter den dreien und zeigte mit der Spitze ihres Stifts auf mich.

»Das kommt nicht infrage«, sagte Elias und sah mich an. »Es sei denn, sie will es anders.«

Ich dachte darüber nach, was seine Mutter mir gesagt hatte. Dies war ein Spiel um alles oder nichts. Ich hatte bereits meine eigene Mutter angerufen und ihr erzählt, was geschehen war, damit es sie nicht völlig überrumpelte, und nach einer Menge Gebrüll und bösen Worten hatte sie sich anscheinend ein wenig beruhigt … obwohl es mich nicht überraschen würde, wenn sie morgen früh auf Elias' Türschwelle stand. Ich holte tief Luft. War ich bereit? Wirklich bereit?

»Ich bin noch nicht so weit.« Ich lächelte die Reporter an. »Ich will nur eins sagen – die Medien haben mich in der Vergangenheit sehr unfair behandelt, und ich hoffe, dass sich das ändert.«

Sie schrieben das auf. Dann ergriff die Frau wieder das Wort. »Sind Sie glücklich? Und sind Sie wirklich eine Frau aus dem gemeinen Volk?«

»Mir gefällt das Wort *gemein* nicht, um über jemanden zu sprechen, aber ja, ich bin eine gewöhnliche Bürgerin.« Ich lächelte und sah Elias an. Er beobachtete mich mit ernster Miene, aber ich konnte das Lächeln in seinen Augen sehen. »Und ich bin sehr glücklich.«

»Wie heißen Sie?«, fragte einer der Männer.

»Adeline Bouchard.«

»Ist Ihr Vater Louis Bouchard?«, hakte er nach. »Aus dem Kabinett des Königs?«

»Ja«, bestätigte ich.

»Haben Sie sich über ihn kennengelernt?«, wollte der andere Mann wissen.

»Nein. Es hat nichts mit meinem Vater zu tun.«

»Wie steht er dazu, dass Sie mit einem Mann zusammen sind, den er ständig kritisiert?«

»Ich bin nicht die Aufseherin meines Vaters.« Ich behielt

das Lächeln auf meinem Gesicht. »Das müssen Sie ihn selbst fragen.«

Der andere Reporter wollte mir eine weitere Frage stellen, aber Pierre unterbrach ihn.

»Richten Sie Ihre Fragen bitte an den König«, schaltete er sich ein. »Adeline hat Fragen abgelehnt und Ihnen trotzdem einiges beantwortet. Sie werden warten müssen, bis sie so weit ist, sich offiziell mit Ihnen zusammenzusetzen.«

Danach ließen sie mich in Ruhe und bombardierten weiter Elias mit Fragen. Aramis sprach davon, mich in seine Wohnung zu bringen, die sich anscheinend im selben Gebäude befand. Ich hatte keine Ahnung, ob er versuchte, mich von meiner Nervosität abzulenken, oder ob er wirklich reden wollte, aber ich wusste es trotzdem zu schätzen. Als die Reporter den Raum verließen, informierte Pierre mich darüber, dass eine Stylistin kommen würde, die mir Kleider und Freizeitkleidung für die Veranstaltungen bringen würde, die für den Rest der Woche anberaumt waren.

Kapitel 35

»Was ist denn an meiner eigenen Kleidung auszusetzen?«, fragte ich Pierre.

Die Stylistin brachte mir wunderschöne Abendgarderobe, und ich würde sie definitiv anziehen, wenn nötig, aber wenn wir Familien besuchten, die kaum etwas zu essen hatten, wollte ich keine schicken Sachen tragen.

»Königinnen tragen Bleistiftröcke und konservative Kleider«, antwortete er. »Keine aufgerissenen Jeans.«

»Ich bin keine Königin.« Ich grinste.

»Noch nicht.« Er zog eine Braue hoch.

Mein Grinsen erstarb, und in meiner Magengrube breitete sich Unbehagen aus. Noch nicht? Ich war mir nicht sicher, wie ich dazu stand. Ich liebte Elias. *Liebte* ihn. Aber für dieses Leben mein eigenes aufzugeben? Was würde ich denn dann machen? Hier herumsitzen, wie ich es in den beiden letzten Tagen getan hatte, während er loszog, um sich mit dem Kabinett zu treffen und zu arbeiten? Im Strandhaus hatte ich schon genug herumgesessen, und ich war so ungeeignet dafür, dass ich die Buchhandlung meines Onkels auf den Kopf gestellt hatte. Ich verließ den Raum und ging in die Küche, wo Sheriff, der Koch, das Mittagessen servierte.

»Ich glaube, Ihnen ist nicht ganz klar, dass dort alle Augen auf Sie gerichtet sein werden. Es werden Reporter vor Ort sein«, sagte Pierre. »Sie können nicht in billiger Jeans und T-Shirt gehen.«

Ich blieb stehen und drehte mich zu ihm um. »Zuerst einmal: Das sind Designerjeans. Eben welche mit Löchern.«

»Sie haben Geld für diese Löcher bezahlt?« Er runzelte die Stirn. »Warum?«

»Sie sind ein Idiot.« Ich lachte. »Ernsthaft, lassen Sie mich mal machen, auf meine Weise. Ich ziehe auch Jeans ohne Cut-Outs an, wenn Sie unbedingt wollen.«

»Ich weiß nicht.« Er hob den Klemmblock hoch. »Ich habe hier eine Checkliste, und da steht ausdrücklich drin: Bleistiftröcke und kniebedeckende Kleider.«

»Ist das … zeigen Sie mir diese Checkliste.« Ich nahm ihm den Klemmblock aus der Hand und betrachtete die Liste. »Ich muss mein Haar zu einem Knoten frisieren? Warum?«

»Woher zum Geier soll ich das wissen? Ich habe noch nie einer Frau beim Anziehen geholfen.«

»Stellst du schon wieder meiner Freundin nach, Pierre?«

Beim Klang von Elias' Stimme lächelte ich breit, ging schnell den Flur entlang und beobachtete, wie er die Hemdsärmel hochkrempelte. Als er mich sah, erwiderte er mein Lächeln und küsste mich.

»Ich hab dich vermisst.«

»Ich hab dich auch vermisst.« Ich küsste ihn wieder und wieder und wieder. Als ich mich von ihm löste, zeigte ich auf Pierre. »Das hier wird nichts. Du musst ihn das nächste Mal mitnehmen.«

»Ich dachte, du hättest gern einen Freund hier.« Elias kicherte. »Was hast du getan, Pierre?«

»Du hast mir die Aufsicht über eine unmögliche Frau übertragen. Ich habe gar nichts getan.«

»Unmöglich?«, japste ich. »Er will, dass ich bei den Besuchen heute ein Kleid trage oder einen Bleistiftrock.«

»Sie will anbehalten, was sie gerade trägt.« Pierre warf Elias einen vielsagenden Blick zu.

Elias musterte mich kurz. »Was ist an daran auszusetzen? Sie sieht höllisch sexy aus.«

»Natürlich sagst du das.« Pierre schüttelte den Kopf. »Und ich widerspreche dir da nicht.« Er hob eine Hand und lachte. »Und ich stimme dir nicht zu. Verdammt, ich kann überhaupt nichts mehr sagen.«

»Ich habe gesagt, dass ich Jeans ohne Cut-Outs anziehen würde, wenn er sich dann wohler fühlt, aber es stößt bestimmt nicht auf große Begeisterung, wenn ich im Saint-Laurent-Kleid dort aufkreuze. Ich würde mich an ihrer Stelle dafür hassen.«

»Sie hat recht.« Elias küsste mich auf den Kopf. »Vielleicht sollten wir beide Jeans tragen.«

»Die Checkliste …« Pierre nahm mir das Klemmbrett wieder ab und hielt es hoch.

»Ach du meine Güte, scheiß auf die Checkliste«, sagte ich. »Wir ziehen beide Jeans an. Eli kann in dem Hemd hingehen, das er gerade trägt, dann wirkt es halbwegs formell.«

»Das ist nicht halbwegs formell«, wandte Pierre ein. »Sobald man Jeans dazu anzieht, wird es informell.«

»Hören Sie zu, Soldat«, sagte ich. »Ich verspreche Ihnen, dass Jeans in Ordnung sind.«

»Lass uns einfach tun, was Addie möchte«, entschied Elias.

»Das solltest du lieber nie in der Öffentlichkeit sagen.« Pierre schüttelte den Kopf. »Ich schwöre, Liebe ist gleichbedeutend mit Kastration.«

»Fick dich.« Elias lachte auf.

»Zumindest hast du zurzeit immer gute Laune«, sagte Pierre, bevor er mit seinem blöden Klemmblock wegging.

»Das liegt daran, dass ich wirklich glücklich bin.« Elias umarmte mich. Ich schaute lächelnd zu ihm auf, dann schlang ich ihm die Arme um die Hüften.

»Bist du sicher, dass du für diese Sache heute schon bereit bist?«, fragte er.

»Ich bin total bereit. Und du?«

»Ich bin es, wenn du bei mir bist. Um die Wahrheit zu sagen, ich habe Angst davor, dass sie mich hassen werden. Am Tag meiner Krönung wurden so viele Schilder hochgehalten, auf denen schreckliche Dinge über mich standen.«

»Niemand, der dich kennt, kann dich jemals hassen.« Ich küsste ihn auf die Brust und löste mich von ihm. »Wir sollten uns fertigmachen.«

Kapitel 36

Elias

Adeline hatte recht, was die Jeans betraf. Sobald unser Wagen vor dem ersten Haus vorfuhr, das wir besuchen sollten, wusste ich, dass es die richtige Entscheidung gewesen war. Es war ein ganz normales Wohnviertel. Die Dächer brachen nicht ein, und soweit ich wusste, gab es hier fließendes Wasser, aber trotzdem war ich definitiv noch nie in einer solchen Gegend gewesen. Addie hatte mit ihrem Urteil über mich und meine schicke Wohnung recht gehabt.

»Wir können nicht Händchen halten«, flüsterte Addie, als ich stehen blieb und versuchte, nach ihrer Hand zu greifen.

»Addie.«

»Ich meine es ernst, Eli. Ich sollte nicht einmal neben dir hergehen. Man hat mich den ganzen Tag darüber belehrt, während du fort warst«, fügte sie hinzu. »Geh vor mir her, ich werde dir folgen.«

Sie hatte nicht unrecht. So wollte es die Tradition. Wenn ich ehrlich zu mir selbst war, hatte ich bis zu diesem Moment nie viel darüber nachgedacht. Es wurde eben einfach so erwartet. Aber trotzdem verabscheute ich diese Tradition jetzt.

Ich folgte meinen Sicherheitsleuten zur Tür, während Addie hinter mir herzockelte, dicht gefolgt von Pierre. Kurz nachdem der Leiter der Security angeklopft hatte, wurde die Tür geöffnet. Er wurde hereingebeten, um die Situation in Augenschein zu nehmen, und als er wieder herauskam, gab er uns ein Zeichen, dass alles in Ordnung war. Wir hatten bereits zwei

Wachposten im Haus, aber man durfte sich niemals allzu sicher sein. Diese Lektion hatte ich vor einigen Jahren gelernt, als jemand versucht hatte, mich zu töten – nicht weil er mich hasste, sondern weil ich der Kronprinz war und die Menschen schon damals verzweifelt gewesen waren. Die Frau an der Tür, die wahrscheinlich in ihren Dreißigern war, machte einen Knicks, als sie mich sah.

»Bitte, kommen Sie herein. Danke, dass Sie uns besuchen.«

»Danke, dass Sie mich empfangen«, erwiderte ich.

Ihre Miene hellte sich sofort auf, und es überraschte mich zu wissen, dass so schlichte Worte so viel verändern konnten.

Ihren Gatten erkannte ich sofort. Ich würde den Mann, der mit ausgezehrtem Gesicht dieses scheußliche Schild hochgehalten hatte, nicht allzu bald vergessen. Er hatte sich den Bart abrasiert und trug ein bedrucktes schwarzes T-Shirt. Ich erkannte das Logo der Bergbaugesellschaft der Krone. Er arbeitete also für mich. Im Prinzip. Er machte eine tiefe Verbeugung. Als er sich aufrichtete, hielt ich ihm die Hand hin, und er schüttelte sie.

»Ich hätte nie gedacht, dass ich jemals einen König empfangen würde«, sagte er. Als er lächelte, sah ich, dass ihm einige Zähne fehlten. Ich erwiderte sein Lächeln.

»Ich auch nicht, aber ich freue mich, hier zu sein.«

»Nehmen Sie doch bitte Platz«, lud seine Frau mich ein. Sie drehte sich zur Tür um, und ich wusste sofort, dass Addie eingetreten war, denn das Lächeln der Frau war breit und strahlend. »Sie sind die Frau aus dem gemeinen Volk.«

»Ich bin die Frau aus dem gemeinen Volk«, bestätigte Addie mit einem unbeschwerten Lachen. »Es ist mir eine solche Freude, Sie kennenzulernen, Madame Lefebre. Sie haben ein wunderschönes Zuhause.«

»Oh, bitte.« Monsieur Lefebre tat das Kompliment mit einer knappen Handbewegung ab. »Sie wohnen jetzt im Palast. Das hier ist nicht Versailles.«

»Das ist es nicht«, stimmte Addie ihm zu. »Hier ist es viel gemütlicher. Viel heimeliger.« Sie zwinkerte ihm zu.

Die Lefebres lachten. Mir schwoll das Herz in der Brust. Wenn ich je daran gezweifelt hätte, dass sie die perfekte Frau für mich war, hätten sich diese Zweifel jetzt verflüchtigt. Wir setzten uns ins Wohnzimmer, tranken Kaffee und sprachen über die Sorgen der Menschen. Ich hatte ihnen eine Summe mitgebracht, mit der sie einige Monate lang gut über die Runden kommen würden, und sie nahmen das Geld dankbar entgegen, aber was sie wirklich von mir wollten, war das Versprechen, dafür zu sorgen, dass sie sich ihre Lebensmittel selbst leisten konnten, sobald mein Zuschuss zur Neige ging, und ich sicherte es ihnen zu. Inzwischen war ich mit dem saudischen Kronprinzen zu einer Übereinkunft gekommen – am Wochenende würde ich ihn in London treffen und mich vergewissern, dass er die Zusagen, die er mir am Telefon gemacht hatte, auch halten würde.

Wir besuchten noch vier weitere Häuser und erlebten überall einen ähnlichen Empfang wie bei den Lefebres, und ich wusste ohne jeden Zweifel, dass nichts davon ohne Adeline an meiner Seite möglich gewesen wäre.

Kapitel 37

Adeline

»Nun, zumindest klingt es in der Klatschpresse schon mal besser«, stellte Joslyn fest.

Die frischgebackene Sekretärin von Prinzessin Pilar hatte sich Urlaub genommen, um nach London zu kommen und mir zu helfen, das Haus auszuräumen. Ich hatte bereits eine kleinere Wohnung in derselben Straße gemietet und würde das Haus schrecklich vermissen. Es ergab jedoch keinen Sinn, eine so große Wohnung für mich allein zu behalten. Nicht, wenn ich nicht einmal wusste, ob ich in den nächsten Monaten überhaupt hier sein würde.

Es klingelte an der Tür, dann ein zweites und ein drittes Mal, und Joss und ich hielten inne und sahen einander an. Ich stand langsam auf und ging zur Tür. Elias' Security-Team war bei mir, während er an diesem Wochenende Meetings hatte, daher öffnete einer der Männer die Tür für mich.

»Das ist das Haus meiner Tochter, und ich will sie sehen«, hörte ich meine Mutter sagen. Ich stieß den Atem aus.

»Mutter, was machst du hier?«

»Sag du mir, was du hier machst«, antwortete sie und wedelte mit einer Zeitung. Aus Angst, dass sie mich damit schlagen würde, zog ich den Kopf ein – sie sah aus, als sei sie in diesem Moment durchaus dazu imstande. »Ich musste aus einer Klatschzeitung erfahren, dass du in der Stadt bist.«

»Ich bin gerade erst angekommen«, antwortete ich. Sie sah sich um und warf mir dann einen zornigen Blick zu. Ich wand mich innerlich. »Ich bin gestern Abend angekommen und wollte dich anrufen, sobald ich mit dem Packen fertig bin. Ich muss ohnehin ins Büro und einiges regeln, und morgen habe ich ein Treffen mit den Wesleys.«

»Spar dir das, Adeline.« Meine Mutter stürmte an mir vorbei und warf die Zeitung auf meine Theke. »Oh, und du bist ebenfalls hier? Kein Telefonanruf, Joslyn?«

»Ich bitte um Entschuldigung. Aber ich wollte morgen mit Addie ins Büro kommen und hatte gehofft, dass ich Sie dort sehen würde.«

»Schwachsinn. Das gilt für euch alle beide.« Meine Mutter schüttelte den Kopf und ging im Raum auf und ab, wie ich es tat, wenn ich nicht wusste, wie ich mit meinen Gefühlen fertigwerden sollte. Ich bewahrte Stillschweigen. Joss biss sich auf die Unterlippe und beobachtete sie.

»Du bist jetzt also mit dem König von Frankreich zusammen.«

»Das habe ich dir doch erzählt.« Ich hob einen Finger. »Vergiss es, Mutter. Ich habe dich als Erste angerufen.«

»Zwei Stunden, bevor die Pressekonferenz gesendet wurde, Adeline.« Sie blieb stehen und drehte sich zu mir um. »Wie ernst ist es?«

»Richtig ernst.«

»Was hältst du davon, Joslyn?«, fragte meine Mutter. »Jetzt, da du mit der königlichen Familie dicke bist. Was hältst du davon, dass meine Tochter mit dem König zusammen ist?« Sie schüttelte den Kopf. »Es kommt mir schon komisch vor, das überhaupt auszusprechen.«

»Ich war zu Anfang dagegen, aber ich habe den Eindruck, sie bedeutet ihm wirklich viel. Und sie ist glücklich.« Joss zuckte die Achseln. »Was soll's.«

Meine Mutter runzelte die Stirn. »Was soll's?«

»Es gefällt mir«, antwortete Joss. »Es ist … ach, egal. Der Punkt ist, die beiden gefallen mir zusammen.«

»Er wohnt hier? Oder ist diese Security jetzt die neue Norm für dich?«

»Beides«, sagte ich. »Die Klatschpresse interessiert sich für mich, daher müssen wir vorsichtig sein, aber er wohnt auch hier. Er sollte jeden Moment nach Hause kommen.«

»Nach Hause.« Meine Mutter lachte. »Das ist auch so ein Punkt. Wo ist dein Zuhause denn jetzt eigentlich? Wirst du immer hin und her reisen? Sieh dir nur an, wie gut das bei deinem Vater und mir funktioniert hat.« Sie zog eine Braue hoch. »Oder gibst du deine Firma auf? Was wird aus *Pirouette Events*, jetzt, da du Königin wirst?« Sie schnappte nach Luft und schlug sich eine Hand auf den Mund. »Wirst du Königin?«

Die Sicherheitsleute sagten etwas, gleich darauf öffneten sie die Tür, und Elias trat ein und kam ins Wohnzimmer. Blieb stehen und schätzte die Lage ab – Joss auf dem Boden, umgeben von Kartons, meine Mutter und ich mitten in einem Schlagabtausch.

»Hey«, sagte ich und lächelte sanft.

»Hey«, antwortete er und lockerte seine Krawatte. Er nickte meiner Mutter zu. »Madame Bouchard.«

»König Elias.« Sie machte rasch einen Knicks vor ihm.

Eigentlich hätte ich es der Tradition folgend ebenfalls tun sollen, aber ich wusste, dass Elias es hasste, wenn ich vor ihm knickste, wenn wir unter uns waren, und rief es mir ständig ins Gedächtnis. Es wäre etwas anderes, wenn wir uns in der Öffentlichkeit befänden und er den Raum beträte, aber das war bisher noch nicht passiert. Er kam auf mich zu, die abgestreifte Krawatte in einer Hand, legte mir die andere Hand auf die Schulter und küsste mich behutsam auf die Lippen.

»Ich hab dich vermisst«, flüsterte er.

Ich sah ihn lächelnd an. »Meine Mutter hat gerade versucht herauszufinden, wie es um uns steht.«

»Nein. Ihre Mutter hat versucht herauszufinden, ob das hier wirklich passiert oder nicht und wie schlimm ihr Herz gebrochen sein wird, wenn alles vorbei ist.«

»Nun, ich hoffe, dass es dazu niemals kommen wird«, sagte er und drückte meine Schulter. »Ich erwarte nicht, dass dies jemals endet.«

»Dann wird sie also Königin?« Meine Mutter riss die Augen auf.

»Ich finde, es ist noch ein wenig zu früh, um darüber zu sprechen.« Ich warf ihr einen Blick zu, der sie hoffentlich zum Schweigen bringen würde.

Ich wollte nicht über Verlobung reden, wenn ich noch nicht einmal mit Elias darüber gesprochen hatte. Wollte ich eine Verlobung? Ja. Den Rest meines Lebens mit ihm verbringen zu dürfen wäre ein wahr gewordener Traum. Auch wenn er nicht von königlichem Geblüt gewesen wäre, hätte ich mir ein Märchen-Happyend mit ihm gewünscht, aber ich wollte nichts überstürzen.

»Darüber müssen Ihre Tochter und ich uns noch unterhalten«, sagte er. Ich konnte das Lächeln in seiner Stimme hören, ohne ihn auch nur ansehen zu müssen. Ich hielt meine Aufmerksamkeit auf meine Mutter gerichtet.

»Und wie stehen Sie zu der Frage mit *Pirouette Events?*«, fragte sie. »Die Firma würde sie aufgeben müssen, nicht wahr?«

»Bedauerlicherweise ja«, bestätigte er. »Sie könnte Ihnen nach wie vor helfen, wann immer sie das will und die Zeit dazu findet, aber angesichts meiner Visionen für Frankreich wird sie alle Hände voll zu tun haben.« Er lächelte mich an. »Sie wird sich nicht langweilen wie jetzt gerade.«

»Ich langweile mich nicht.« Ich schürzte die Lippen.

»Du hast meinen Kleiderschrank umgeräumt, Adeline. Ich bezahle Leute dafür, das für mich zu tun.« Er musterte mich.

»Okay, ich langweile mich ein kleines bisschen.«

Er lachte leise und sah wieder meine Mutter an. »Also, haben Sie sonst noch Fragen?«

»Bekomme ich für meine Besuche bei meiner Tochter ein Zimmer?«

»Mutter!«, stieß ich hervor.

»Es werden Ihnen jede Menge Räume zur Verfügung stehen, unter denen Sie wählen können.« Elias grinste.

»Schön. Ich werde versuchen, mich damit zu arrangieren. Aber wenn ich das nächste Mal zuerst aus den Medien erfahre, dass du in der Stadt bist, haben wir ein Problem.«

»Es kommt nicht wieder vor.«

Sie griff nach ihrer Handtasche. »Ich muss zu einem Meeting. Willst du, dass ich morgen alles regele, damit du nicht ins Büro zu gehen brauchst?«

»Ich muss ohnehin ins Büro, einige Dinge zusammenpacken«, antwortete ich, außerstande, den Kummer in meiner Stimme zu verbergen. Ich blinzelte die Tränen weg. Elias zog mich an sich und küsste mich auf den Kopf, als wolle er mich daran erinnern, warum ich dies tat, dafür war ich ihm dankbar.

»Also, bis dann.« Meine Mutter kam zu mir, küsste mich auf die Wange und trat vor Elias hin, unsicher, was sie tun sollte. Er ließ mich los und küsste sie seinerseits auf die Wange. Errötend verabschiedete sich meine Mutter von Joss und verließ den Raum.

»Ich glaube nicht, dass ich sie jemals habe rot werden sehen«, bemerkte ich.

»Das war großartig.« Joss lachte und verstummte dann abrupt. »Hätte ich mich vor Ihnen verbeugen sollen, als Sie hereingekommen sind? Falls ja … mir war das Bein eingeschlafen, und ich konnte nicht aufstehen, daher werden Sie mir meine Zwanglosigkeit verzeihen müssen. Außerdem ist es seltsam «

Elias lachte. »Tun Sie es einfach nur, wenn noch andere Leute im Raum sind, damit sie nicht denken, ich sei weich geworden.«

»Bist du weich geworden?« Ich lächelte und sah zu ihm auf.

»In deiner Gegenwart? Niemals.« Er zwinkerte mir zu.

Und jetzt war ich es, die errötete.

Kapitel 38

Elias

»Wohin fahren wir?« Adeline schaute aus dem Autofenster wie ein Kind auf einer langen Fahrt. Ich würde es niemals müde werden, sie anzusehen, aber der Anblick weckte in mir die Sehnsucht nach Miniatur-Addies, die mit dem gleichen Gesichtsausdruck umherliefen.

»Ich möchte dich jemandem vorstellen, der mir sehr wichtig ist.«

»Wer ist es?« Sie drehte sich zu mir um. »Ich bin nicht passend angezogen, um jemand Wichtigen kennenzulernen.«

»Das ist schon okay, vertrau mir.«

»Sicher? Denn wenn wir bei deiner Mutter zu Hause so auftauchen würden, würde sie mich dafür verurteilen.«

»Sie wird dich nicht verurteilen.« Ich lächelte und griff nach ihrer Hand, während der Wagen vor dem kleinen ländlichen Cottage vorfuhr. »Wir sind da.«

»Oh.« Adeline runzelte die Stirn. »Damit habe ich nicht gerechnet.«

Wir stiegen aus dem Wagen, und die Security begleitete uns bis zur Haustür. Diesmal ließ ich nicht zu, dass Addie hinter mir blieb. Ich hielt sie bei der Hand, den ganzen Weg bis zum Haus. Als die Tür geöffnet wurde und Nana auf der Schwelle erschien, schenkte sie uns ein breites Lächeln, und ich wusste, dass es richtig gewesen war, Addie hierherzubringen, auch unangemeldet.

»Nun, nun«, sagte Nana und hielt die Tür für uns auf.

»Adeline, das ist meine Nana. Nana, das ist Adeline, meine Freundin«, machte ich die beiden miteinander bekannt und ließ Adelines Hand los, damit ich Nana umarmen konnte.

»Eine Freundin«, sagte Nana und schlang die Arme um mich. »Ich wusste, dass dieser Tag kommen würde.« Als Nächstes drehte sie sich zu Addie um und betrachtete sie eingehend, bevor sie sie umarmte. »Ich mag Sie jetzt schon.«

Wir gingen hinein, und Nana kochte uns Tee und stellte Addie eine Million Fragen.

»Nana, ich habe sie nicht hierhergebracht, damit du sie ins Verhör nimmst«, sagte ich.

»Es macht mir nichts aus.« Addie lächelte mich an. »Wie lange waren Sie Elis Nanny?«

»Von seiner Geburt an bis zu seinem siebzehnten Geburtstag.« Nana zog eine Braue hoch. »Er war meistens ein braves Kind. Aramis dagegen …« Sie schüttelte den Kopf. »Ich habe Patty von Herzen bedauert, dass sie sich mit diesem Jungen abgeben musste.«

»Das kann ich mir vorstellen«, sagte Addie lachend. »Besuchen Sie ihn denn manchmal?«

»Eigentlich nicht. Die beiden kommen ab und zu her, wenn sie sich daran erinnern, dass ich existiere.« Sie zwinkerte Elias zu.

»Ich besuche dich immer.« Ich runzelte die Stirn. »Ich habe jetzt einfach nur mehr Verpflichtungen.«

»Weiß ich doch. Das war ein Scherz. Wie läuft es für dich?«

»Gut. Ich denke, es ist alles gut. Ich habe mich einige Male mit dem Kabinett getroffen. Zwei Mitgliedern des Kabinetts vertraue ich uneingeschränkt, und beiden habe ich meine Idee bereits vorgestellt. Ich hoffe, dass ich gegen Ende des Monats auch den anderen davon erzählen kann.«

»Um was für eine Idee geht es?«, fragte Addie.

»Meine Idee das Parlament betreffend.«

»Oh.« Ihre Augen weiteten sich. »Jetzt schon?«

»Ich nehme an, dass wir lange brauchen werden, um die Sache auszufeilen, daher fangen wir lieber sofort an.«

»Und das Volk wird wählen, wer ins Parlament kommt?«

»Ja.«

»Also gefällt es dir, wie die Engländer das machen?« Sie grinste.

»Erzähl es niemandem.« Ich stieß sie an.

»Dein Geheimnis ist bei mir sicher.« Sie lachte.

»Ich werde natürlich ein ausreichendes Mitspracherecht behalten, aber es wäre erheblich demokratischer als das, was wir jetzt haben.«

»Mein Vater wird begeistert sein«, murmelte sie und sah selbst alles andere als begeistert aus.

»Vielleicht wird er denken, seine Tochter sei die treibende Kraft hinter alldem gewesen.«

»Das ist mir egal.« Sie zuckte die Achseln und sah Nana an. »Mein Vater redet nicht mehr mit mir, wegen eines Fehlers, den ich in der Vergangenheit begangen habe, und meine Beziehung zu Elias war diesbezüglich nicht gerade hilfreich.«

»Oh, das tut mir leid, Liebes. Das muss schwierig sein.«

»Wissen Sie was? Überraschenderweise ist es das nicht«, sagte Addie. »Ich fühle mich irgendwie … frei. Das ist grässlich, nicht wahr?« Ihre Schultern sackten ein klein wenig herunter.

»Es ist nicht grässlich. Es ist menschlich.« Ich legte ihr eine Hand aufs Knie.

Sie lächelte mich an.

»Ihr zwei seht wunderschön aus zusammen«, bemerkte Nana. »Eure Kinder werden zauberhafte kleine Engel sein.«

»Nicht so schnell, Nan.« Ich kicherte, weil ich mir nicht sicher war, wie Addie reagieren würde, aber als ich sie ansah, lächelte sie immer noch, und ich fühlte mich schon erheblich wohler.

Wir blieben den ganzen Nachmittag bei Nana und redeten einfach nur, wie ganz normale Menschen, wie all die Männer und Frauen aus dem gemeinen Volk, auf die mein Vater all die Jahre hinabgeblickt hatte und wie er es mich zu lehren versucht hatte, und ich fühlte mich … frei.

Kapitel 39

Adeline

Ich lebte jetzt offiziell seit einem Monat in Paris, und wie Elias versprochen hatte, langweilte ich mich nicht im Mindesten. Ich pendelte immer noch zwischen London und Paris hin und her, was nicht besonders erfreulich war, wie meine Mutter prophezeit hatte. Es war anstrengend und würde definitiv bald nervig werden, aber ich genoss es, Elias in Angelegenheiten der Krone zu helfen und ihn zu treffen, wann immer sich eine Gelegenheit bot. Er war so beschäftigt damit gewesen, alles für das Parlament und eine demokratischere Regierung vorzubereiten, dass er kaum Zeit gefunden hatte, um zwischendurch zu schlafen, geschweige denn, um nach London zu reisen und mich zu besuchen. Joslyn und Pilar hatten mir Gesellschaft geleistet, wenn ich in der Stadt gewesen war und er sich in seinem Büro verschanzt oder Kabinettssitzungen in Versailles abgehalten hatte.

Ich war gestern nach Paris gekommen und direkt in ein Heim für missbrauchte Frauen gefahren, wo ich im Namen der Krone mit den Bewohnerinnen Tee getrunken hatte. Das gehörte zu dem Wohltätigkeitsprogramm, das Elias eingerichtet hatte – Elias selbst, Aramis, Pilar und ich würden solche sozialen Projekte unterstützen und Stiftungen gründen. Er nahm sich definitiv ein Beispiel an den Engländern, und ich war hergekommen, um ihm dabei zu helfen, den Weg zu ebnen. Heute musste ich für ein Meeting nach London zurückfliegen, und ich hatte meinem Onkel versprochen, danach nach Marbella zu kommen, um an der großen Eröffnung seiner Buchhandlung teilzunehmen. Am Dienstag würde ich bereits wieder in Paris sein und am Donnerstag in London und am Sonntag darauf in Paris. Es war ein straffes Programm, aber für Elias würde ich die Last fürs Erste auf mich nehmen.

Wenn wir zusammen waren, diskutierten wir immer erst über alles, bevor wir uns in den Armen des anderen verloren. Wenn wir morgens aufwachten, frühstückten wir zusammen, bevor wir unser jeweiliges Tagwerk angingen. Heute war das nicht anders. Ich hatte gerade eine kleine Reisetasche für meinen Trip gepackt; da ich alles, was ich brauchte, ebenso hier wie in London hatte, war nicht viel vorzubereiten. Ich musste nur warten, bis Elias mit dem Meeting in seinem Büro fertig war, damit er mich zum Flughafen bringen konnte. Fürs Erste würde ich in einem Privatjet der Krone fliegen, den die Familie und ihre Angestellten benutzten. Ich wollte das nicht, aber ich wollte auch nicht von wild gewordenen Kameramännern verfolgt werden, die mich mit Fragen nach einer bevorstehenden Verlobung löcherten. Den Klatschzeitungen und sämtlichen Social-Media-Kanälen in Frankreich zufolge wünschten sich die meisten, dass wir heirateten und eine Familie gründeten.

Ich ging an seinem Büro vorbei, bemerkte, dass die Tür einen Spalt offen stand, und drosselte mein Tempo. Vielleicht war er mit seinem Meeting schon fertig. Als ich Stimmen hörte, blieb ich stehen und wartete draußen vor der Tür.

»Nun, ich muss schon sagen, es hat Ihnen bei der Presse wirklich geholfen, sie zu Ihrer Freundin zu machen«, sagte eine Männerstimme.

»Es hat Vertrauen aufgebaut«, erklärte Elias.

»Alles wegen einer Frau aus dem gemeinen Volk«, antwortete der Mann. Ich konnte ihn nicht sehen, aber ich hörte die Ehrfurcht in seiner Stimme. »Sie sollten sie an Ihrer Seite behalten, bis das Parlament gewählt ist.«

»Das werde ich tun«, sagte Elias. »Sie wird außerdem im Namen der Krone einige Verpflichtungen übernehmen.«

»Damit wird Ihre moralische Glaubwürdigkeit durch die Decke schießen«, erwiderte der Mann. »Unfassbar.«

»Es ist wirklich unfassbar.«

»Ich wollte verstehen, was Sie dazu getrieben hat, die Verbindung mit meiner Tochter aufzulösen, und ich glaube, jetzt verstehe ich es tatsächlich. Ihr Vater war durch und durch ein sehr traditioneller Mann, aber er hatte den Kontakt zum Volk verloren.«

»Das Volk hatte den Glauben an ihn verloren«, sagte Elias. »Wahrscheinlich weil ihm die Traditionen eine Spur zu wichtig waren.«

»Ich verstehe«, sagte der Mann. »Der Thron kommt immer an erster Stelle.«

»So ist es.«

»Besteht eine Chance, dass Sie zu meiner Tochter zurückkehren, sobald sich alles geregelt hat? Vielleicht verleihen Sie dieser Liebesgeschichte ein wenig Flair, schlagen Sie die Leute in den Bann. Lenken Sie das Rampenlicht vorübergehend vom Parlament ab, bis alles in trockenen Tüchern ist«, fügte der Mann mit einem herzlichen Lachen hinzu.

»Vielleicht.« Elias lachte ebenfalls. »Man weiß nie, was geschehen wird.«

Mir wurde schwer ums Herz. Ich lehnte mich an die Wand. *Vielleicht?*

Hatte die ganze Angelegenheit etwa nur dazu gedient, sein Image in der Öffentlichkeit aufzupolieren? Hatte er mich, eine Frau aus dem gemeinen Volk, benutzt? Während ich dastand und das Gehörte verarbeitete, begann alles einen Sinn zu ergeben. Das war nicht möglich. *Oder?* Ich dachte daran, was Aramis zu mir gesagt hatte. *Wir sind Schauspieler, Adeline. Wir gaukeln der Öffentlichkeit vieles vor.*

Hatte sich Elias verstellt, als er sagte, er habe mit Emily Schluss gemacht? Traf er sich immer noch mit ihr, wenn ich fort war? Mir wurde übel. Ich drückte mir beide Hände auf den Magen, lief in das nahe Gästebad, schloss mich ein, ließ meine Reisetasche fallen und hielt mich am Waschbecken fest. Es musste ein Irrtum sein. Ein Missverständnis.

Ich hörte Schritte, Türen wurden geöffnet und wieder geschlossen, und als ich mich gefangen hatte, holte ich tief Luft und stieß den Atem wieder aus. Ich griff nach meiner Tasche und kehrte ins Büro zurück. Die Türen waren geschlossen, daher öffnete ich eine davon, aber der Raum war leer.

Kapitel 40

»Adeline.« Es war Pierre. Ich drehte mich zu ihm um. Er reichte mir ein zusammengefaltetes Stück Papier. »Wir haben nach Ihnen gesucht. Elias musste nach Versailles rausfahren, um einiges zu regeln. Er hat Ihnen diesen Brief dagelassen und gesagt, er habe versucht, Sie anzurufen, habe Sie aber nicht erreicht.«

»Oh. Mein Handy muss noch von gestern Nacht ausgeschaltet sein.« Ich stopfte den Brief in das Seitenfach meiner Handtasche und konzentrierte mich darauf, nicht an das Gespräch zu denken, das ich belauscht hatte. »Fahren Sie mich zum Flughafen?«

»Ja.«

»Dann lassen Sie uns aufbrechen. Ich will nicht zu spät kommen.« Ich schob mich an ihm vorbei und ging hinaus.

»Alles in Ordnung?«, fragte Pierre im Aufzug. »Sie zittern.«

»Es ist nur … mir geht gerade eine Menge im Kopf rum.« Ich wandte den Blick ab.

Pierre bekam einen Anruf, als wir aus dem Aufzug stiegen, und unterhielt sich mit seinem Gesprächspartner, während wir uns auf den Weg zum Flughafen machten. Ich holte mein Telefon hervor, schaltete es wieder ein und sah eine Nachricht von Elias, eine von Etienne und eine weitere von meiner Mutter.

Meine Mutter. Sie würde voller Häme sein, wenn ich ihr davon erzählte, daher beschloss ich, es bleiben zu lassen. Ich würde keine voreiligen Schlüsse ziehen, bis ich mit Elias gesprochen hatte. Als Pierre auflegte, stieß er den Atem aus. Ich schaute nicht von meinem Handy auf, aber ich spürte seinen Blick auf mir.

»Glauben Sie, dass Sie das ewig aushalten werden?«, fragte er. Ich steckte mein Telefon in meine Tasche und sah ihn an. »Das viele Unterwegssein?«

»Nun, irgendwann müssen Sie damit aufhören, so viel hin und her zu reisen.«

»Vielleicht. Vielleicht auch nicht. Elias hat mir noch keinen Antrag gemacht oder so.« Ich zog eine Schulter hoch. Und nach seinem Gespräch mit Emilys Vater zu urteilen war das auch nicht seine Absicht.

»Er wäre ein Idiot, wenn er es nicht täte.«

»Warum? Weil es so gut läuft?«

»Ich habe ihn noch nie so glücklich gesehen.«

»Denken Sie, das liegt an mir? Oder daran, dass er sich jetzt wie ein guter König fühlt?«, fragte ich, während der Fahrer den Wagen parkte. Einer der Sicherheitsleute öffnete meine Tür, aber ich blieb sitzen und sah Pierre an.

»Ich verstehe die Frage nicht.«

»Sie sind sein persönlicher Sekretär, oder? Sein Vertrauter. Der Mensch, mit dem er alles bespricht.« Ich legte die Hand um den Griff meiner Tasche.

»Ja.«

»Hat er mit Emily Schluss gemacht und mich gebeten, seine Freundin zu sein, weil er wusste, dass das gut für seinen Ruf sein würde?«

»Adeline.« Pierre wirkte schockiert, und das war die einzige Reaktion, die ich sehen musste, um meine schlimmste Angst zu bestätigen.

»Dann ist es also wahr.« Ich schüttelte den Kopf und versuchte, gegen die Tränen anzukämpfen, die in mir aufstiegen. »Er hat mich benutzt.«

»Nein. Er liebt Sie.«

»Aber tut er das wirklich? Ich blinzelte und wischte mir eine Träne von der Wange. »Wer hat sonst noch davon gewusst?«

»Da gibt es nichts zu wissen, Addie.«

»Wer hat davon gewusst, Pierre?«

»Die Königin. Sonst niemand.«

»Natürlich.« Ich lachte und stieg aus dem Wagen. »Gott, ich komme mir so dumm vor.«

»Warten Sie.« Pierre lief hinter mir her. »Adeline, Sie können nicht einfach so weggehen. Er wird mit Ihnen reden wollen.«

»Weshalb?«

»Um es zu erklären.«

»Um was zu erklären?«, brüllte ich.

»Warten Sie.« Pierre drückte auf eine Taste an seinem Handy. »Eli. Ja, ich weiß, aber es hat …« Er hielt inne. »Ich weiß.« Wieder hielt er inne. »Adeline muss mit dir sprechen.« Es folgte eine erneute Pause, dann sah er stirnrunzelnd auf sein Handy hinab. Als er aufschaute, wusste ich, dass Elias einfach aufgelegt hatte.

»Wow.« Ich schüttelte abermals den Kopf.

»Er befindet sich mitten in einem Treffen mit dem Papst. Er kann nicht einfach …«

»Dann hätte er den Anruf nicht entgegennehmen sollen«, unterbrach ich ihn. »Sie haben gesagt, ich müsse mit ihm sprechen, und er hat aufgelegt.«

»Es ist der Papst, Addie.«

»Tja, ich hoffe, der Papst hat Zeit, Elias zuzuhören, wenn er seine Sünden bereut.« Ich ging auf das Flugzeug zu. »Und lassen Sie ihn wissen, dass ich diesen Flieger nur deshalb nehme, weil ich mich weigere, jetzt für ein Flugticket zu bezahlen. Soll die Krone für ihre neueste Angestellte zahlen.«

Pierre folgte mir nicht ins Flugzeug, aber eine Sicherheitsfrau wartete auf mich. Sie hieß Mayra. Ich war ihr schon früher begegnet. Heute winkte ich ihr nicht einmal zu. Ich ging einfach bis zum letzten Platz durch, setzte mich und begann zu weinen.

Kapitel 41

Elias

»Wie konntest du sie in dieses Flugzeug steigen lassen?« Ich ging im Spiegelsaal auf und ab und kniff mir in den Nasenrücken.

»Was hätte ich denn tun sollen?«

»Keine Ahnung. Sie aufhalten und herbringen, damit ich mit ihr sprechen kann.« Ich ließ die Hand sinken und sah ihn an, während ich mich ihm näherte. »Was hat sie gesagt? Wie hat sie ausgesehen?«

»Sie war ganz aufgelöst.«

»Gott.« Ich seufzte.

»Warum hast du es ihr nicht einfach von Anfang an gesagt?« Das war mein Bruder, der am Fenster stand und in den Park hinausschaute. »Es ist nicht so, als hättest du sie benutzt. Nicht wirklich jedenfalls. Du liebst sie und wolltest mit ihr zusammen sein. Das hier war eine gute Möglichkeit, beides zu bekommen.«

Er hatte recht. Ich hätte ehrlich zu ihr sein sollen. Dann hätte ich ihr zumindest das Timing erklären können, ich hätte ihr versichern können, dass ich mich in jedem Fall für sie entschieden hätte.

»Ich muss nach London.« Ich lehnte mich an die verspiegelte Wand, drückte die Stirn dagegen und schloss die Augen.

»Du hast in dieser Woche ein Meeting nach dem anderen. In fünfzehn Minuten triffst du dich mit dem Kabinett«, sagte

Pierre. Ich richtete mich auf und drehte mich um, sodass ich mit dem Rücken zum Spiegel stand.

»Will sagen, mit ihrem Vater«, fügte Aramis hinzu.

»Ja, ich bin mir vollauf im Klaren darüber, dass ich mich mit ihrem verdammten Vater treffe, Aramis. Danke für das Update.«

»Ruf sie einfach an«, schlug er vor.

»Ich glaube nicht, dass sich das mit einem Telefongespräch in Ordnung bringen lässt«, sagte Pierre.

Ich warf ihm einen bösen Blick zu. Er ließ sich davon nicht beeindrucken, und ich hatte es auch nicht erwartet. Ich funkelte ihn an, brüllte ihn an und benutzte ihn bisweilen als buchstäblichen Punchingball, worauf ich nicht stolz war, aber der Mann gab niemals klein bei. Genau das mochte ich an ihm. Es unterschied ihn von allen anderen und war der Grund, weshalb ich ihn zu meinem persönlichen Sekretär gemacht hatte, nachdem er zuerst beim Sicherheitsdienst gearbeitet hatte. Trotzdem hätte ich ihn in diesem Moment am liebsten getötet. Er hätte wissen müssen, dass er sie nicht gehen lassen durfte. Er hätte wissen müssen, dass er nicht auf Fragen antworten durfte, die sich falsch interpretieren ließen. Letzteren Gedanken sprach ich laut aus.

Mein Bruder lachte. »Nichts für ungut, aber inwiefern hat sie denn die Tatsache falsch interpretiert, dass du mit Emily Schluss gemacht und dich mit ihr gezeigt hast, um dem Volk zu gefallen?«

Ich richtete meinen zornigen Blick auf ihn. Auch er gab nicht klein bei. Nicht richtig. Er war allerdings klug genug, den Raum ohne ein weiteres Wort zu verlassen.

»Er hat recht, weißt du«, bemerkte Pierre. »Sie konnte unmöglich etwas anderes glauben, als dass sie benutzt worden ist.«

»Warum sagst du das? Warum sollte sie das denken? Sie

kennt mich. Kennt mich wirklich. Sie muss wissen, dass ich ihr das niemals antun würde.«

»Sie hatte immer ihre Vorbehalte, was dich betrifft.«

»Was mich betrifft?« Ich runzelte die Stirn. »Ich habe ihr nie einen Grund gegeben, meinetwegen Vorbehalte zu haben.«

»Ihr Vater hasst alles, wofür du stehst, und ihre Mutter traut dir nicht über den Weg. Ihre Freunde, die deine Familie kennen, haben sie vor dir gewarnt. Wie hätte sie da keine Vorbehalte haben können?«

»Ihre Freunde mögen mich. Ihre Mutter mag mich.« Die Falte zwischen meinen Brauen vertiefte sich. »Und Adeline hat ihren eigenen Kopf.«

»Erinnerst du dich daran, was du in der Sendung gesagt hast? Als du der Welt mitgeteilt hast, du hättest Emily wegen einer anderen Frau verlassen?«

»Ja, ich habe gesagt, ich sei schon seit einiger Zeit in eine andere Frau verliebt.«

»Du hast das Wort *Liebe* nie benutzt. Du hast gesagt, du hättest dich seit einiger Zeit mit einer anderen Frau getroffen.«

»Nein, das habe ich nicht gesagt.«

»Ich habe die ganze Rede schriftlich.« Er wedelte mit dem blöden Klemmbrett, mit dem er immer herumlief. »Du hast gesagt …« Er blätterte in den Papieren und las von der Seite ab. *»Es ist so: Ich treffe mich schon seit einer ganzen Weile mit einer anderen Frau. Sie entstammt keiner langen Linie von königlichem Blut oder einer Familie von Rittern. Sie arbeitet hart und ist, wie einige Leute sagen würden, eine Frau aus dem gemeinen Volk, aber es ist nichts Ordinäres an ihr, ebenso wenig wie an Ihnen.«*

»Du hast das mitgeschrieben?« Ich ging zu ihm hinüber, riss ihm das Klemmbrett aus der Hand und las die Mitschrift.

»Ich dachte, es wäre gut, deine Reden von jetzt an schriftlich festzuhalten, wenn du weiter Presseverlautbarungen abgibst. Weißt du, damit du dich nicht allzu oft selbst wiederholst.« Pierre starrte mich an. »Was meinst du?«

»Ich meine, dass du eine beschissene Handschrift hast.« Ich war übellaunig. Ich wusste es. Ich konnte nichts dagegen tun. »Du sagst also, dass sie gedacht hat, ich würde sie benutzen, wegen dieser Beschreibung? Ihr hat diese Rede gefallen. Das hat sie mir selbst gesagt.«

»Was sollte sie denn sonst sagen, Ihre Majestät?«

»Ich hasse dich.«

»Ich gebe dir recht. Sie hätte etwas sagen sollen, aber sie war zu verliebt in dich, um so etwas zu denken.«

»Nein, ich meine, ich hasse dich, weil du mich nicht früher auf diesen Mist aufmerksam gemacht hast.« Ich drückte ihm das Klemmbrett in die Arme. »Ich treffe mich jetzt mit dem Kabinett, dann fliege ich nach London. Es ist mir egal, wie viele Meetings sonst noch auf mich warten.«

Der Weg in die königlichen Gemächer und in den Raum, wo die vier Mitglieder meines Kabinetts an einem neu aufgestellten Tisch saßen, war zermürbend. Der letzte Mensch, den ich sehen wollte, war Adelines Vater. Ich hatte ihn seit dem Abend der Krönungsfeierlichkeiten nicht mehr getroffen, und jener Abend hatte kein gutes Ende gefunden. Es war nicht so, als hätte ich mich vor ihm versteckt. Wenn überhaupt, war es andersherum. Er hatte an unseren beiden letzten Sitzungen nicht teilgenommen. Gerüchten zufolge organisierte er weitere Demonstrationen und Unruhen. Wenn das der Fall war, hatte ich vor, der Sache heute auf den Grund zu gehen. Die Zeit für Unruhen war vorüber. Sie hätte vorbei sein sollen, als Adeline und ich einige der Familien besucht hatten, die unter der Wirtschaftskrise am schwersten zu leiden gehabt hatten. Nach seinen Aufmüpfigkeiten stand mir gerade gar nicht der Sinn, und ich nahm mir vor, ihn auf seinen Platz zu verweisen, falls er aus der Reihe tanzte. Bisher hatten sie nur den entgegenkommenden König gesehen. Heute würden sie einen gnadenlosen König kennenlernen.

Als ich eintrat, erhoben sich alle vier und verbeugten sich. Ich ging zu meinem Platz an der Stirnseite des Tischs.

»Meine Herren.« Ich setzte mich. Sie folgten meinem Beispiel.

»Der hier ist neu.« Monsieur Gaston klopfte zweimal auf den Holztisch. Er war einer der beiden Männer, mit denen ich mich am besten verstand. Einer der loyalen, wenn man so wollte.

»Ich war es leid, mich hinzusetzen und auf mich hinunterschauen zu lassen, wenn Sie vier sich unterhalten haben«, antwortete ich.

»Das Arrangement war aber zweckdienlicher«, warf Monsieur Bouchard ein.

»Witzig, dass Sie das zur Sprache bringen, denn es fällt mir unglaublich schwer herauszufinden, welchen Zweck Sie in diesem Kabinett erfüllen«, entgegnete ich. Alle vier richteten sich höher auf und machten große Augen. Gut. »Gibt es einen Grund dafür, dass Sie unsere beiden letzten Sitzungen versäumt haben?«

»Ich stecke mitten in einer Scheidung«, sagte er. »Ich dachte, Sie wüssten das, da Sie ja angeblich der Freund meiner Tochter sind … obwohl ich sagen muss, dass mir die neuen Storys der Regenbogenpresse gefallen, in denen die ganze Beziehung als Scharade bezeichnet wird.«

»In der Regenbogenpresse wurden außerdem Gerüchte laut, denen zufolge Sie Unruhen in der ganzen Stadt planen.«

»Das sind keine Gerüchte.« Er lächelte zynisch. »Es gefällt dem Volk nicht, kein Mitspracherecht bei seiner eigenen Regierung zu haben.«

»Das Volk hatte bei seiner Regierung noch nie ein Mitspracherecht, daher wird diese … Anarchie, auf die Sie aus sind, katastrophale Folgen haben, wenn es, was Gott verhüten möge, wirklich dazu kommen sollte.« Rasch stand ich auf, und die Beine meines Stuhls kratzten über den Eichenboden. »Außerdem – wenn Sie bei den letzten beiden Sitzungen hier gewesen wären, wären Sie über das Parlament informiert, das ich zu bilden plane und das vom Volk gewählt werden soll.«

»Parlament?«, fragte er. »Vom Volk gewählt?«

»Sie haben richtig gehört.«

»Hat meine Tochter Sie darauf gebracht?«

»Und wenn es so wäre? Was würden Sie dann sagen? Dass eine unwissende Frau mir den Schwanz abgeschnitten hat und jetzt über Frankreich herrschen wird?«, brüllte ich.

Er schüttelte den Kopf und schien immer noch damit beschäftigt zu sein, die Information zu verarbeiten.

»Ich finde, ein Parlament ist eine großartige Idee«, warf Monsieur Gaston ein.

»Ich bin der gleichen Meinung«, meldete Monsieur Caron sich zu Wort.

»Das Parlament bekommt meine Stimme«, beteuerte Monsieur Berger.

Monsieur Bouchard schwieg immer noch.

»Ich habe allerdings eine Frage«, sagte Monsieur Gaston. »Was wird aus uns? Werden wir ebenfalls Teil des Parlaments sein, vom Volk gewählt?«

»Das ist eins der Dinge, die wir besprechen müssen. Ich muss ein kleines Kabinett von Ratgebern behalten«, antwortete ich. »Was das erste Parlament betrifft: Wir brauchen eine Gruppe, die von Tür zu Tür geht und das Land darüber informiert, damit der Wahlkampf vorbereitet werden kann. Es sollte aus jeder Stadt einige Repräsentanten geben. Männer und Frauen. Wir wollen nicht, dass irgendjemand das Gefühl hat, nicht repräsentiert zu werden.«

»Haben Sie vor, dieses Kabinett zu behalten?«, fragte Monsieur Bouchard. »Ich würde Ihnen keinen Vorwurf machen, wenn Sie uns loswerden wollten … insbesondere mich.«

»Wissen Sie, was ich nicht verstehe?« Ich setzte mich hin und zog meinen Stuhl wieder an den Tisch. »Wenn Sie uns so sehr hassen, wenn Sie eine Monarchie jedweder Art absolut verabscheuen und es gern sähen, wenn sämtliche Bürger dieser Stadt die königliche Familie attackieren würden, warum sind Sie dann überhaupt Teil dieses Kabinetts? Sie hätten das Kabinett meines Vaters mühelos verlassen können. Sie hätten einfach zurücktreten können, als ich den Thron bestiegen habe. Sie könnten jetzt zurücktreten und wieder als Journalist arbeiten. Doch Sie bleiben. Warum?«

Er nahm sich lange Zeit, um darüber nachzudenken. »Ich habe Ihren Vater als Herrscher nie gemocht. Ich habe weder die Gewalt gemocht oder die Mentalität nach dem Motto: Jetzt angreifen und später Fragen stellen. Mir hat die Tatsache missfallen, dass er das Flehen der Bürger ignoriert hat.« Er hielt einen Augenblick inne. »Er hat von Ihnen gesprochen und gesagt, dass er Sie dazu ausbilde, genauso zu denken wie er, und … nun ja, ich fürchte, ich bin nicht auf die Idee gekommen, Ihnen eine Chance zu geben. Ich habe nicht geglaubt, dass Sie etwas an den bestehenden Zuständen ändern würden. Schon gar nicht habe ich Gespräche über eine konstitutionelle Monarchie erwartet.«

»Und doch sind wir genau dabei.« Ich griff nach meinem Wasserglas und nahm einen Schluck.

»Und doch sind wir genau dabei«, bestätigte Monsieur Bouchard mit einem kleinen Lächeln auf den Lippen. »Ich hätte nie gedacht, dass ich diesen Tag erleben würde.«

»Wann werden Sie sich entscheiden?«, fragte Monsieur Gaston. »Darüber, ob wir zu Ihrem Beraterstab gehören werden?«

»Wann werden wir es erfahren?«, schloss Monsieur Caron sich ihm an.

»Sie gehören alle zu meinem Stab. Wenn Sie mögen.« Ich stand auf, diesmal gelassener, obwohl ich wirklich so schnell wie möglich nach London musste. »Wir werden uns nächste Woche noch zweimal treffen. Bringen Sie Ihre besten Ideen mit.«

Ich verließ den Raum. Pierre reichte mir mein Handy, sobald ich durch die Tür trat. Ich warf einen Blick darauf. Immer noch keine Anrufe oder Nachrichten von Adeline. Mein Magen krampfte sich zusammen. Hatte ich die Sache wirklich so übel vermasselt? Die Tür hinter mir wurde geöffnet, und Pierre schob sich sofort zwischen mich und die andere Person.

»Ihre Majestät.« Monsieur Bouchard verbeugte sich, als ich mich umdrehte. »Ich möchte Sie nur um Entschuldigung bitten. Ich hätte keine voreiligen Schlüsse ziehen dürfen. Bitte, Sie müssen wissen, dass ich von jetzt an alles in meiner Macht Stehende tun werde, um Sie und die Krone zu unterstützen.«

»Das weiß ich zu schätzen, Monsieur.« Ich nickte ihm zu und ging davon. Im Moment musste ich mich nur um eine Bouchard kümmern, und irgendetwas sagte mir, dass sie weniger zugänglich sein würde als ihr Vater.

Kapitel 42

Sie war bereits fort, als ich an ihrer Türschwelle auftauchte. Die neugierige Nachbarin hatte Pierre erzählt, sie sei in aller Eile fortgegangen. Während Pierre Mayra anrief, um zu fragen, wo sie waren, bat ich den Fahrer, uns zu den Büros von *Pirouette* zu bringen. Auf dem Weg dorthin ging ich ins Internet. Die Paparazzi hatten so ihre Methoden, vor allen anderen zu wissen, wo sich jemand aufhielt, und das würde jetzt nicht anders sein. Das letzte Foto von ihr war bei ihrer Ankunft am vergangenen Tag aufgenommen worden. Gestern hatte ich sie verpasst, denn nachdem ich mit dem Kabinettstreffen fertig war, war ein Haufen uneingeladener Gäste aufgetaucht und hatte mich stundenlang aufgehalten. Heute hatte ich zum ersten Mal Gelegenheit, Luft zu holen, und hatte darauf bestanden, dass wir gleich in aller Frühe aufbrachen.

Der einstündige Flug hatte meine Nervosität nicht gelindert. Ich grübelte die ganze Zeit über all das nach, was ich ihr sagen wollte – nein, was ich ihr sagen *musste* –, aber wann immer ich dachte, ich hätte eine Idee, verwarf ich sie wieder.

»Sie war gestern Abend bei Etienne«, berichtete Pierre. »Also war sie zumindest in Sicherheit.«

»Was soll das heißen, zumindest?« Ich griff nach seinem Handy. Auf dem Display war ein Foto von Adeline und Etienne auf der ersten Seite einer Klatschzeitschrift. Es sah aus, als verließen sie gerade ein Restaurant. Die Überschrift lautete: *Zukünftige Königin oder aus und vorbei? Adeline Bouchard mit Kindheitsfreund gesichtet, dem Investor Etienne Bellerose. Ist sie für immer zurück oder packt sie nur ihre Sachen?*

Ich gab Pierre sein Handy zurück und seufzte. Er hatte recht. Zumindest war sie in Sicherheit. Auf dem Foto lächelte sie nicht. Tat nicht einmal so, als sei sie glücklich. Ich fragte mich, wie Etienne jetzt über mich dachte. Er hatte seine Vorbehalte gehabt, als ich etwas mit seiner Freundin anfing, und die neueste Entwicklung würde diese Vorbehalte nicht zerstreuen.

Es spielte keine Rolle. Unterm Strich zählte nur, was sie über mich dachte. Aber im Moment hatte ich diesbezüglich ein ganz mieses Gefühl.

Kapitel 43

Adeline

Ein Gutes hatte es, Mayra als Sicherheitsfrau zu haben: Zwar informierte sie ganz bestimmt Seine Majestät über jeden unserer Schritte, aber das tat sie mit einer Verzögerung von mehreren Stunden, und sie ließ mir die Freiheit, zu machen, was immer ich wollte – wie zum Beispiel mich in einem Pub mit Wein zu betrinken. Ich war nur zu dem Meeting in London gefahren und von dort aus direkt mit einem Linienflug nach Marbella weitergeflogen. Wie sich herausstellte, waren uns weder dort noch hier Paparazzi gefolgt. Ich hatte es gerade rechtzeitig zur Eröffnung der Buchhandlung meines Onkels geschafft, und jetzt betrank ich mich einfach. Mit meinem Bodyguard. Weil es dann nicht ganz so einsam war.

»Ich sag Ihnen was. Männer haben absolut kein Hirn.« Ich stellte meinen Wein beiseite. »Ich meine, sie haben wohl eins, aber einen gesunden Menschenverstand haben sie nicht.«

»Nicht, wenn es um Frauen geht«, pflichtete Mayra mir bei. Sie trank Wasser, obwohl ich ihr zwei Gläser Wein eingeschenkt hatte. Beide hatte ich ausgetrunken, weil ich den Wein nicht verkommen lassen wollte.

»Vor allem dann nicht, wenn es um Frauen geht.« Ich nahm noch einen Schluck. »Ich habe nur einfach … ich habe gedacht, es würde diesmal anders sein, verstehen Sie? Ich war bereit, alles aufzugeben. Alles. Mein Leben in London, meine Firma, meine Freunde.«

Mayra reichte mir eine Serviette. Ich betrachtete sie verwirrt, bis mir bewusst wurde, dass ich weinte. Dann wischte ich mir das Gesicht ab und weinte noch heftiger.

»Er ist ein Idiot.«

»Das ist er«, gab sie mir recht.

»Ich kann nicht fassen, dass er mich benutzt hat.«

»Vielleicht kennen wir nicht alle Fakten.«

»Wir kennen alle Fakten.« Ich klatschte die Serviette auf den Tisch. »Ich habe Pierre gefragt, und er hat es bestätigt.«

»Schon, aber fest steht, dass der König Gefühle für Sie hat.«

»Sicher. Lustvolle.« Ich holte tief Luft und bekam einen Schluckauf. »Uh. Ich kann Schluckauf nicht ausstehen.«

»Ich fürchte, das ist ein Zeichen, dass Sie zu viel getrunken haben. Oder zu schnell.«

»Nun, es ist ja bekannt, wie man einen Schluckauf loswird.« Ich hob das Glas und kippte den Wein herunter. Dann musste ich erneut hicksen. »Das hätte eigentlich helfen sollen.«

Stirnrunzelnd betrachtete ich das leere Glas. »Es ist ja nicht so, als hätte ich je gedacht, ich würde wirklich mal Königin sein oder so. Ich meine, einen Augenblick habe ich es mir vorgestellt, aber nicht ernsthaft.«

Plötzlich stand Mayra auf und machte einen tiefen Knicks. Bei dem Anblick lachte ich. »Setzen Sie sich, Sie Verrückte. Ich bin keine Königin.«

»Noch nicht.«

Ich schnappte nach Luft, setzte mich aufrechter hin und schaute über meine Schulter hinweg Elias an. Aber es konnte nicht Elias sein. Aber hinter ihm stand Pierre, und ich wusste, den würde ich mir in meiner Fantasie nicht vorstellen. Ich sah mich in der Bar um und registrierte, dass alle sich verbeugten oder knicksten, und mir wurde bewusst, dass er wirklich hier war.

Ich erhob mich von meinem Barhocker, wobei ich ein wenig taumelte. Elias hielt mich am Arm fest. Ich knickste vor ihm. Nicht so tief wie Mayra. Nicht so anmutig. Aber so gut es mir in meinem betrunkenen Zustand eben gelang. Als ich mich aufrichtete, nahm er mich in die Arme.

»Mach keinen Knicks vor mir«, flüsterte er mir ins Ohr.

»Wieso nicht, mein König?«

»Bist du nicht meine Welt?«

Ich trat einen Schritt zurück und sah ihm in die Augen. Im Geiste ging ich noch einmal das Gespräch durch, das ich zwischen ihm und Emilys Vater belauscht hatte. Ich konnte mich nicht entscheiden, ob ich ihn ohrfeigen oder weggehen wollte.

Hinzu kam, dass ich zutiefst erschüttert war, ihn hier anzutreffen, denn selbst wenn er in Erfahrung gebracht hatte, wo ich war, hätte ich nicht damit gerechnet, dass er mir hinterherjagen würde. Dass er Pierre schickte? Vielleicht. Mich weiterhin unablässig anrief? Möglich. Aber ich hätte nicht damit gerechnet, dass er tatsächlich auftauchen würde. Er war ein König, um Gottes willen. Traditionell verließ der König seinen Thron nicht, es sei denn, er musste sich um etwas wirklich Wichtiges kümmern, und selbst dann wurde das Wichtige an ihn herangetragen, nicht andersherum.

Im Pub war es so still, dass man das Tropfen des nicht ganz zugedrehten Wasserhahns an der Bar hören konnte. Elias sah mich immer noch an, wartend, taxierend, wie ein wahrer König es tun würde. Ich zog das Schweigen in die Länge, genoss sein minimales Unbehagen. Niemand außer mir bemerkte es, aber ich kannte ihn zu gut, als dass es mir entgangen wäre. Schließlich leckte ich mir die Lippen und ergriff das Wort.

»Du brauchst kein Süßholz zu raspeln. Wenn du willst, dass ich deine Freundin spiele, kannst du mich einfach darum bitten. Ich hätte dir den Gefallen getan.«

»Ich will keine Gefälligkeiten von dir, Adeline. Und ich will, dass du mit mir zusammen bist, weil du es willst. Daher verstehe ich vollkommen, wenn du nichts mehr mit mir zu tun haben willst, aber du kannst nicht von mir erwarten, dass ich nicht um das kämpfe, was mir gehört.«

»Vielleicht ist das das Problem. Vielleicht gehöre ich dir nicht.«

Seine Augen blitzten auf. »Sag das nicht. Sag alles, nur das nicht.«

»Ich bin kein Preis, Elias.«

»Für mich bist du das, Addie.« Er trat noch näher. »Der ultimative Preis. Einer, den ich nicht verdiene, für den ich aber eine Ewigkeit arbeiten werde, um seiner würdig zu sein.«

»Elias.« Ich schüttelte den Kopf und schluckte Tränen runter. Er war unmöglich.

»*Tu me manques,* Adeline.« *Du fehlst mir.* Er stieß ganz leicht die Luft aus, und sein Atem kitzelte auf meiner Haut. Er war mir so nah. Ich hätte mich nur zwei Zentimeter weit vorbeugen müssen, um ihn zu küssen, aber das würde ich nicht tun. Noch nicht. »Du fehlst mir, wenn du nicht bei mir bist, und ich will nicht in einer Welt leben, in der wir es uns zur Gewohnheit machen, nicht beisammen zu sein. Ich will, dass du mir gehörst, ganz gleich, was die Presse schreibt. Mit Titel oder ohne. Mit Thron oder ohne. Ich will dich, Adeline Sofia Isabella Bouchard, ich will dich als meine Königin.«

»Was ist mit Emily?«, fragte ich heiser, während ich gegen neue Tränen anblinzelte. »Du wolltest doch zu ihr zurückkehren, wenn das hier nicht läuft?«

»Darum geht es also? Er runzelte die Stirn, dann seufzte er und drückte seine Stirn gegen meine. »Adeline. Adeline. Adeline. Du hast mein Gespräch mit ihrem Vater mit angehört?«

Ich nickte dicht an seiner Stirn, während mir noch immer Tränen übers Gesicht strömten. Rasch wischte ich sie weg.

»Das war unvorsichtig. Ich habe versucht, ihn zu beschwichtigen, denn er schuldet mir einiges. Ich wollte nie …« Er zog sich einen Schritt zurück und strich mir mit einer Hand übers Gesicht. »Ich wollte nie, dass du das hörst, und ich wollte dir definitiv nicht wehtun. Es tut mir so leid.«

»Danke, dass du das sagst«, flüsterte ich.

»Ich sage das nicht nur.« Er legte mir auch die andere Hand aufs Gesicht und wischte mir mit beiden Daumen die Tränen weg. »Ich liebe dich. Ich bin in dich verliebt. Es gibt kein Leben nach dir.«

Mein Herz hörte auf zu schlagen. »Du liebst mich?«

»Ja, Dummerchen. Meinst du, ich würde den Thron wegen einer Frau riskieren, in die ich nicht mit ganzer Seele und Hals über Kopf verliebt wäre?«

»Ich dachte, ich würde dir bei deinem Image helfen.« Ich spürte, dass ich lächelte. Er liebte mich.

»Nun, es hätte so oder so ausgehen können.« Er legte den Kopf schräg. »Mir hätte auch Hass entgegenschlagen können und der Vorwurf, ich würde die Tradition mit Füßen treten.«

»Du liebst mich.« Mein Verstand kreiste nur um diesen Gedanken. »Eine gewöhnliche Frau aus dem Volk.«

»An dir ist nichts gewöhnlich, Adeline.« Er legte seine Lippen auf meine und küsste mich.

»Sir, öffentliche Zurschaustellung von Zuneigung«, sagte Pierre neben uns. »Die Leute schießen Fotos.«

»Scheiß auf die Tradition«, antwortete Elias und küsste mich abermals. Ich schlang ihm die Arme um den Hals und erwiderte seinen Kuss mit der ganzen Hingabe, die ich für ihn empfand.

Mein Kopf hämmerte. Stöhnend richtete ich mich auf und begriff, dass ich noch die Unterwäsche und den BH vom vergangenen Abend trug. Wo war ich? Ich betrachtete die Wand vor mir, an der ein riesiger Fernsehbildschirm hing. Es war ein grauer Raum, und es roch nach … oh Gott.

»Ich wette, du fühlst dich beschissen«, bemerkte Elias von irgendwoher.

»Oh mein Gott«, stieß ich hervor und griff mir an die Brust. »Du hast mich erschreckt.«

»Erzähl mir nicht, du würdest dich nicht an gestern Abend erinnern.«

Ich richtete mich im Bett auf und schaute zu ihm hinüber. Er zog sich gerade ein Hemd über den Kopf. Ich wünschte mir, er würde es stattdessen ausziehen. Er kam auf mich zu, fuhr sich mit einer Hand durchs nasse Haar und setzte sich vor mich hin. Das Bett senkte sich unter seinem Gewicht.

»Ich erinnere mich an alles, bis auf den Teil, wie wir die Bar verlassen haben und nach Hause gekommen sind.«

»Oh, aber das war gerade der spaßige Teil.« Er kicherte. »Sobald wir hier waren, hast du dich ausgezogen und Sex verlangt.«

»Was?«, quiekte ich. »Vor Pierre und Mayra?«

»Und den vielen neuen Sicherheitsleuten, die wir mitgebracht haben, ja.«

»Oh mein Gott.« Ich warf mich auf die Kissen und bedeckte mit einem Arm mein Gesicht. »Wie peinlich.«

»Sie haben schon Schlimmeres erlebt.«

»Und das soll bedeuten?« Ich nahm den Arm vom Gesicht und musterte ihn mit schmalen Augen.

»Ich meine, sie haben schlechteres Benehmen miterlebt.« Wieder lachte er leise. »Ich kann mir nicht vorstellen, dass sie jemals eine so zauberhafte Frau mit einem so tollen Körper gesehen haben.«

»Sei still.« Ich stöhnte. »Ich kann nicht glauben, dass ich das getan habe.«

»Ich würde sagen, du duschst jetzt erst mal und ziehst dich an. Wir haben eine Menge zu besprechen.« Er stand auf, beugte sich vor, küsste mich auf die Stirn und verließ den Raum.

Ich duschte wie geheißen, danach zog ich die auf dem Bett bereitliegende Kleidung an – ein hübsches, konservatives geblümtes Kleid, an dem noch ein Etikett hing und das zuvor nicht in meinem Kleiderschrank gehangen hatte – und ging ins Wohnzimmer hinunter. Ich sah präsentabel aus, und das war die Hauptsache.

Im Wohnzimmer hingen nur die Sicherheitsleute herum. Mayra zeigte auf die hohen Glastüren, die auf die Terrasse führten, und dort fand ich Elias an einem ähnlich gedeckten Tisch wie bei unserem ersten Date. Pierre stand am Rand der Terrasse und schaute aufs Meer hinab. Es war ein wunderschöner Tag, um in der Sonne zu liegen.

»Lass mich raten, Pierre hat das hier ausgesucht.« Ich zeigte auf mein Kleid.

»Ich dachte, nach der letzten Nacht würden Sie vielleicht gern gut angezogen sein.« Pierre drehte sich zu mir um. Mir klappte der Unterkiefer herunter, Hitze schoss mir in die Wangen. Er lachte und fügte hinzu: »War nur ein Scherz.«

»Es war kein Scherz.« Elias, der eine Zeitung las, schaute auf, Schalk in den Augen.

»Wir müssen einen Ersatz für deinen persönlichen Sekretär suchen«, sagte ich und nahm neben Elias Platz.

Pierre lachte nur laut auf. »Ich hole Champagner und Orangensaft.«

»Oh Gott. Champagner?« Ich verzog das Gesicht.

»Wir haben gestern Nacht nicht alle unser Gewicht in Wein getrunken.« Elias sah mich über die Zeitung hinweg an.

»Wir haben auch nicht alle Trübsal geblasen und um den Verlust eines angeblichen Freundes getrauert.« Ich zog eine Braue hoch.

»Eines echten Freundes.« Er faltete die Zeitung zusammen, legte sie beiseite und griff nach meiner Hand. »Nichts an alldem war jemals gelogen.«

»Also, worüber wolltest du reden?«, fragte ich, nachdem ich einen Moment lang in seine dunkelgrünen Augen geschaut hatte.

»Über unsere Zukunft.« Er ließ meine Hand los. »Ich muss wissen, ob es wirklich in Ordnung für dich ist, dein Leben in London und deine Firma aufzugeben. Für mich.«

Ich dachte kurz darüber nach. Schon zuvor war ich bereit gewesen, alles aufzugeben, und jetzt, da ich nur zwei Tage ohne ihn gewesen war und gespürt hatte, wie sich das anfühlte, war ich noch mehr davon überzeugt. Er wirkte nervös. Ich nickte.

»Ich bin bereit.«

»Gut.« Er stand auf, und der Stuhl kratzte leise über die Fliesen. Ohne Vorwarnung ließ er sich neben mir auf ein Knie nieder, holte eine kleine, schwarze Schatulle aus seiner Tasche und öffnete sie, um mir den schönsten Verlobungsring zu zeigen, den ich je gesehen hatte. Mein Herz hämmerte in meiner Brust. Ich schnappte nach Luft und schlug eine Hand vor den Mund.

»Dieser Stein ist seit Jahrhunderten im Besitz meiner Familie. Teile des ursprünglichen Steins befinden sich in der Krone, die sämtliche Könige Frankreichs vor mir getragen haben und die nun die meine ist, und ich dachte, es sei an der Zeit, dass er auch in den Besitz einer Königin gelangt.« Er lächelte. »In der Nacht, als ich dich kennengelernt habe, genau hier auf dieser Terrasse, hattest du keine Ahnung, wer ich war. Du hast nur gewusst, dass du mich mochtest. Du hast mir an diesem Abend, als du mit mir geschlafen hast, ein Geschenk gemacht. Du hast mir gezeigt, dass ich mehr bin als nur mein Titel. Dass ich mehr bin, als alle von mir dachten. Du hast mich angeschaut und nur mich gesehen. Du hast mich erkannt. Dich wiederzufinden war das Beste, was mir seit jener Nacht widerfahren ist. Am Ende meiner Herrschaft – denn jede Regentschaft endet irgendwann – werde ich immer noch überzeugt sein, dass die größte Leistung meines Lebens war, dich für mich zu gewinnen.« Er holte Luft.

»Ich will nicht wie König George IV. sterben. Ich will nicht mit einer reuevollen Erinnerung an dich und einem Medaillon mit deinem Bild darin sterben. Du machst mich an jeden Tag aufs Neue zu einem besseren Mann. Dein Herz lässt meins schneller schlagen. Bitte, akzeptiere mich, Adeline. Herrsche mit mir gemeinsam, an meiner Seite.«

Ich weinte während seines ganzen Antrags, und meine Stimme zitterte, als ich Ja zu sagen versuchte, daher nickte ich nur und nickte und nickte und nickte noch heftiger.

»Ja?« Er kicherte und stand auf. Ich schlang ihm die Arme um den Hals. Er hob mich hoch und schwang mich herum. »Ja?«

»Ja. Ja. Ja, eine Million Mal«, sagte ich.

Als er mich wieder hinstellte, wischte ich mir übers Gesicht und küsste ihn leidenschaftlich. »Ich liebe dich, König Elias, selbst wenn du eine gewaltige Nervensäge bist.«

»Ich liebe dich, Königin Adeline, obwohl du mich an den meisten Tagen in den Wahnsinn treibst.« Er grinste. »Wahrscheinlich *weil* du mich an den meisten Tagen in den Wahnsinn treibst.«

Ich lachte, und er griff nach meiner Hand und streifte mir den Ring über den Finger. Ich bestaunte ihn. Der Stein war groß und dunkelblau, die Fassung voller winziger Diamanten.

»Er passt perfekt.« Ich wackelte mit den Fingern.

»So soll es sein.« Er küsste mich auf die Stirn, dann verfiel er in einen ansteckenden Lachanfall. »Wir heiraten!«

»Wir heiraten.« Ich grinste so breit, dass mir das Gesicht wehtat.

Kapitel 44

Zwei Monate später

Elias

Ich saß mit einem Grinsen, gegen das ich einfach nicht ankam, vor der Kamera, aber sobald der Countdown begann, zwang ich meine Züge in eine neutralere Position.

»Noch einmal hallo. Es ist mir eine große Ehre, Ihnen mitzuteilen, dass unsere Bemühungen, Frankreich zu einer parlamentarischen Monarchie zu machen, erste Erfolge zeitigen. Dank herausragender Unterstützung und großen Anstrengungen seitens der Kandidaten aus allen Regionen hoffen wir, die Veränderungen in Gang bringen zu können, noch bevor das Jahr vorüber ist. Meine Hoffnung als König ist es, eine Regierungsstruktur zu erschaffen, in der sich jeder Bürger vertreten sieht und sich Gehör verschaffen kann. Ich will, dass Sie ohne Furcht Ihre Sorgen vortragen können, auf eine friedliche Weise. Ich hoffe, dass dies den Unruhen und anderen Störungen ein Ende macht, die sich in letzter Zeit ausgeweitet hatten. Ich hoffe, dass dies uns allen Frieden bringt. Und jetzt« – ich hielt inne, holte Atem und verzog die Lippen zu einem Lächeln – »zu der Neuigkeit, von der ich überzeugt bin, dass sie der Hauptgrund ist, weshalb Sie alle eingeschaltet haben. Ich habe noch eine Ankündigung zu machen: Ich habe Adeline Bouchard gebeten, mich zu heiraten, und sie hat meinen Antrag angenommen.« Ich hielt abermals inne und lachte, als die sieben anwesenden Reporter in Jubel ausbrachen.

»Ich habe sie schon vor zwei Monaten gefragt, aber wir wollten es ein Weilchen für uns behalten, bevor wir die Welt einweihen. Ich hoffe, Sie verstehen das. Das ist fürs Erste die einzige Neuigkeit, die ich für Sie habe. Ich werde heute live im Fernsehen Fragen beantworten, was noch nie gemacht worden ist. Bitte, haben Sie Nachsicht mit mir, wenn es nicht so glattgeht wie erwartet.«

Ich grinste in die Kamera, bevor ich meine Aufmerksamkeit auf den ersten Reporter richtete. Meine Mutter würde mir später den Kopf abreißen, aber ich hatte die Sache mit Pierre und Adeline besprochen, die einstimmig fanden, dass dies eine gute Methode war, um mir das Vertrauen des Volkes zu verdienen.

Adeline, ihre Mutter, meine Mutter, mein Bruder, Pilar, Joslyn, Etienne und Pierre befanden sich bei meiner Ankündigung alle mit im Raum. Adeline hatte sich noch nicht dazu durchgerungen, ihren Vater wieder in ihrem Leben zu akzeptieren, aber sie arbeitete sich langsam auf diesen Punkt zu. Er hatte sich in den vergangenen zwei Monaten bei ihr entschuldigt und war häufiger vorbeigekommen, und das nicht nur geschäftlich.

»Dürfen wir Adeline Fragen stellen?«, überrumpelte mich der Reporter.

»Das ist der Grund, weshalb es vielleicht keine so gute Idee ist, das hier live zu machen.« Ich lachte leise. »Adeline ist tabu, es sei denn, sie sagt etwas anderes.«

»Ich beantworte gern einige Fragen«, erklärte Adeline.

Ich drehte mich zu ihr um. Sie trug ein dunkelblaues, knielanges Kleid, das perfekt zu ihrem Ring passte, und hatte sich das Haar im Nacken zu einem Knoten zusammengebunden. Sie sah wunderschön aus, und ich konnte es gar nicht erwarten, ihr das Haar zu zerzausen und dieses Kleid herunterzureißen. Als sie auf mich zukam, griff Pierre nach einem Stuhl und stellte ihn neben mich. Sie nahm Platz und lächelte mich an, bevor sie ihre Aufmerksamkeit auf die Reporter richtete.

»Ich muss Sie warnen – ich wurde vor diesem Gespräch nicht beraten, wie ich es angehen soll, daher wird es vielleicht nicht ganz einfach sein, mich zu interviewen«, sagte Adeline dem Reporter. »Aber ich gebe mir Mühe.«

Alle Reporter lachten leise.

»Wir machen es Ihnen leicht«, versicherte ihr eine weibliche Reporterin, die weiter hinten stand.

»Nur zu.« Sie straffte sich. »Ich bin so weit.«

»Wann haben Sie den König kennengelernt?«

»Das ist tatsächlich eine bemerkenswerte Geschichte.« Adeline errötete. »Wir haben uns zum ersten Mal auf einer Party gesehen, unmittelbar bevor ich in die Staaten gegangen bin, um dort das College zu besuchen. Wir fühlten uns sofort zueinander hingezogen, haben uns aber erst im vergangenen Sommer wiedergesehen.«

»War es Liebe auf den ersten Blick?«, fragte eine andere Reporterin.

»Für mich war es das, ja.« Ich legte Adeline eine Hand aufs Knie.

»Das sagt er nur, weil er vorhin Saft über meine Lieblingsbluse gegossen hat«, witzelte Adeline augenzwinkernd.

Alle im Raum lachten.

»Werden Sie hier in Versailles leben?«

»Himmel, nein«, sagte Adeline. »Diese Opulenz und die offenen Räume würden jedem Menschen Albträume bescheren.«

»Ganz zu schweigen von der Geschichte«, fügte ein Reporter hinzu.

»Genau. Ich bin mir nicht ganz sicher, ob ich will, dass die Geister früherer Könige mich beobachten, während ich im Bad bin«, entgegnete Adeline.

Wieder lachten sie.

»Ich weiß, dass es Geister sind«, warf ich ein, »aber ich werde sie vielleicht trotzdem töten müssen.«

Die Männer und Frauen im Raum lachten noch lauter.

Das ganze Interview verlief ohne Panne. Als wir genug Fragen beantwortet hatten, unterbrach Pierre das Gespräch und bat die Reporter, zum Ende zu kommen.

»Wird sich Adeline bei Ihren Pressekonferenzen immer zu Ihnen gesellen?«, fragte eine Reporterin hoffnungsvoll.

»Vielleicht.« Ich sah Addie an und lachte. »Es ist nicht schwer, sich in sie zu verlieben, nicht wahr?«

»Das Gleiche gilt für dich«, sagte Addie und erwiderte mein Lächeln.

Gerade als der Kameramann herunterzählte, um die Aufzeichnung zu beenden, beugte ich mich vor und küsste sie auf die Lippen. Ich hätte schwören können, dass ich meine Mutter auf der anderen Seite des Raums nach Luft schnappen hörte, aber das war mir gleichgültig. Zur Hölle mit der Tradition.

Epilog

Adeline

»Hier wird Geschichte geschrieben. Dies wird die erste Königin sein, die das College besucht hat. Die erste Königin ohne aristokratisches Blut. Heute erhaschen wir einen Blick auf …«

Ich schaltete den Fernseher aus und ließ die Fernbedienung neben mir aufs Sofa fallen. Auch ohne die Erinnerung der Journalisten, was ich war und was nicht, wäre ich mit den Nerven völlig runter gewesen. Obwohl die Medien größtenteils freundlich mit mir umgingen, war ich mir nie ganz sicher, was ich von ihnen zu erwarten hatte.

Mein Magen knurrte schon wieder. Die Näherin, die letzte Hand an mein Kleid anlegte, schaute zu mir auf.

»Wollen Sie wirklich nichts essen, Ihre Majestät?«

»Wirklich nicht.«

Ich machte mir nicht die Mühe, den Titel zu korrigieren, mit dem sie mich ansprach. *Noch* war ich nicht Ihre Majestät, obwohl das in wenigen Stunden anders sein würde. Ich wusste nicht, ob ich mich jemals daran gewöhnen würde. Elias' Mutter hatte beteuert, es würde mir irgendwann ganz normal vorkommen, aber sie war im Gegensatz zu mir schon ihr ganzes Leben lang so angesprochen worden. Pilar hatte gesagt, es würde mir irgendwann gefallen. Aramis hatte hinzugefügt, dass er nicht wüsste, wer er ohne den Titel wäre.

Ich war anders als sie. Ohne Titel war ich immer noch ich selbst. Ich hatte mit Elias ausführlich über die Last gesprochen, einen solchen Titel zu tragen, aber er konnte meine Einstellung in dieser Sache nicht nachvollziehen. Er schien nicht zu begreifen, dass ich das alles noch nicht verinnerlicht hatte, obwohl ich mich während der vergangenen acht Monate einem konsequenten Training für zukünftige Königinnen unterzogen hatte.

Nicht die Auftritte an sich oder die Arbeit, die ich für die Krone tat, waren peinlich für mich. Es war der Umstand, dass Menschen mich behandelten, als sei ich wichtiger als sie – als seien wir nicht ebenbürtig. Ich konnte mir kaum vorstellen, mich je daran zu gewöhnen. In einem Ohr hatte ich die Worte meiner zukünftigen Schwiegermutter, die mich daran erinnert hatte, niemanden zu umarmen, mich nicht auf den Boden zu knien, wenn ich Kinder sah, die ich begrüßen wollte. Im anderen Ohr hatte ich meine eigene Mutter, die mich daran erinnerte, dass ich ein menschliches Wesen war, genau wie alle anderen.

Ich schaute in den Spiegel und betrachtete mein elfenbeinfarbenes Kleid mit den kunstvollen Spitzendetails an Ärmeln und Mieder. Mein Haar war vorn aufgesteckt und wurde von einer kleinen Tiara festgehalten, dazu trug ich eine fast sieben Meter lange Schleppe.

Mein Make-up war ganz natürlich. Die Kosmetikerin sagte, das sei zu schlicht, aber das kümmerte mich nicht. Ich fühlte mich wie ich selbst. Obwohl mein Kleid und die Tiara dafür sorgten, dass ich mich nicht allzu sehr von früheren Königinnen unterschied, war mein Lächeln aufrichtig, denn im Gegensatz zu ihnen heiratete ich wirklich die Liebe meines Lebens, den Mann meiner Träume, und es geschah nicht für eine Zurschaustellung oder aus Pflichterfüllung.

Als die Tür hinter mir aufschwang und die Mutter des Königs hereinkam, gefolgt von Pilar und meiner Mutter, ließ die Näherin meinen Schleier los und erlaubte mir, mich zu ihnen umzudrehen.

»Du siehst wunderschön aus.« In den Augen meiner Mutter standen Tränen.

»Wie ein Engel«, flüsterte Pilar.

»Wie eine Königin.« Ihre Mutter lächelte.

»Ihr bringt mich noch zum Weinen.« Ich drückte mir eine Hand auf die Brust und blinzelte heftig.

Sie kamen alle herbeigeeilt und zupften an mir herum, und dann griff der Fotograf nach der Kamera und machte Schnappschüsse von uns. Schon bald geleitete man uns hinaus. Dieser Tag war von morgens bis abends durchgeplant, einschließlich meiner Besuche im Bad. Wir waren zwei Wochen lang alles durchgegangen – Kleideranproben, Fotoproben an festgelegten Punkten im Palast, Probedinners, Pausen. Jede noch so winzige Kleinigkeit, die heute geschehen sollte, stand im Zeitplan. Weil das Fernsehen die Hochzeit übertrug, blieb uns nichts anderes übrig, als dem festgelegten Ablauf zu folgen.

Draußen vor dem Palast wartete mein Vater neben der Kutsche auf mich. Zu sagen, es seien lange acht Monate gewesen, wäre eine Untertreibung. Eigentlich hatte ich nicht die Absicht gehabt, meinem Vater zu verzeihen, dass er mich in der Stunde der Not gemieden und sich von mir abgewandt hatte, aber er war jeden Tag aufgetaucht – um meinetwillen, um Elias' willen. Er hörte auf, schlecht über die Krone zu sprechen und über das, wofür sie stand. Stattdessen gab er Elias Rückendeckung, und wenn er mit seinen Entscheidungen nicht einverstanden war, sprach er mit ihm unter vier Augen darüber.

Er hatte es aufgegeben, meine Mutter wegen der Einzelheiten der Scheidung vor Gericht zu zerren, und bezahlte ihr, worauf sie sich ursprünglich geeinigt hatten. Er führte sie zu Lunch und Dinner aus und hatte sie beglückwünscht, als *Pirouette* als eine der besten Firmen für Eventmanagement in London und jetzt in Frankreich Anerkennung fand. Ich lächelte, als er auf mich zukam.

»Du siehst umwerfend aus«, sagte er, und in seinen Augen glänzten Tränen.

»Danke, dass du das für mich tust.« Ich lächelte.

»Wenn es wichtig für dich ist, ist es wichtig für mich.« Er küsste mir die Hand und half mir in die Kutsche.

Als wir auf das Tor zurollten, konzentrierte ich mich darauf, tief durchzuatmen. Schon bald würden uns alle sehen können, und den Informationen von Dads Pressekontakten nach würden wohl mehr als zwei Millionen Menschen auf den Straßen sein und zusehen, wie ich in die Kathedrale fuhr. Ich griff nach der Hand meines Vaters und drückte sie.

»Du bist perfekt. Du wirst großartig sein.« Er lächelte. »Andererseits werden sie uns vielleicht mit Unrat bewerfen, wenn sie mich mit dir hier vorbeifahren sehen.«

»Oh mein Gott. Ich wusste, dass ich dich nicht darum hätte bitten sollen, das zu tun.«

»Ich hoffe, du machst Witze.«

»Keine Ahnung.« Ich lachte. Er schüttelte grinsend den Kopf.

Als das eiserne Tor sich öffnete und die Pferde hindurchtrabten, hielt ich den Atem an. Aber dann jubelten die Menschen. Es war ein Aufruhr von Pfiffen und Applaus. Ich ließ die Hand meines Vaters los und winkte ihnen zu. Als wir Notre-Dame erreichten, tat mir die Schulter von all der Winkerei weh.

»Vielleicht ist das der Grund, warum sie die Arme nicht ganz hochheben, wenn sie winken«, bemerkte ich zu meinem Vater. »Es ist anstrengend.«

»Wer hebt die Arme nicht hoch?«

»Die Prinzessinnen und die Königinnen. Weißt du, wenn sie in der Öffentlichkeit sind, halten sie irgendwie den Ellbogen an die Seite gedrückt, wenn sie winken.« Ich runzelte die Stirn. »Glaube ich wenigstens.«

»Ich nehme an, dass du nervös bist.«

»Was? Nein. Warum sagst du das?«

»Du hast die letzten fünfundzwanzig Minuten pausenlos geredet, was in Ordnung ist, aber winken? Wirklich Adeline?« Er lachte. »Du hast keinen Grund, nervös zu sein. Die Leute lieben dich.«

»Was ist, wenn ich nicht für diesen Job geschaffen bin?«

»Du hast während des ganzen letzten Jahres öffentliche Auftritte absolviert. Du bist aus genau dem richtigen Holz dafür geschnitzt. Du bist der Grund, warum die Leute aufgehört haben zu protestieren. Du bist der Grund, warum ich aufgehört habe zu protestieren.« Er zog eine Braue hoch. »Und das ist eine harte Nuss für einen eingefleischten Protestler.«

Ich lachte und nickte. Er hatte recht. Obwohl ich nicht dafür geboren war, hatte ich es geschafft, dass es funktionierte. Für Elias. Mit Elias. Ich hielt die Hand meines Vaters, als ich aus der Kutsche stieg und den Menschen zuwinkte, die hinter den Barrieren standen, die man rings um die Kathedrale aufgestellt hatte. Schmetterlinge flatterten in meinem Bauch, als ich die Tür erreichte, und als man sie für uns öffnete, flatterten sie noch wilder. Ich hörte Michel Richard Delalandes Sinfonie Hugo Reyne I laut spielen und holte ein letztes Mal tief Luft, bevor sich die inneren Türen vor mir öffneten und die Musik zu einem Kirchenlied wechselte, das auf der Harfe gespielt wurde. Alle standen auf, als ich vorbeiging, aber ich hielt den Blick auf Elias gerichtet, der Millionen Meilen entfernt zu sein schien. Er trug eine große goldene Krone und einen dunkelroten Umhang über seinem Anzug. Heute würde ich Notre-Dame mit einer Königinnenkrone auf meinem eigenen Kopf verlassen, einer Krone, die der Erzbischof mir aufsetzen würde, sobald Elias und ich uns gegenseitig unser Ja gesagt hatten.

Meine Absätze klackerten über den Schachbrett-Marmorboden, und ich lächelte einige der Gäste an – Etienne und seine Eltern, Joss und ihre Eltern, Aramis und einige Freunde meiner Eltern. Pilar, die neben Benjamin Drake stand. Ich stutzte, als ich die beiden sah. Als wir endlich vorn ankamen, übergab mein Vater Elias meine Hand, flüsterte ihm etwas ins Ohr und klopfte ihm auf die Schulter. Elias nahm meine Hand in seine und grinste mich an; ich hatte ihn noch nie so glücklich gesehen, und sein Blick allein genügte, um all meine Vorbehalte und Nervosität zu verscheuchen. Ich vergaß, dass Millionen Menschen, vielleicht sogar Milliarden Menschen uns beobachteten, und konzentrierte mich ausschließlich auf ihn und diesen Augenblick.

»Du bist wunderschön«, flüsterte Elias mir zu, gerade als der Priester zu sprechen begann.

Uns waren keine persönlichen Gelübde gestattet worden. Alles musste nach Plan verlaufen, und wir begnügten uns mit der Tatsache, dass wir unsere eigenen Gelübde ablegen würden, jeden Tag. Und diese Gelübde mussten wir nicht laut aussprechen, erst recht nicht in der Öffentlichkeit. Dies mochte ohnehin schon in vieler Hinsicht keine traditionelle Ehe sein, aber manches ließ man trotzdem besser, wie es war. Außerdem – wer war ich denn, mich um Details zu streiten, wenn ich diesen Mann bekam und ihn in Zukunft jeden Tag in meinen Armen halten durfte? Als die Zeit für unseren Kuss kam, wandten wir uns einander zu und strahlten uns an. Elias umfasste mit einer Hand mein Gesicht, beugte sich zu mir und flüsterte: »Ich liebe dich so sehr«, genau als sich unsere Lippen trafen.

Nach der Trauungszeremonie und vor meiner Krönung bat man die Presse, die Kirche zu verlassen. Elias' Krönung war die erste Krönung gewesen, die das Fernsehen übertragen hatte. Unsere Hochzeit war die erste königliche Hochzeit gewesen, die das Fernsehen übertragen hatte. Meine Krönung jedoch würde wie die der Königin vor mir hinter geschlossenen Türen stattfinden, nur vor den kirchlichen Würdenträgern und den zur Hochzeit geladenen Gästen. Die Königinnen vor mir waren mit ihren jeweiligen Königen oder allein gekrönt worden, hinter verschlossenen Türen in der Sainte-Chapelle oder der Abtei von Saint-Denis. Elias hatte es so eingerichtet, dass ich während unserer Hochzeitszeremonie gekrönt wurde.

Anders als seine Krönung sollte meine nur wenige Minuten dauern. Die notwendigen Schritte würden absolviert werden, ich würde das Abendmahl erhalten, und meine Tiara würde durch eine Krone ersetzt. Mir schwitzten die Hände, als ich auf die Frage antwortete, ob ich meinem König und dem Land Frankreich treu bleiben wollte. Es war ein antiquiertes System, daran bestand kein Zweifel, aber im Namen der Tradition erfüllte es seinen Zweck.

Der Erzbischof nahm mir die Tiara vom Kopf, samt dem daran befestigten Schleier. Die Krone, die ich tragen sollte, wurde hervorgeholt, und ich konnte mir ein leises Aufkeuchen nicht verkneifen. Die Krone, die Elias heute trug, war aus Gold und sehr groß, rundum besetzt mit Diamanten und Smaragden und mit einem Kreuz darauf. Die Krone, die mir hingehalten wurde, war ganz ähnlich, aber verziert mit goldenen Vögeln und Diamantblättern. Sie war kleiner als die meines Ehemannes, aber es schienen noch mehr Juwelen darin zu funkeln als in seiner. Auf der Spitze befand sich eine große, von Diamanten übersäte Kugel mit einem kleinen Kreuz darauf. Ich senkte leicht den Kopf. Der Erzbischof setzte mir die Krone auf, und ich blickte ihn an, während er mich segnete.

»*Vive la reine.*« *Es lebe die Königin.* Der Erzbischof lächelte.

Ich erwiderte sein Lächeln, und Tränen rannen mir übers Gesicht. Schnell wischte ich sie weg und stand auf, wie es vorgesehen war, diesmal meinem Ehemann zugewandt. Er nahm meine Hand in seine und führte mich aus der Kathedrale, während unsere Gäste uns zujubelten. Als sich die Türen für uns öffneten und die Sicherheitsleute hastig ihre Plätze einnahmen, geleitete Elias mich nach draußen, und er hielt noch immer meine Hand. Er hob einen Arm und winkte, und ich winkte mit meiner freien Hand ebenfalls und lachte, während die Menge uns zujubelte. Wir hatten das alles geprobt, aber das hier war etwas anderes. Kameras liefen, und Menschen umringten uns. Ich konnte nicht mehr so tun, als sei dies nur eine Angelegenheit zwischen meinem Ehemann und mir. Jetzt sah wirklich die ganze Welt zu.

Elias ließ meine Hand los und wandte sich zu mir. Ich drehte mich zu ihm um, immer noch lächelnd, aber verwirrt. Das hier hatten wir nicht geprobt. Er sollte mich küssen, dann sollten wir zu der wartenden Kutsche gehen. Stattdessen verneigte sich König Elias vor mir, vor den Augen der Millionen und Milliarden Menschen, die rund um den Globus zusahen, und sagte laut genug, dass alle es hören konnten: *»Vive la reine.«*

Ich versuchte, die Tränen herunterzuschlucken, versuchte, mir ins Gedächtnis zu rufen, dass dies Tradition war und Monarchen traditionellerweise keine Gefühle zeigten, aber es hatte keinen Sinn – die Gefühle gewannen, und mir rannen Tränen übers Gesicht. Elias grinste breit, straffte sich und wischte mir mit den Daumen über beide Wangen.

»Lang lebe die Königin. Möge sie immer an meiner Seite sein, nicht einen Schritt hinter mir«, sagte er dicht an meinen Lippen.

»Lang lebe der König«, antwortete ich, gerade als er seine Lippen auf meine presste und mich küsste, sodass die ganze Welt es sah.